KB059135

데몬즈 크레스트
Demons' Crest 2
이계 ∞ 현현

카와하라 레키 일러스트 호리구치 유키코

숲의 고성

솔리유 마을

카르시나 마을

카르 강

액추얼 매직
약칭은 'AM'. 세계 최초 풀다이브 VRMMO-RPG. 지도에서 그려진 지역은 이 세계의 일부에 지나지 않으며, 주위에 광대한 영역이 존재할 것이라 예상된다.

설정협력 / Whomor   Design / BEE-PEE

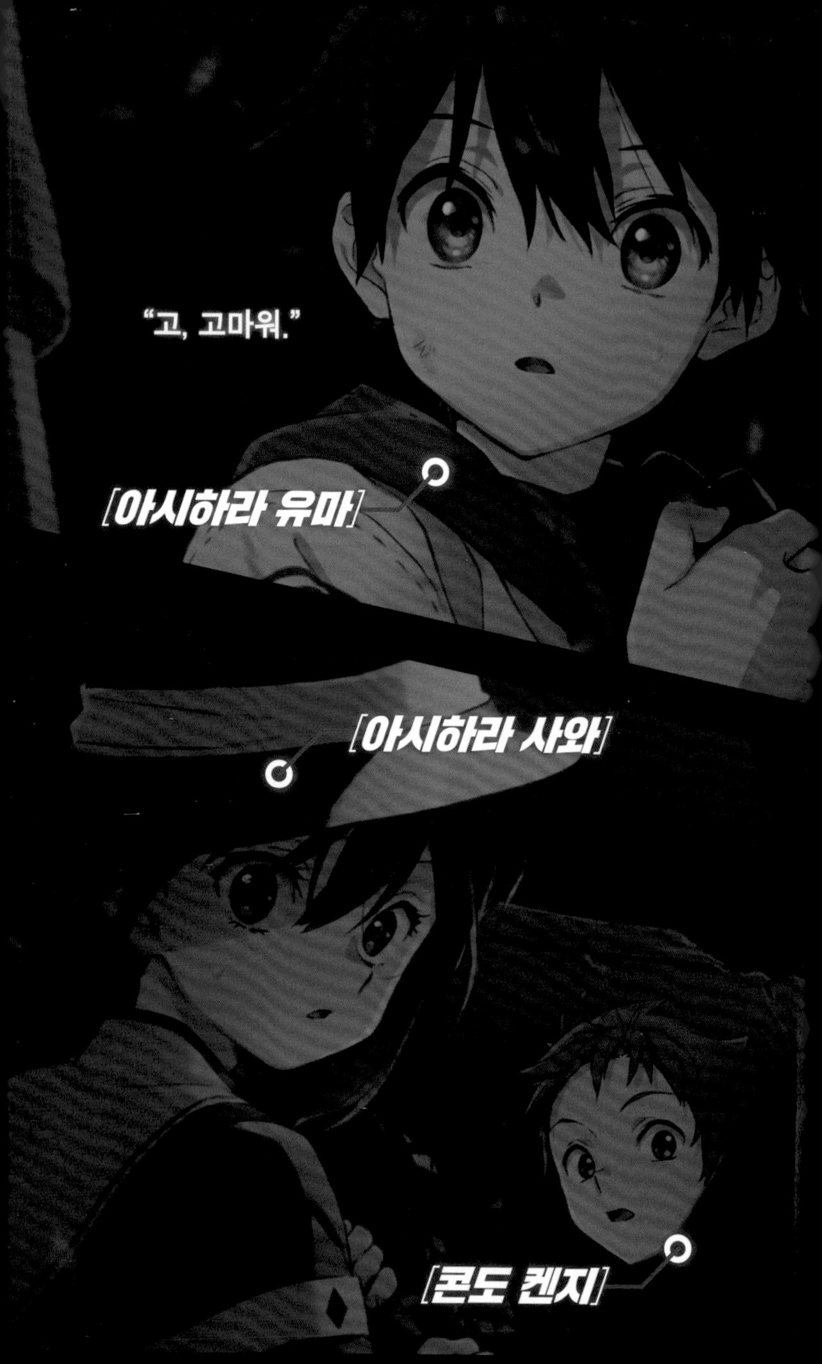
"고, 고마워."
[아시하라 유마]
[아시하라 사와]
[콘도 켄지]

"괜찮아?
반 애들을 겨우 찾은 거라
못 참고 돌진해 버렸네."

[니키 카케루]

[시미즈 토모리]

"내, 가…… 도움, 이…….."

"아시⋯⋯하라, 군⋯⋯."

마드파칸 스피쿠

"나기!"

[사노 미나기]

"플람마(불이여)"

건물 내 주차장

기계실

카페 코너

쇼핑 구역

백야드

티켓 카운터

웨딩존

비상 계단

엘리베이터 홀

EV
EV
EV

메인 로비

현관

Demons'Crest

1F

아르데아의 현관이 되는 플로어, 입장 접수, 쇼핑, 가벼운 식사가 가능한 시설 외에도 직원이 이용하는 백야드도 있다. 스가모와 아이들은 플로어에 몸을 숨기고 있다.

백야드

외부 통로

내부 통로

2번 플레이룸

비상 계단

EV
EV
EV

엘리베이터 홀

3F

2층과 똑같은 구조로 플로어 전체가 플레이룸으로 구성되어 있다. 3층에는 2번 플레이룸이 배정되어 있으며 칼리큘러스도 2층과 같은 대수가 준비되어 있다.

이것은 게임이지만

동시에 현실이다

데몬즈 크레스트
Demons' Crest
이계 ∞ 현현

2

카와하라 레키
일러스트 호리구치 유키코

칼리큘러스 *caliculus*
가상세계로 풀다이브할 수 있는 캡슐형 유닛.
개발원은 '아르테아'. 풀다이브 중에는 의식과
육체가 단절되어 있어 몸을 움직이는 것은 불가
능하다.

설정협력／Whomor

여자

출석 번호	이 름	성별	직 업	비 고
1	아시하라 사와	여	마술사	아시하라 유마의 쌍둥이 여동생.
2	이다 카나미	여	불 명	수영부 소속.
3	에자토 쇼코	여	불 명	느긋한 성격.
4	켄조 사유	여	불 명	장래희망은 아이돌.
5	사노 미나기	여	성직자	아시하라 남매의 소꿉친구.
6	시미즈 토모리	여	불 명	도서위원.
7	시모노소노 마미	여	불 명	흑마술을 좋아한다.
8	소가 아오이	여	불 명	과자 만들기가 특기.
9	치카모리 사키	여	불 명	세련된 후지카와 렌을 동경하고 있다.
10	츠다 치세	여	불 명	사육위원.
11	테라가미 쿄카	여	불 명	1반 여자의 리더격 인물.
12	나카지마 미사토	여	불 명	배구부 소속.
13	누시로 치나미	여	불 명	1반 여자애들 중 가장 키가 작다.
14	노보리 키미코	여	불 명	고스로리 패션을 좋아한다.
15	하리야 미미	여	불 명	교토 출신으로 화과자를 좋아한다.
16	후지카와 렌	여	불 명	와타마키 스미카에게 경쟁심을 갖고 있는 미인.
17	헨미 카린	여	불 명	점을 좋아한다.
18	미소노 아리아	여	마술사	1반 여자 중 가장 꾸미는 걸 좋아한다.
19	메토키 시즈	여	불 명	검도장에 다니고 있다.
20	유무라 유키미	여	불 명	스스로를 싫어해서 변화하길 원한다.
21	와타마키 스미카	여	성직자	반의 아이돌적 존재.

유키하나 초등학교 6학년 1반 명부

Ver.1.1

남자

담임교사 에비사와 유카리

출석 번호	이 름	성별	직 업	비 고
22	아이다 신타	남	불 명	카드 게임을 좋아한다.
23	아시하라 유마	남	마물사	공부도 운동도 평균.
24	오노 요이치	남	불 명	농구부 주장.
25	카지 아키히사	남	불 명	인터넷 방송인 지망.
26	키사누키 카이	남	불 명	축구부 소속.
27	콘도 켄지	남	전 사	아시하라 유마의 절친.
28	스가모 테루키	남	전 사	축구부 주장이자 반장.
29	세라 타카토	남	불 명	스케이트보드를 좋아한다.
30	타키오 마사토	남	불 명	애니, 게임, 만화를 좋아한다.
31	타다 토모노리	남	불 명	카드 게임을 좋아하고 아이다 신타와 친하다.
32	토지마 슈타로	남	불 명	가상화폐 거래를 하고 있다.
33	니키 카케루	남	불 명	하이자키 신과 친하며 성적 우수.
34	누노노 류고	남	불 명	메토키 시즈와 같은 검도장에 다니고 있다.
35	하이자키 신	남	불 명	학년 톱 수재.
36	호카리 하루키	남	불 명	스케이트보드를 좋아하고 세라 타카토와 사이가 좋다.
37	미우라 유키히사	남	사 망	~~구부 소속.~~
38	무카이바라 코지	남	불 명	영상 편집 스킬이 있다.
39	모로 타케시	남	사 망	~~우를 좋아한다.~~
40	야츠하시 켄노스케	남	불 명	시의회 의원 아들.
41	와카사 나루오	남	불 명	밀리터리 오타쿠.

1

"있잖아, 만약 나랑 사와 둘 중에 한 명밖에 구할 수 없는 상황이 오면 유우 군은 누굴 구해 줄 거야?"

나기——사노 미나기가 그렇게 물어온 것은 2년 전 초등학교 4학년 여름방학 때의 일이었다.

그날 유마는 쌍둥이 여동생인 사와, 옆집에 사는 소꿉친구 나기와 함께 유키하나 초등학교 수영장에 가 있었다. 세 사람 모두 바다 없는 현에서 자란 것치고는 수영을 잘해서 25m 코스를 앞다퉈 5번 왕복했더니, 돌아가며 감시원을 하고 있는 누군가의 아버지에게 이제 그만 쉬라는 지시를 들었다.

사와는 화장실에 갔고 유마는 나기와 함께 수영장 옆 그늘에 앉아 있었다. 수면에서 반짝반짝 반사되는 하얀빛과 요란하게 우는 매미 소리와 학생들의 함성에 둘러싸인 채 멍하니 앉아 있는데, 갑자기 나기가 몸을 기대오며 그런 말을 해온 것이다.

세 사람은 전날 같은 수영장에서 안전 강습을 받았고, 그때 구조대원에게 인근 학교에서 실제로 벌어졌던 사망 사고 소식을 들었다. 나기가 그 일을 떠올린 것이라는 생각은 들었지만, 질문에 답하지 못하고 유마는 가만히 소꿉친구를 응시했다.

　파란색 수영모에서 튀어나온 곱슬머리와 그 끝에 맺힌 물방울, 그리고 약간 옅은 빛의 눈동자.

　갑자기 이유 없이 심장이 쿵쾅거리기 시작했고, 유마는 숨을 깊이 들이마셨다.

　자신이 무슨 말을 했는지, 아니면 계속 입을 다물고 있었는지는 기억나지 않는다.

　그날 이후 나기는 유마에게 선택을 강요하는 질문을 두 번 다시 하지 않았다. 하지만 유마는 문득문득 매미 소리와 염소의 냄새, 그리고 나기의 머리카락 끝에서 흔들리던 물방울을 떠올렸고, 그때마다 가슴속이 술렁이는 것을 느꼈다.

2

따뜻하다.

졸졸 흐르는 맑은 물에 온몸이 얕게 잠겨 있는 감각.

계속 잠겨 있고 싶다. 눈꺼풀을 감은 채 손발의 힘을 빼고, 아무 생각 없이 이대로 잠들어 있고 싶다…….

"유우……. 일어나, 유우."

몸이 흔들리자 유마는 눈을 감은 채 대꾸했다.

"조금만 더……."

"일어나라니까."

이번에는 뺨을 세게 잡아당긴다. 어쩔 수 없이 무거운 눈꺼풀을 들어 올렸다.

흐릿한 시야에 두 사람의 그림자가 떠올랐다. 눈을 몇 번 깜빡이다 보니 조금씩 초점이 선명해졌다.

오른쪽에서 걱정스럽게 유마의 얼굴을 들여다보는 사람은 긴 머리를 양갈래로 묶고 검은 뿔테 안경을 쓴 여학생. 도서위원인 시미즈 토모리다.

그리고 왼쪽에서 손을 뻗어 유마의 볼을 잡아당기고 있는 것은 짧은 보브컷을 늘어뜨리고 검은 바람막이를 걸친 여학생—— 쌍둥이 여동생 아시하라 사와.

"일어났어?"

사와의 물음에 유마는 얼굴을 살짝 옆으로 움직였다. 그제서야 간신히 오른쪽 볼이 풀려났다.

"……나, 는……."

어떻게 된 거야, 라고 말하려고 했지만 목구멍이 따끔거리는 통증에 목소리가 제대로 나오지 않았다. 그러자 토모리가 뚜껑을 연 페트병을 입가에 갖다 대 주었다.

조금씩 흘러드는 물을 꿀꺽꿀꺽 받아마셨다. 차갑지는 않았지만, 온몸에 스며드는 느낌이 들 정도로 맛있었다. 마시다 보니 가까스로 정신이 돌아와 깊게 숨을 내쉬었다.

"고마워, 시미즈."

갈라진 목소리로 인사를 하고 몸을 일으키려는데, 자신이 교복 재킷을 벗은 채 그것을 깔개 대신 깔고 누워 있다는 사실을 깨달았다. 손끝으로 만져 보았지만 셔츠도 바지도 재킷도 조금도 젖어 있지 않았다.

그렇다면 아까 따뜻한 물에 몸을 담그고 있던 것 같은 느낌은 뭐였을까. 애초에 왜 이런 통로 한쪽에 눕혀져 있는 것인가──.

바닥에 손을 대고 이번에야말로 제대로 일어나려기 위해 힘을 준 순간, 양팔의 뼈에 둔한 욱신거림이 느껴졌다.

그 아픔이 마치 스위치라도 된 것처럼 머릿속에 여러 광경들이 떠올랐다 사라졌다.

2번 플레이룸 벽가에 쪼그려 앉아 있던 수많은 어른들.

그 어른들이 융합하면서 태어난 거대 괴물.

괴물에게 맞아 힘없이 날아간 절친 콘도 켄지.

그리고 기묘한 모습으로 변신하더니 말도 안 되는 화력을 가진 마법으로 괴물을 태워 죽인── 사와.

"……사와, 너……."

유마는 복근의 힘만으로 몸을 일으켜 여동생의 얼굴을 가까이에서 바라보았다.

바람막이 후드를 쓰고 있는 탓에 얼굴의 위쪽 절반은 그림자에 가려져 있었지만, 눈동자 색은 예전과 같은 적갈색이다. 변신하던 순간의, 인간 같지 않았던 금색의 빛은 사라진 상태였다. 긴 뿔도, 거대한 날개도 보이지 않는다.

전부 꿈이었던 건가……. 한순간 그런 생각이 들었지만, 괴물의 발길질이 직격한 양팔이 욱신욱신거리고, 비강으로 흘러드는 공기에서는 탄내가 났다. 게다가 만약 이것이 꿈이라면 아까의 그 사건만이 아니라 이 대규모 놀이 시설 '아르테아'에 갇힌 후의 모든 일도 그래야만 한다.

침묵을 유지하는 사와의 얼굴에서 시선을 움직인 유마의 눈은, 시야 왼쪽 위로 향했다. 그곳에는 현실 세계에 존재할 리 없는 것── HP바가 떠 있었다. 괴물의 발에 차여 줄어들었던 HP가 80% 남짓까지 회복한 것을 보면 성직자인 토모리가 마법으로 치료해 준 것 같았다. 레벨도 9에서 단숨에 11까지 올라갔지만 뿌듯한 마음은 들지 않았다.

계속해서 주위를 둘러보았다.

왼쪽에는 [PLAYROOM 02]라는 글자가 칠해진 벽. 오른쪽에는 반쯤 부서진 '칼리큘러스' 캡슐이 늘어서 있다. 조금 떨어진 바닥에는 크레이터처럼 거대한 구멍이 뚫려 있고 아직도 작은 불길이 일렁이고 있다.

마지막으로 뒤를 돌아보니 거기에는 유마와 마찬가지로 상의를 벗은 콘켄이 누워 있었다.

"……콘켄."

이름을 부르며 가까이 다가갔다.

절친은 거대한 괴물 '콘헤드 데몰리셔'에게 얻어맞고 HP의 대부분을 잃을 정도로 크게 다쳤다. 두 눈을 굳게 감은 콘켄의 어깨를 잡고 괜찮냐고 외치려 했지만, 출혈이 있는 기색은 없고 혈색도 나쁘지 않다. 늦게나마 파티 멤버 HP도 확인할 수 있다는 것을 떠올리고 다시 한 번 왼쪽 상단을 살펴보니 유마의 HP바 아래 표시된 콘켄의 바는 70%까지 회복되어 있었다. 여자 두 사람은 거의 노 대미지.

멈춰 있던 숨을 내뱉은 뒤 몸을 돌린 유마는 물병을 안고 있는 토모리에게 다시 한번 고개를 숙였다.

"치료해 줘서 고마워."

그리고 다시 사와에게 시선을 옮긴다.

"사와도 고마워. 네가 그 덩치 큰 녀석을 쓰러뜨려 주지 않았다면, 나도 콘켄도 여기서 죽었을 거야."

쌍둥이 여동생에게 쑥스러움을 참고 감사 인사를 한 뒤 고개까지 꾸벅 숙인 것은 다음 질문을 하기 위함이었다.

"……하지만 사와, 아까 그 변신은 뭐야……? 게다가 어떻게 그런 상위주문을 아는 거야……?"

"……으음……."

할 말을 찾으려는 듯 두세 번 눈을 깜박인 사와가 문득 소리에 귀를 기울이듯 고개를 살짝 갸우뚱했다. 유마도 귀를 기울였지만 들리는 것은 휘이이…… 하는 희미한 반향음뿐.

"……알았어."

갑자기 그렇게 중얼거린 사와가 고개를 들어 말했다.

"그녀가 직접 설명한대."

"그…… 그녀?"

저도 모르게 토모리를 바라보았지만, 토모리도 영문을 모르겠다는 표정이었다.

"누구를 말하는 거야……? 여기엔 우리밖에……."

유마의 질문에 대답하지 않은 사와는 바람막이 후드를 뒤로 젖히고 두 눈을 감았다. 고개를 숙인 채 잠시 침묵. 그리고 고개를 들고 눈꺼풀을 들어 올린다.

"……!"

유마가 흠칫 놀라 숨을 들이마셨다. 눈동자 색이 3초 전과는 전혀 다른, 붉은빛을 띤 금색으로 물들어 있었다. 빛은 나지 않았지만 지구상의 어떤 인종이라도 이런 색깔의 홍채는 갖고 있지 않을 것이다. 반사적으로 관자놀이 주변을 올려다보았지만, 머리 사이로 얼핏 들여다보이는 식물의 싹같이 앙증맞은 뿔은 예전 그대로였고 더 길어질 기미는 보이지 않았다.

"……사와?"

조심스레 이름을 부른 유마의 눈앞에서 사와의 입술이 은은한 미소를 지어 보였다. 그러나 그것은 11년하고도 8개월을 함께 살아온 여동생이 과거 한 번도 보여준 적 없는 표정이었다. 불쌍해하는 것도 같고, 재미있어하는 것도 같은 초연한 미소.

　그 입술에서 속삭임과도 비슷한 말이 새어 나왔다.

　"만나서 반가워, 오빠."

　──사와가 아니다.

　순간 유마는 그렇게 확신했다. 목소리는 분명 여동생이 맞았지만, 억양도 음정도 평소의 사와와는 전혀 다르다.

　누구냐고 물어보려던 그 순간, 다시 한번 뇌리에 몇 분 전의 정경이 되살아났다. 변신 직전 사와는 오른손을 들어 이름처럼 들리는 무언가를 불렀다.

　"네가…… 발라크야?"

　유마가 귀에 남은 이름을 입에 올리자, 눈앞의 인물이 옅은 미소를 지으며 고개를 끄덕였다.

　"맞아. 내 이름은 발라크……. 너희들 인간이 악마라고 부르는 존재."

　"아…… 악마?!"

　그렇게 소리친 것은 지금까지 침묵하고 있던 토모리였다. 잠시 상체를 뒤로 젖히는가 싶더니 곧장 되돌아오며 묻는다.

　"그건…… '액추얼 매직'의 몬스터라는 뜻? 게임 세계에서 현실로 나와서 사와에게 빙의한 거야……?"

"음……."

사와, 아니, 발라크는 미소를 머금은 채 가볍게 고개를 갸웃하더니 고개를 끄덕였다.

"몬스터라는 호칭은 좀 예상 밖이지만, 느낌상 거의 비슷해. 나는 사와에게 빙의했어. 평소에는 그녀의 마음속에 지내면서 반쯤 잠을 자고 있지만, 사와가 불러주면 이렇게 교대할 수 있고 '비레스(권능)'를 휘두를 수도 있어."

"비…… 비레스라니, 그게 뭐야?"

유마가 어색한 발음으로 묻자 발라크는 '궁금한 게 그 부분?' 하고 묻듯이 한쪽 눈썹을 치켜들었지만, 곧 대답해 주었다.

"vires…… 본래는 라틴어로 '힘'을 의미하는 말이야."

"라틴어……."

멍해진 유마를 대신해 토모리가 새로운 질문을 던졌다.

"그 권능이라는 건 상위 마법을 쓸 수 있는 힘……이라는 거야?"

"내 권능은 너희들이 좋아하는 게임에 빗대어 말하자면 '마법 스킬 부스트'인 셈이지."

그 말투는 마치 그 밖에도 권능을 가진 악마가 존재한다는 것처럼 들렸지만, 발라크는 뭔가를 더 물어볼 틈을 주지 않았다.

"내가 밖으로 나와 있을 땐 사와가 습득한 마법 스킬의 숙련도를 일시적으로 최대치까지 부스트할 수 있어. 그래서 아까 '인퍼널 필름(옥염의 대투창)' 마법을 쓸 수 있었던 거지. 뭐, MP는 늘지 않으니까 한 번에 텅 비어 버렸지만."

"숙련도 최대……?!"

유마는 또다시 입을 떡 벌리며 말했다.

과거 플레이했던 MMORPG는 모두 스킬 숙련도를 상한선까지 올리기 위해서는 방대한 시간이 필요했다──. 아니, 애초에 하나라도 스킬을 상한치까지 올린 기억이 없다. 액추얼 매직도 비슷한 성장 시스템인 것을 감안하면 '스킬 숙련도를 최대치까지 부스트하는 능력'이라는 것은 정말이지 말도 안 되는 밸런스 파괴나 다름없었다.

경악스러움을 공유하기 위해 몸을 돌렸지만, 콘켄은 아직 자고 있었고 게이머가 아닌 토모리는 감이 잘 오지 않는 모습이었다. 사와는 발라크와 교대 중이고, 나기는…… 거처의 단서조차 잡지 못했다.

애초에 이 2번 플레이룸에 온 것은 나기를 찾기 위함이었다. 1초도 허비할 수 없는 상황이었지만, 발라크와의 대화를 중단할 수도 없었다. 왜 사와에게 빙의한 것인지, 사와의 육체나 정신에 위험은 없는 것인지, 게다가 어떻게 액추얼 매직 몬스터가 자신의 의사대로 말할 수 있는 것인지. 확인할 것은 달리 많았다.

스킬 숙련도 정도로 놀라고 있을 때가 아니다……. 그렇게 생각하며 스스로를 타이르는데, 머리 한쪽에 걸리던 의문이 되살아났다. 유마는 조심조심 입을 열었다.

"혹시…… 사와가 '힐링 드롭' 마법을 사용했을 때, 이펙트 색깔이 본래의 흰색이 아니라 분홍색을 띠고 있었던 건 스킬 부스트의 영향이야……?"

그러자 발라크는 그런 쓸데도 없는 건 왜 묻냐는 듯이 눈썹을 치켜올리더니 가볍게 고개를 끄덕이며 말했다.

"그럴지도 모르겠네. 내 아니마(혼체, 魂體)는 푸크시아 색이니까."

"아니마……? 푸크시아?"

주문 같은 말에 고개를 갸우뚱거리고 있는데, 발라크가 조금 다급하게 입을 열었다.

"달리 물어볼 게 있지 않아?"

"아…… 으, 응."

그것도 그렇지, 라는 생각에 유마는 다시 고개를 숙였다.

"발라크, 우리를 도와준 건 정말 감사하게 생각해. 고마워. 하지만…… 빙의란 거, 사와에게 아무 위험 없는 거야? 사와한테 뿔과 날개가 돋아난 것도 빙의의 영향인 거지?"

"위험하다는 게 건강을 해친다는 의미라면 그 걱정은 하지 않아도 돼. 적어도 단기적으로는 말이지."

"……그렇다면 장기적으로는?"

"지금 상황에서 일 년 뒤의 일을 걱정하는 의미가 있을까? 내일까지 살 수 있다는 보장도 없는데."

"……."

가차없는 지적에 유마는 이를 악물었지만, 틀린 말은 아니었다. 아르테아에 갇힌 것이 오후 3시, 지금은 오후 5시 20분. 불과 2시간 20분 사이에 몇 번이나 죽을 뻔했는지 모른다.

한시라도 빨리 나기와 합류해 아르테아에서 탈출할 방법을 찾는다. 빙의가 미치는 영향을 걱정하는 것은 그 후에 해도 괜찮겠지.

"발라크. 넌 이 아르테아에서 무슨 일이 일어나고 있는지 알아? 우리는 어떻게 해야 밖에 나갈 수 있어?"

무심코 말이 빨라지는 유마의 모습에 발라크는 조소 섞인 미소를 지어 보였다.

"내가 악마라는 걸 잊지 마. 아까 목숨을 건진 대가조차 치르지 않았잖아? 그런데 계속 이것저것 캐묻는 건 좀 과하다고 생각 안 해?"

"대가……라고 말해도, 난 가진 돈이 얼마 없는데……."

크레스트에 충전된 잔액을 확인하려던 유마의 오른팔을 발라크가 왼손 검지로 눌렀다. 가볍게 만졌을 뿐인데도 마치 강철 막대처럼 무거웠다.

"바보 같긴, 내가 초등학생 푼돈을 뜯어낼 리가 없잖아."

"……그럼 뭐로 내면 돼?"

설마 영혼을 달라거나, 그런 소리를 하는 건 아니겠지…… 흠칫 놀라며 묻자 발라크는 왼손을 움켜쥔 뒤 대답했다.

"한 가지 해 줬으면 하는 일이 있어. 너희들의 목적과도 겹치는 일이야."

"……뭘 하면 되는데?"

"나기를 데리러 가줘."

"……."

저도 모르게 토모리를 마주 보았다.

목적과 겹치는 걸 넘어 완전히 일치하는데, 그것만으로는 궁지에서 목숨을 구해준 대가가 되지 않는다. 상대방은 악마를 자칭하고 있으니 영혼까지 달라고 하지는 않더라도 뭔가 함정이 있는 것은 아닐까. 유마가 그런 생각을 하고 있는데 토모리가 각오를 다진 표정으로 물었다.

"우리에게 데리러 가라는 건, 다시 말해 넌 사노가 어디에 있는지 알고 있다는 거야?"

"대략적인 짐작 정도지만."

"……왜 네가 사노를 신경 쓰는데?"

듣고 보니 그 부분도 궁금했다. 발라크에게 자신이 빙의한 사와의 목숨은 중요하겠지만, 나기와는 아무런 이해관계가 없을 텐데.

하지만 발라크는 토모리의 입 앞에 검지를 세우더니──.

"질문 타임은 이미 끝났다고 아까 말하지 않았어? 대답을 듣고 싶다면 우선 일을 완수해."

"……알았어."

고개를 끄덕인 뒤 유마는 여동생의 얼굴을 한 누군가를 뚫어지게 응시하다가 다시 물었다.

"그래도 이것만은 알려줘. 나기는 아르테아 어디에 있는

거야?"

"어디에도 없어."

"……어?"

입을 다무는 유마와 토모리를 차례로 바라본 발라크는 속삭이듯 말했다.

"나기가 있는 곳은 현실이 아니라 가상 세계…… 너희들이 액추얼 매직이라고 부르는 그 모형정원 안이야."

3

"그게 뭐야~! 나도 깨웠어야지~!"

이것이 기절했을 때의 상황 설명을 간추려서 들은 콘켄이 뱉은 첫마디였다.

도중부터 존재를 잊고 있었다──라는 것까진 아니었지만, 유마는 인상을 찌푸리며 대답했다.

"네가 가장 중상이라 그랬어……. 빠르게 회복하려면 자는 편이 나을 것 같아서."

"적당한 말로 은근슬쩍 넘기려는 거지?"

눈을 반쯤 뜨며 이쪽을 바라보는 콘켄에게 토모리가 지적인 어조로 입을 열었다.

"아니, 정말이야. HP의 자연 회복량은 사람마다 차이가 있지만, 안정을 취하고 있을 때 더 크다는 건 확실하니까."

"엑, 진짜로?"

콘켄과 동시에 내뱉을 뻔한 것을 유마는 가까스로 참았다.

액추얼 매직 세계에서는 전력 질주를 하든 누워 있든 자연 회복량에 변화는 없다. 하지만 확실히 콘켄의 HP바는 어느새 유마를 뛰어넘어 90% 넘게 회복되어 있었다. 콘켄이 전사직이고 유마가 마법직인 것을 감안하더라도 AM 세계에서는 있을 수 없는 회복 속도였다.

"저기 시미즈, 그건 다시 말해 어떤 중상이라도 얌전히 자면 머지않아 완쾌할 수 있다는 뜻이야?"

유마가 묻자 토모리는 천천히 고개를 저었다.

"아마 그건 불가능할 거야. HP가 계속 줄어들 경우엔……
그러니까 뼈가 부러졌다거나 굵은 혈관이 끊어졌다든가 하
는 큰 부상은 자연 회복만으로는 따라잡을 수 없으니까. 자
는 것만으로 낫는 경우는 HP바가 줄어도 30% 정도 감소한
가벼운 부상뿐인 것 같아."

"그렇구나……."

역시 지금의 아르테아는 현실 세계의 자연법칙과 게임 세
계의 시스템이 융합된 이른바 믹스드 리얼리티(복합 현실 세
계)였다. 그것을 늘 의식하고 있지 않으면 위험한 상황에 처
할 수도 있겠지만, 반대로 이를 이용할 수도 있다. 가령 회
복 마법을 사용할 수 없는 상황에서도 의무실에서 사와가
해 줬던 것처럼 약이나 반창고로 처치하여 HP 감소를 멈출
수만 있다면 나머지는 게임의 회복력으로 완전 치유까지 갈
수 있는 셈이었다.

그렇다면 AM 세계에서는 미묘한 성능 취급을 받았던 'HP
자연 회복 강화'가 현실 세계에서는 필수 스킬이 될지도 모
른다. 네 사람 모두 보류했던 스킬 포인트를 사용해 그것을
습득해 두어야 하나…… 그렇게 생각하고 있을 때였다.

"야, 사와. 한 번 더 그 악마랑 교대해 주면 안 돼?"

콘켄이 대놓고 눈치 없는 요구를 해왔다.

몇 분 전 발라크에서 막 본래의 인격으로 돌아온 사와는

스토리지에서 꺼낸 생수를 한 모금 마시고는 귀찮다는 듯이 대답했다.

"교대할 수 있는 시간에는 한계가 있어. 오늘은 더는 무리야."

"어, 진짜? 하루에 몇 분인데?"

"10분."

"짧아! 적어도 15분은……."

"나한테 불평하지 마."

콘켄과 가벼운 대화를 주고받는 사와의 모습을 유마는 조금 떨어진 곳에서 빤히 바라보았다.

말투도 표정도 예전 여동생과 변함이 없었다. 적어도 발라크로 교체됐을 때의 초연한 분위기는 온데간데없이 사라진 상태였다.

하지만 아마도—— 아니, 틀림없이 사와는 이번이 일어난 직후 발라크와 접촉했을 것이다. 유마가 모르는 것을 알고 있거나 자신에게 뿔이나 날개가 돋아도 동요하지 않았던 것은 발라크에게 어느 정도의 정보를 얻었기 때문이리라.

1시간 30분 정도 전, 1층 탈의실에서 유마는 사와에게 이렇게 말했다.

——아직 나한테 말하지 않은 뭔가를 알고 있는 거지?

이에 사와는 이렇게 답했다.

——조금만 더 시간을 줘.

——상황이 안정되면, 내가 아는 모든 걸 알려 줄게. 하지

21

만 지금은 좀 더 알아보고 싶고 생각해 보고 싶어. 그러니까 조금만 더 기다려 줘.

이제 와 생각하면 그 시점에서 '악마가 빙의해 있다'라는 말을 들었다 해도 어떻게 받아들여야 할지 몰라 당황했을 것이다. 하지만 지금이라면 믿을 수 있었다. 사와 안에는 발라크라고 자칭하는 다른 자가 존재하고 있으며, 그 녀석은 AM 세계에서 온 악마였다.

만일 빙의된 것이 사와가 아니라 유마였다면 아마 이렇게까지 침착하게 받아들이진 못했을 것이다. 역시 정신연령은 여동생이 조금 더 위라는 것을 인정하지 않을 수 없었다. 하지만 그런 사와도 속으로는 두려움과 싸우고 있을 터였다.

"……괜찮아?"

가까이 다가가 그렇게 말을 걸자 사와는 "응" 하고 고개를 끄덕이더니, 미련이 남은 얼굴로 우두커니 서 있는 콘켄을 밀치며 단호하게 말했다.

"유우, 토모. 여러 가지 궁금한 게 많겠지만 일단 나기의 수색을 우선해 줘. 지금이 5시 30분. 늦어도 7시에는 셸터로 돌아가지 않으면 또 스가모가 시끄럽게 굴 것 같으니까."

"아…….."

유마는 토모리, 콘켄과 동시에 인상을 찌푸렸다.

충격적인 사건이 계속되는 바람에 잊고 있었는데, 애초에 이 네 사람이 1층 셸터를 나온 이유는 학급 반장인 스가모 테루키에게 식량 조달 명령을 받았기 때문이었다. 다행히 유마와 사와의 스토리지에는 휴게실에서 입수한 주먹밥과 빵, 과자가 수북하게 쌓여 있었다. 지금 셸터에 있는 학생은 유마 일행을 포함해 23명── 아니, 모로 타케시가 몬스터에게 살해당했으니 22명. 그 전원에게 주먹밥, 혹은 빵하나에 과자 하나를 나눠 준다 해도 두 끼 분량은 충분히 커버할 수 있는 양이었다.

그 정도를 가져가면 스가모도 불평하지 않겠지만, 내일 오전까지 탈출 방법을 찾거나 밖에서 구조가 오지 않으면 낮부터는 또 먹을 것이 바닥난다. 아마도 아르테아의 5층에 있을 대형 푸드코트까지 도달한다면 충분한 식량을 확보할 수 있겠지만, 만일 지금의 아르테아가 RPG의 탑 형태 던전과 마찬가지로 '위로 올라갈수록 더 강한 몬스터가 출현하는' 상황이라면──.

유마가 이런저런 생각에 잠겨 있는데, 그제서야 발라크와의 대면을 포기한 것인지 콘켄이 왼손에 오른쪽 주먹을 찰싹 치면서 말했다.

"좋아, 빨리 울보나기를 찾아야지. 그 녀석은 아직 액매안에 들어있는 거지? 그렇다는 건 우리가 그 녀석의 칼리큘러스를 열어 주면 자동으로 로그아웃할 테니까……."

거기서 잠시 입을 다물더니 이번에는 의아한 얼굴로 말을 잇는다.

"……아니지, 근데 우리가 쓰던 1번 플레이룸 칼리큘러스는 진작에 다 조사하지 않았어? 설마 울보나기가 들어 있는 걸 못 보고 지나친 건가……?"

"아니야, 콘켄."

끼어든 유마가 발라크의 말을 떠올리며 말했다.

"나기는 AM 세계 안에 있지만 접속하고 있는 건 아니야. 만화나 애니메이션처럼 저쪽으로 전이된 상태야."

"……전이?"

콘켄이 입을 쩍 벌렸다. 무리도 아니다. 발라크에게 직접 설명을 들은 유마조차 아직 반신반의한 상태였으니까.

"그러니까 다시 말해…… 지금의 아르테아에서 칼리큘러스를 사용해 AM에 접속하면, 진짜 내 몸까지……."

"내가 시연해 볼 테니까 본인 눈으로 직접 확인해 봐."

이번에는 사와가 끼어들어 그렇게 말하고는 주위를 둘러보았다.

근처에 있는 칼리큘러스는 콘헤드 데몰리셔의 난동과 발라크의 상위 마법으로 인해 대부분 손상된 상태였다. 사와는 세 사람을 손짓으로 불러 플레이룸 안쪽으로 걸어가더니 멀쩡한 칼리큘러스가 딱 네 대 늘어선 자리에서 멈춰섰다.

네 대 모두 뚜껑이 열려 있다는 것을 확인하고 [229]넘버 ──아마도 '2번 플레이룸의 29번째'라는 의미일 것이다──가 칠해진 칼리큘러스의 램프(승강대)로 올라갔다. 그리고 캡슐 옆에서 몸을 돌려 유마 일행에게 지시했다.

"내가 들어간 뒤에 뚜껑이 닫히면 30초 뒤에 비상 개방 레버를 이용해서 열어 봐. 그걸 보고 납득이 갔다면 너희도 옆에 있는 칼리큘러스를 써서 들어와 줘."

"음…… 아니, 잠깐만."

오른발을 올리려던 사와를 유마가 붙잡았다.

"왜?"

"접속하는 건 좋은데 나올 때는 어떻게 해? 테스트 플레이 때는 메뉴 화면에 로그아웃 버튼이 없었잖아."

"아아……."

사와는 잠시 눈썹을 치켜세웠지만 바로 대답해 주었다.

"괜찮아, 아마 버튼은 있을 거야."

"아마?"

"어차피 이 아르테아에서 나갈 수 없으니까 AM 세계에 가둬둘 이유가 없잖아. 얼른, 시간 없어."

"……알았어."

유마가 고개를 끄덕이자 사와가 캡슐 가장자리를 훌쩍 넘어가 내부 침대에 누웠다. 왼손 크레스트가 점멸하며 칼리큘러스와 링크. 꽃잎 모양의 뚜껑이 자동으로 닫히고 잠금장치가 걸렸다. 뚜껑 표면에 떠 있던 [미사용(Vacant)] 홀로그램 문자가 [사용중(Occupied)]으로 전환되었다.

시야 우측 하단에 표시된 시간이 30초를 지날 때까지 가만히 기다렸다. 혹시 모르니 5초를 더 센 다음 유마는 캡슐 측면에 있는 비상 개방 레버를 쥐었다. 힘을 주어 잡아당기자 달칵, 잠금장치가 풀리는 소리가 울려 퍼지며 뚜껑이 몇 cm 떠올랐다. 그 틈새에 손가락을 걸고 천천히 들어 올렸다.

"……말도 안 돼……."

잔뜩 쉰 콘켄의 목소리에 유마는 아무런 대꾸도 할 수 없었다.

불과 40초 전에 틀림없이 이 칼리큘러스에 들어갔을 사와는 바람막이를 포함해 흔적도 없이 사라져 있었다. 굳은 오른손을 캡슐 속에 살짝 넣어 보았지만, 손가락 끝은 젤 소재로 된 침대에 닿을 뿐이었다.

AM 세계로 접속하면 이렇게 된다는 것을 발라크에게 듣긴 했지만, 실제로 경험하니 뇌에 직접 와닿는 듯한 충격이 느껴졌다. 아르테아에 갇힌 이후 논리로 설명할 수 없는 일들을 질릴 정도로 봐왔지만, 사람 하나가 통째로 사라지는 것을 보니 초자연 현상의 레벨이 한 단계 더 올라간 느낌이었다.

──게임 속에서 패스트 트래블을 하면 아바타는 그 자리에서 사라진다. 그것과 똑같은 거야.

스스로를 그런 말로 설득하며 유마는 고개를 들었다.

"……우리도 가자."

토모리와 콘켄이 말없이 고개를 끄덕였다.

서둘러 통로로 돌아온 세 사람은 왼쪽에 늘어선 226, 227, 228번 칼리큘러스로 한 명씩 뛰어올랐다. 무인 캡슐에 들어가 똑바로 눕는다. 크레스트가 자동으로 연결되며 시야 중앙에 액추얼 매직 로고가 떠올랐다. 기분 탓인지 색감이 예전보다 어두워진 느낌이다.

하지만 지금 와서 그런 변화는 사소한 일이었다. 뚜껑을 내리는 유압댐퍼 작동음을 들으며 굳게 눈꺼풀을 감았다. 숨을 들이마시고, 내쉬고, 다시 들이마시고──.

"다이브 인."

보이스 명령을 외우자, 눈꺼풀 뒤쪽으로 무지개색 방사광이 번지며 녹아들더니 완전한 흰색으로 변했다. 몸의 감각이 멀어지고 중력이 희미해지면서 마치 영혼만 빠져나가는 듯한 부유감이 유마를 감싼다.

……조심해, 유마.

……발라크는, 결코 너희들의…….

문득 누군가의 목소리가 들린 것 같았다.

그러나 귀를 기울이기도 전에 두 다리가 부드러운 땅에 닿았다. 넘어지지 않게 균형을 잡으면서 확실하게 가상의 대지를 밟고 섰다.

등을 바로 펴고 눈꺼풀을 뜨자마자 유마는 주위를 둘러보기도 전에 메뉴 창을 열었다. 즉시 시스템 탭으로 이동해 그 가장 아래에 [LOGOUT] 버튼이 존재하는 것을 확인하고는 안도의 숨을 내쉬었다.

그리고 창을 끄고 고개를 든 순간, 유마는 숨을 삼켰다.

지평선에 걸쳐진 새빨간 태양. 붉은색에서 연보라, 짙은 감색으로 이어지는 저녁 하늘. 미풍에 살랑이는 초록색의 초원. 온갖 것들의 색채가 너무나도 선명해 어두컴컴한 아르테아에 익숙했던 두 눈에 통증이 느껴질 정도였다. 게다가 조금 서늘한 공기에는 테스트 플레이 때 느끼지 못했던 풀과 꽃향기가 듬뿍 담겨 있었다.

"세상이…… 이렇게나 아름다웠구나……."

10초가량 늦게 나타난 콘켄이 두리번거리며 사방을 둘러보더니 절절하게 중얼거렸다.

'이쪽이 가짜야'라는 지적을 날리려 했지만, 지금은 아르테아도 반 정도는 가상 세계나 다름없었다.

몇 초 후 토모리도 접속했다. 이곳의 풍경을 잠시 눈에 담고는 곧바로 자신의 몸을 내려다본다. 성직자 전용 장비인 법의 위에서 이리저리 몸을 쓰다듬어 보는 토모리에게 유마가 작은 소리로 물었다.

"시미즈, 어디 아파?"

"아, 아니, 괜찮아. 저기 아시하라, 지금 우리들 몸은 액추얼 매직의 아바타인 거지?"

"어……?"

유마도 자신의 두 손을 바라보다 고개를 끄덕였다.

"응, 아마 그럴 거야. 원래 손에 있던 점이나 흉터가 없는 걸 보면."

내친김에 몸도 확인해 보니 유키하나 초등학교 교복이 아닌 얇은 가죽 갑옷과 모직 튜닉으로 바뀌어 있었다. 아무래도 현실 세계의 옷, 아니 장비는 AM 세계에는 반입할 수 없는 모양이었다.

토모리도 자신의 손을 빤히 바라보며 말했다.

"그렇겠지……. 하지만 그렇다면 우리 진짜 몸은 어디로 간 걸까……?"

그 의문에는 즉각 대답하지 못하고, 유마는 콘켄과 마주 보았다.

현실 세계의 칼리큘러스로 들어온 순간 유마 일행의 몸은 캡슐 속에서 사라졌을 것이다. 그러나 AM 세계에 나타난 것은 디지털 데이터로 만들어진 가상의 몸. 즉 지금 이 순간 진짜 몸은 어느 세계에도 존재하지 않는다는 말이 된다.

형언할 수 없는 불안감에 사로잡혀 우두커니 서 있을 때.

바스락바스락 풀을 밟으며 한발 앞서 접속한 사와가 다가왔다.

"토모, 걱정하지 마. 지금 우리의 이 몸은 아바타지만 진짜 몸이기도 해."

"어……? 사와, 그게 무슨 말이야……?"

토모리의 옆에서 유마도 고개를 갸웃했다.

마술사 로브를 입은 사와는 "나도 완전히 다 이해한 건 아니지만" 하는 서론을 꺼낸 뒤 조금 어색한 어조로 설명하기 시작했다.

"음…… 지금의 아르테아 안에 있는 건 전부 다 물질이자 데이터인 상태야. 인간의 몸도 포함해서. 그래서 현실의 물건도 스토리지에 수납할 수 있는 거고 다친 사람은 마법으로 고칠 수 있는 거지. 상위 마법인 '트랜스퍼(전이)'를 습득하면 아르테아 안에서 텔레포트도 할 수 있을 거야."

"텔레포트……. 그렇구나, 우린 아르테아에서 AM 세계로 텔레포트 했다는 뜻이야?"

토모리의 질문에 사와는 깜짝 놀란 표정을 지었지만, 이내 고개를 끄덕였다.

"응, 그렇게 생각해도 돼. 몸이 아바타로 바뀐 건 현실 세계에서는 물질 상태가 우선시되고, AM 세계에서는 데이터 상태가 우선시돼서…… 인 것 같아."

"데이터 상태라면…… 이쪽에서는 다쳐도 아프지 않고 피도 안 나온다는 거지?"

콘켄이 오른손을 쥐었다 펴며 묻자 사와가 다시 고개를 끄덕였지만, 못을 박아두듯 덧붙였다.

"하지만 그렇다고 해서 무모한 짓은 하지 마. 당연하지만 HP는 줄어들고, 아마 이쪽에서도 죽으면 살아날 수 없을 테니까."

"켁, 어째서?! 홈 포인트에서 되살아나는 게 아니라?!"

"아까 이 몸은 아바타이면서 동시에 진짜 몸이라고 했지? HP가 제로가 되면 진짜 생명도 끝날 거라 생각해."

"생각한다니, 발라크는 이쪽에서 죽으면 어떻게 되는지 알려주지 않았어?"

그렇게 끼어들며 물은 유마에게 사와가 미간을 좁혔다.

"그 녀석, 처음 AM에서 로그아웃했을 때 갑자기 머릿속에 말을 걸어오더니 자기가 악마이고 나한테 빙의했다는 사

실이나 현실의 아르테아가 게임과 융합해 버렸다거나, 그런 내용들을 멋대로 떠들어 댔어. 그때 다시 AM에 접속하면 어떻게 되는지도 알려 줬는데, 시간이 다 돼서 끝까지 못 들었어."

"시간이 다 됐다고……? 다시 머릿속으로 부르면 대답해 주지 않을까?"

"나와 발라크가 직접 대화를 하기 위해서는 여러 가지 조건이 필요한 것 같아. 아까처럼 교대하면 그 녀석이 밖으로 나오긴 하지만, 그땐 난 말을 못하니까."

"으음…… 그 교대에도 제한시간이 있다는 거지? 하루에 10분이랬나?"

"그래."

고개를 끄덕이는 사와의 머리에 긴 뿔이 존재하지 않는 것을 확인한 뒤에 유마는 다시 한번 "으~~~음" 하고 신음했다.

나기를 찾고, 와타마키 스미카를 원래대로 되돌리고, 아르테아에서 탈출한다는 목적을 달성하기 위해서는 발라크의 정보는 무엇보다 중요하다. 하루 10분이라고 한다면 오늘 밤 날짜가 바뀌는 순간 교체하여 타임리밋 순간까지 계속 질문을 퍼붓고 싶은 심정이었지만, 답을 듣기 위해서는 발라크가 요구했던 대가—— 나기와 합류한다는 임무를 완수해야 했다.

"……그럼 일단, 여긴 어디야……?"

중얼거리며 다시 주위를 둘러보았다.

네 사람이 나타난 곳은 실처럼 가늘고 부드러운 풀로 뒤덮인 언덕 위. 사방에는 석양으로 물든 초원이 펼쳐져 있고, 북쪽 하늘에는 은은한 보랏빛 언덕이 떠올라 있다. 군데군데 작은 숲과 호수가 있긴 했지만 건물 같은 것은 찾아볼 수 없었다.

"우리가 로그아웃한 곳은 테스트 던전의 보스 방이었지? 근데 왜 이런 곳에…….”

유마가 고개를 갸우뚱하자 콘켄이 씩 웃으며 말했다.

"그런 유마 너에게 좋은 걸 알려 주지.”

그가 공중에서 오른손 손가락을 움직여 메뉴 창을 불러냈다.

그것을 보고 유마는 비로소 콘켄이 무엇을 하려고 하는지 깨달았다. "잘 들어, 여기를 열면 말이지……" 하며 연극마냥 대사를 이어가려는 절친의 등을 가볍게 쿡 찔렀다.

"알았으니까 얼른 맵이나 열어.”

"예이.”

콘켄의 손가락이 맵 쪽을 누르자 창이 전환되며 반투명 지도가 떠올랐다. 순간 토모리와 사와가 한목소리로 "어?!" 하고 소리쳤다.

놀란 것은 유마도 마찬가지였다. 나타난 맵은 테스트 플레이 때와 전혀 다른 모양새였다. 테스트 당시에는 사각으로 된 지역 남서쪽 구석에 '카르시나'라는 이름의 작은 마을

이 있었고, 중앙부는 초원, 북부는 숲, 그 안쪽에 최종 목적지인 고성 던전——. 그것만이 세계의 전부였다.

그러나 지금 유마가 보고 있는 지도에는 캐슈넛처럼 둥그스름한 초승달 모양의 섬이 표시되어 있었다. 대부분은 회색이었지만 왼쪽 아래, 즉 남서부에 현재 위치를 나타내는 광점이 켜져 있었고 그 주위에만 색깔이 존재했다.

콘켄이 말없이 광점 위에 엄지와 검지를 대고 휙 펼쳤다. 맵이 확대되며 주변 지형이 빛의 선으로 그려졌다.

"음…… 이게 이 언덕인 거지? 여기 숲이 있고, 호수가 여기 있고…… 그 너머에 있는 이건 마을인가……?"

콘켄이 가리킨 곳에는 확실히 마을처럼 보이는 것이 존재했다. 강을 등진 반원형의 벽과 중앙부에서 방사형태로 뻗어 있는 길은 어디선가 본 기억이——.

"어, 이거 카르시나 마을 아니야?"

토모리의 지적에 사와가 "정말이네"라며 동의했다. 듣고 보니 테스트 플레이의 시작점이었던 카르시나의 지형과 흡사했다. 그때는 물건 구입도 하는 둥 마는 둥 하고 바로 뛰쳐나갔지만, 등대의 지도 기호를 반으로 자른 것처럼 생긴 마을의 지형은 또렷하게 기억에 있었다.

"아니, 근데 잠깐만. 이 마을이 카르시나라면 이 부근이 레벨 업한 초원이고, 마지막 던전이 있던 숲은 여기인 건가?"

콘켄이 지도 왼쪽 아래를 차례로 가리키며 일대를 둥글게 쓸었다.

"그렇게 넓었던 테스트 구역이 겨우 이 끝자락 정도였다는 거잖아. 이 맵은 테스트 구역의 5배는 되는 것 같은데…… 실제 거리로 환산하면, 으음…….."

"끝에서 끝까지 대략 30킬로야. 야마나카호에서 모토스호 정도?"

도서위원다운 박식함을 뽐내는 토모리의 말에 유마와 사와, 콘켄이 모두 "오~" 하며 감탄했다.

네 사람이 사는 야마나시현 노조미시는 후지 5대 호수 중 하나인 야마나카호의 서쪽 부근에 있다. 호반 국도를 따라 북상하다 보면 카와구치호가 있고 사이호, 쇼지호, 그리고 모토스호로 이어진다. 노조미 시민들에게는 흔한 관광 루트였지만 도로가 뻥 뚫려 있어도 차로 한 시간 남짓, 만일 어린아이 발로 걸어가려면 반나절 이상은 걸릴 거리였다.

비슷한 넓이를 가진 맵에서 아무런 단서도 없이 나기를 찾는 것은 불가능하다——라는 말은 절대로 하고 싶지 않았지만, 하루 이틀만에 도착할 거리도 아니었다. 하지만 이제 한 시간 뒤에는 로그아웃을 하고 셸터로 돌아가야 한다.

"사와, 발라크가 나기의 거처에 관해 힌트가 될 만한 말은 안 해 줬어?"

유마가 그렇게 묻자 사와는 작게 고개를 저었다.

"전혀. 그 녀석도 나기가 AM 안에 있다는 것밖에 모르는 것 같아."

"그렇구나……. 파티가 남아 있으면 맵에 현재 위치가 나오는데…….”

말하면서 시야 왼쪽 위를 바라보았다. 그러나 그곳에 표시된 것은 유마와 사와, 콘켄, 토모리의 HP바뿐이었다. 테스트 플레이 때 짠 4인 파티는 로그아웃했을 때 강제로 풀렸으니 당연하다면 당연했지만, 나기와 접촉할 방법이 전무하다는 것을 다시 한번 깨닫자 가슴속이 무거워졌다.

사와나 콘켄과 계속 함께 있는 유마조차 이렇게 불안한데, 무슨 일이 일어났는지도 모른 채 홀로 게임 세계에 남겨진 나기는 얼마나 불안해하고 있을까.

“유우. 우두커니 서 있어 봐야 소용없어.”

같은 심정을 느꼈을 콘켄이 어깨를 흔들며 하는 말에 유마는 고개를 끄덕였다.

“알아. ……테스트 플레이가 끝났을 때 나기만 로그아웃하지 않았다면 맵 어딘가에 랜덤으로 날아갔거나 던전 보스 방에 그대로 남겨졌거나 둘 중 하나겠지. 랜덤으로 워프했다면 맵을 하나하나 뒤져서 찾을 수밖에 없겠지만, 보스 방에 남겨졌다면 던전 근처에서 대기하고 있거나 카르시나 마을로 돌아갔을 수도 있어……. 나기라면 어떻게 했을까…….”

평소에는 겁 많은 울보이면서 여차할 때는 놀라울 정도로 냉정하고 용감해지는 소꿉친구의 얼굴을 떠올리며 중얼거리자 곧바로 사와가 대꾸했다.

“던전에서 다른 곳으로 이동했다면 행선지를 알 수 있도록 메시지를 남겨놨을 거야. 목재와 끈만 있으면 간판을 만들 수 있으니까."

"아…… 그렇네."

나라면 그런 수를 떠올리지 못했겠지만 나기라면 틀림없이 그럴 것 같았다. 그렇다면 가장 먼저 가야 할 장소는 한 곳뿐이다.

"좋아, 먼저 숲의 던전을 목표로 하자."

유마의 선언을 들은 콘켄, 사와, 토모리가 "좋아!" "응!" "알았어!" 하고 동시에 외쳤다.

네 사람의 새로운 출발점이 된 언덕은 이전 테스트 플레이 지역에서 불과 몇 km 동쪽으로 떨어진 곳이었다.

아무것도 없는 초원 한복판에 나타난 이유는 알 수 없었지만 맵 반대편으로 떨어지지 않은 것은 행운이었다. 전투에 할애할 시간은 없었기에 곤충계나 동물계 몬스터를 최대한 피하면서 북서쪽으로 달려갔고, 15분도 안 돼 목적지인 숲에 도착했다.

남은 것은 테스트 때도 지나갔던 외길을 직진하기만 하면 되는데, 그 앞에 예상 밖의 유혹이 기다리고 있었다. 숲 어귀 그루터기에 NPC 행상인이 앉아 있는 것이다.

파이프를 맛있다는 듯 피우고 있는 상인과 그 옆에 가지런히 놓인 판매 제품을 수십 m 떨어진 곳에서 잠시 관찰한 유마가 말했다.

"……일단 뭐가 있는지만이라도 살펴볼까?"

"봐도 우리 돈 없잖아."

콘켄의 지적에 뒤늦게 그 사실을 깨달았다. 유마 일행은 테스트 플레이에서 적지 않은 액수의 돈——AM에서는 '오람'이라는 단위가 쓰이고 있다——을 벌었지만, 강제 로그아웃할 때 모두 소멸해 버리고 말았다.

무일푼이니 어쩔 수 없지. 그렇게 체념하려던 타이밍에 사와가 말했다.

"뭔가를 팔면 되지 않을까?"

"판다고 해도 뭘……."

오른손을 들어 스토리지를 열었다. 그러자 그곳에는 현실 세계에서 손에 넣은 약품이나 식량, 몬스터에게 드롭한 소재류가 용량 한계 직전까지 채워져 있었다.

"어…… 장비는 안 돼도 아이템은 반입할 수 있는 건가. 무슨 기준이야……?"

"아마 장비 중인 아이템은 데이터가 중복돼서 그런 거 아닐까? 그보다 쓸데없는 소재 같은 건 다 팔아 버리자."

"그……러자."

대답을 하긴 했지만, 주저하는 마음이 안 드는 것은 아니었다.

옛날부터 함께 여러 RPG를 플레이해 왔어도 기본적으로 사와는 아이템을 꾸준히 파는 파, 유마는 끈질기게 갖고 있는 파였다. 지금 스토리지에 들어 있는 독벌레 헤르타바나스 라바 소재도 나중에 어딘가에 도움이 될지도 모른다.

"그럼 반만 팔자."

유마가 그렇게 말하자 사와는 예상했다는 듯이 "어련하시겠어"라고 답하고는 NPC 상인에게 다가갔다.

하얗게 샌 콧수염을 기른 초로의 상인은 유마 일행을 보자 물고 있던 파이프를 내려놓고 "어서 오시게"라며 인사했다. 그리고 무언가를 알아차린 듯 눈썹을 치켜들더니 환하게 웃어 보인다.

"이거 또 와줬군. 고마우이."

"어……? 저희를 아세요?"

"알지 그럼. 아까 오후에도 많이 사갔지 않나?"

"……아."

유마는 저도 모르게 그런 소리를 내며 자신이 장비한 가죽 갑옷과 튜닉을 내려다보았다. 이는 초기 장비가 아니라 테스트 플레이가 끝나갈 무렵 NPC 행상인에게서 구입한 물건이었다. 그때는 마음이 급해서 거래 창밖에 보지 않았는데, 지금 생각하니 장소가 이 부근이었던 것 같다.

그렇다고 해도 예전에 물건을 산 고객을 기억하고 대화 패턴이 바뀌다니, 은근히 성능이 좋은 NPC다. 아니면 퀘스트의 기점인 걸까.

유마가 이런저런 생각을 하고 있는데 몇 걸음 앞으로 걸어 나온 토모리가 마치 진짜 인간을 상대하는 듯한 말투로 물었다.

"저기, 아저씨는 늘 여기서 물건을 파시나요?"

──음? 무슨 말을 하는 건가?

그런 식의 대사가, 다시 말해 '답이 설정되지 않은 질문을 받았을 때 NPC 고정 대사'가 돌아올 것이라고 유마는 예상했다. 그러나 상인은 허허하는 너털웃음을 짓더니 가볍게 두 팔을 벌려 대답했다.

"설마. 이런 곳에서 장사해 봤자 평소에는 개미새끼 한 마리 안 지나간다네. 난 보통 카르시나와 솔리유를 며칠에 걸쳐 오가는데, 오늘은 다른 섬에서 온 모험가들이 이 숲 속에 둥지를 튼 용에게 도전한다는 소식을 들었거든. 덕분에 자네들 말고도 많은 사람들이 물건을 사갔지."

과장스럽게 눈을 찡긋거리는 상인을 보며 토모리가 키득키득 웃었다.

그 뒤쪽에 서 있던 유마는 조금── 아니 상당히 놀랐다. NPC 상인의 반응이 마치 진짜 인간이 아닐까 싶을 정도로 자연스러운 것도 이유였지만, 지금의 말이 사실이라면 이 노인은 숲 속 던전을 향하는 테스트 플레이어를 노리고 이곳에 가게를 냈다는 뜻이 된다.

순간적으로 같은 플레이어 혹은 운영진이 아닐까 추측했지만, 그렇다면 이 이상 사태 속에서 태평하게 롤플레이를 즐기고 있을 리가 없다. 그러니 현재로서는 액추얼 매직의 NPC가 기존 MMORPG와는 비교할 수 없을 정도로 고성능이다, 라는 말로 납득할 수밖에 없겠지…… 속으로 그렇게 결론을 내린 유마는 토모리 옆으로 나가 상인의 대답 속에서 신경 쓰인 단어에 대해 물었다.

"솔리유…… 라는 건 마을 이름인가요?"

"그렇지. 여기서 동쪽으로 5km만 가면 강에 도착하는데, 그 연안을 따라 북동쪽으로 10km만 걸어가면 갈 수 있다네. 카르시나보다 훨씬 크고 떠들썩하니 자네들도 기회가 된다면 가보게나."

거기까지 말한 상인은 오른손에 든 파이프를 그루터기 가장자리에 툭툭 쳐서 재를 떨어뜨렸다.

"그래서, 뭐라도 살 텐가?"

"아…… 네, 네. 하지만 그 전에 매입을 부탁하고 싶어요."

"물론 좋지. 뭘 팔려고?"

유마는 서둘러 오른손을 움직여 메뉴 창을 열었다. 잘 생각해 보면 공중에 반투명 사각판이 불쑥 떠오르는 것은 초자연 현상이라는 말 외에는 설명할 수 없는 일이었지만, 상인은 태연했다. 마법의 일종이라고 생각하는 것일까……. 그런 생각을 하면서 스토리지로 이동해 죽 늘어선 아이템명을 입수순에서 종류순으로 다시 정렬했다.

귀중한 식량이나 의약품은 당연히 팔 수 없었기에 남은 거라고 하면 역시 아르테아에서 쓰러뜨린 몬스터의 소재 정도뿐이다. 먼저 '헤르타바나스 라바의 송곳니'를 꺼내려는 순간, 유마의 눈이 몇 줄 위의 문자열로 빨려 들어갔다.

──이거, 될지도 모르겠다.

문자열을 누르고 팝업 메뉴에서 '실체화'를 선택.

창 위에 나타난 것은 높이 15cm 정도의 유리 용기였다. 그 안에는 석양을 받아 반짝반짝 빛을 내는 하얀 알갱이들이 채워져 있다.

현실 세계에서 스토리지에 넣었을 때 플라스틱으로 되어 있던 뚜껑이 이곳에서는 코르크로 되어 있는 것을 의아하게 여기면서도 유마는 그것을 상인에게 내밀었다.

"뭐지, 이건?"

받아든 상인은 의아한 듯 눈을 가늘게 뜨더니, 조심스러운 손놀림으로 코르크 마개를 뽑았다. 하얀 알갱이를 왼쪽 손바닥에 조금 꺼내어 주저 없이 혀로 핥아본다. 그 순간, 굵은 눈썹 아래의 두 눈이 휘둥그레진다.

"오…… 소금 아닌가! 이렇게 새하얗게 정제된 건 솔리유 시장에서도 구할 수 없는데. 몇 병이나 있지?"

"으음……."

이 소금은 원래 아르테아 직원 휴게실에 있던 식용 소금이다. 현실 세계라면 흔한 물건이지만 판타지 세계에서는 고순도의 정제염은 드물지 않을까──라는 예상은 아무래도 정답인 모양이었다. 게다가 한여름 황야에서 조난당한 것이 아닌 한 식량으로서는 그다지 중요한 것도 아니었다.

"……4개 더 있어요."

그래도 유마는 혹시 모르는 상황을 대비해 한 병을 남겨 두고 네 병을 실체화시켰다.

상인은 그것들을 모두 맛본 뒤에 만족스러운 얼굴로 고개를 끄덕이며 말했다.

"그럼 다섯 병에 500오람이면 어떤가?"

"자…… 잠깐만요."

몇 걸음 물러서서 여동생에게 속삭였다.

"사와, 1오람이 어느 정도의 가치였더라?"

"아까 카르시나 마을 포장마차에서 팔던 둥근빵이 한 개에 1오람이었지."

"……그렇다는 건 500 정도면 괜찮은 액수인가?"

"아마도. 협상할 시간도 없으니까 그냥 팔아."

쌍둥이 한정 스킬인 초고속 속삭임으로 상담을 마친 뒤 유마는 상인 앞으로 돌아갔다.

"그 가격으로 좋습니다."

"오, 그런가? 고마우이."

상인은 허리에 매단 가죽주머니에 손을 넣더니 금화 다섯 개를 꺼냈다. 받은 돈 위에는 성의 도안과 100이라는 숫자가 찍혀 있었다. 생각해 보면 테스트 플레이에서 획득했던 돈은 모두 직접 스토리지에 들어갔고, 쇼핑할 때도 거기서 바로 계산이 되었기에 AM 세계의 화폐를 손에 쥐어 보는 것은 이번이 처음이었다.

"봐봐, 나도 보고 싶어."

얼굴을 쑥 내민 콘켄에게 한 개를 쥐어 주고 다시 앞을 향했다.

"그리고 구입도 좀 하고 싶은데요."

"물론 괜찮고말고. 아쉽게도 무구는 다 팔렸지만 말이지."

상인의 말대로 그의 오른쪽에 진열된 상품은 보존식 종류뿐이었다. 건과일과 육포, 건어, 내용물을 짐작할 수 없는 병조림 등을 바라보고 있자 토모리가 다가와 속삭였다.

"아시하라 군. 현실 세계에서 얻은 소금을 꺼낼 수 있었다면 AM 세계에서 얻은 음식도 저쪽으로 가져갈 수 있지 않을까?"

"……아."

저도 모르게 작은 소리가 새어 나왔다.

이쪽에서 먹을 생각밖에 안 했는데, 그 논리로 생각해 보면 꺼낼 수 있을 가능성이 높았다. 그리고 그것이 가능하다면 식량을 확보하기가 상당히 수월해진다. 현실 세계에서는 매점이나 푸드코트에서만 구할 수 있는 데다 수량이 한정되어 있지만, 이쪽이라면 획득 수단도 다양한데다 공급량도 사실상 무한대에 가까웠다.

"아…… 아저씨, 여기 있는 음식들 다 사면 얼마예요?!"

유마가 흥분하여 묻자 상인은 놀란 표정을 지으면서도 즉각 대답했다.

"글쎄, 한꺼번에 사준다면 싸게 해서 200오람에 주겠네."

그 말이 진심인지 아니면 상술인지는 알 길이 없었지만, 유마쪽 입장에서는 이 정도 양의 식량을 식용 소금 두 병과 교환할 수 있는 셈이었다. 푸드코트 주방에 가면 소금 같은 것도 산더미처럼 쌓여 있을 테니 여기서는 순순히 내는 편이 좋을 것 같았다.

"알겠습니다, 그럼 전부 주세요."

꼭 쥐고 있던 100오람 금화 중 두 개를 내밀자 상인은 "고마우이"라며 마술 같은 손놀림으로 가죽 주머니에 돈을 받아 넣었다.

유마는 아직도 금화를 쳐다보고 있는 콘켄의 소매를 잡아당겨 스토리지를 열게 했다. 그리고 깔개 위에 진열된 식료품을 닥치는 대로 집어넣었다. 사와하고 토모리도 도와준 덕분에 30초도 안 되어 모든 물건이 사라졌고, 상인은 후련한 얼굴로 그루터기에서 일어났다.

"그럼 난 카르시나로 돌아가야지. 어디선가 만난다면 또 사주시게나."

"네, 조심히 가세요."

네 사람이 동시에 인사한 뒤 유마 일행은 다시 원래의 길로 돌아갔다.

잠시 샛길로 빠지긴 했지만 얻은 것도 많았다. 식량은 물론 솔리유라는 이름을 가진, 아마 AM 세계의 수도인 곳으로 가는 방법은 귀중한 정보였다.

처음부터 카르시나로 돌아가지 않고 직접 솔리유로 가는 방법도 있었다. 수도라면 주민도 많을 것이고, 괴물이 되어버린 와타마키 스미카를 인간으로 되돌릴 수 있는 방법이나 아르테아에서 탈출하는 방법에 대한 힌트를 얻을 수 있을지도 모른다. 하지만 그것도 숲 속 던전에서 무사히 나기와 합류할 수 있었을 때의 이야기다. 희망이 보였다고 속단하기엔 이르다.

정신을 다잡은 유마는 세 사람을 이끌고 풀 스피드의 60% 정도 속도로 좁은 길을 달렸다. 초원에서 숲속으로 들어가자마자 주위가 단번에 어둑해졌다. 아예 보이지 않는 것은 아니지만 그래도 불빛이 있으면 좋겠다…… 라는 생각을 한 타이밍에 뒤에서 토모리의 목소리가 들려왔다.

"아시하라 군, 속도를 조금 줄여 줘."

시키는 대로 속도를 줄이자 이번에는 주문을 외는 소리가 들렸다.

"루민(빛이여)…… 아비스(새가 되어)…… 볼리토(뛰어올라라)."

등 뒤에서 유백색 빛이 생겨났다. 그것이 작은 새가 되더니 유마를 추월해 전방에서 좌우로 둥실둥실 날아다닌다. 광속성의 조명 마법 '일루미네이트 버드(비추는 작은 새)'다. 빛의 양은 랜턴과 비슷하지만 손에 들 필요가 없고 숨은 몬스터에 반응하는 능력도 있다.

실제로는 유마 일행이 나아갈 방향을 예측하고 날아가는 것뿐이지만, 그런 빛의 새에게 이끌리기라도 하듯 네 사람은 어둑어둑한 숲속을 열심히 달려갔다. 초원과는 달리 길 좌우에는 이끼 낀 고목이 솟아 있고 그 틈새로 가시나무 같은 덩굴식물이 우거져 있어 몬스터를 발견해도 돌아갈 수 없었다. 어쩔 수 없이 오소리형 몬스터 '부르탈 버저'와 두 번, 개구리형 몬스터 '록 토드'와 한 차례 싸웠지만, 둘 다

테스트 플레이에서 경험한 상대여서 큰 수고 없이 해치우고 오후 6시 30분——나뭇가지 틈새로 들여다보이는 짙은 보랏빛이 완전히 사라진 타이밍에 일행은 고성의 폐허에 다다를 수 있었다.

지형은 테스트 플레이 때와 바뀌지 않았을 텐데 낮이 밤이 된 것만으로도 전혀 다른 장소로 들어온 것 같은 착각이 들었다. 반쯤 무너진 문의 그늘이나 튀어나온 외벽 아래 어둠 속에 몬스터가 숨어 있을 것만 같아 유마는 무심코 발을 멈췄지만, '일루미네이트 버드'가 반응하지 않자 그것을 믿고 폐허 속으로 들어갔다.

삼면이 높은 벽에 둘러싸인 앞마당은 유난히 어두웠고, 뒤틀린 산울타리 사이로 소리 없이 흐르는 밤안개가 섬뜩함을 가중시켰다. 더더욱 주위를 경계하며 울타리를 빙 돌아 앞마당 중앙까지 다다른 유마는 시선을 들었다.

말라붙은 분수 건너편에 4층 높이의 성이 우뚝 솟아 있었다. 정면의 큰 문은 활짝 열려 있었고, 그 좌우에는 타오르는 모닥불이 희미하게 일렁거렸다.

문 앞에 숨어 있던 작은 사람의 그림자가 힘차게 일어나 울먹이며 달려온다——라는 일은 안타깝게도 일어나지 않았다. 문 부근뿐만 아니라 넓은 앞마당을 구석구석 살펴봐도 사람 그림자 하나 없었다.

"……다른 장소로 이동해 버린 건지, 아니면 아직 던전의 보스 방에 있는 건지……."

콘켄이 낮은 목소리로 작게 중얼거렸다.

유마도 실망감을 감추며 말했다.

"우선 어딘가에 나기가 남긴 메시지가 없는지 찾아보자."

"그러게. 나눠서 찾아볼까?"

"아니, 몹이 나올지도 모르니까 떨어지지 않는 게 좋을 것 같아."

"좋아. 그럼 성의 1층부터 찾아보자고."

사와와 토모리도 고개를 끄덕인 것을 확인하고 유마는 콘켄과 나란히 성으로 한 걸음을 내디뎠다.

그 순간, 지금까지 머리 위에 떠 있던 '일루미네이트 버드'가 휘익, 고도를 올렸다.

그와 거의 동시에 위쪽에서 밤안개를 날려 버릴 정도의 포효가 울려 퍼졌다.

"그오오오오아아아악!"

흠칫 놀란 네 사람이 하늘을 올려다보았다.

고성의 지붕 위에 칠흑같은 그림자가 드리워졌다. 사람의 형태였지만 키는 3m 가까이 되어보인다. 다리는 짧고 몸통은 길고 양팔 또한 이상하게 굵고 길었다.

"빌어먹을, 또 콘헤드 종류인가?!"

왼쪽 허리의 검을 뽑아들며 욕을 뱉은 콘켄의 말에 사와가 반응했다.

"실루엣이 달라! ……온다!"

직후, 그림자가 지붕에서 휙 뛰어올랐다.

짧지만 튼튼한 두 다리가 땅에 닿은 순간, 이미 곳곳이 갈라져 있던 돌바닥이 방사 모양으로 부서지면서 지진 같은 충격이 엄습했다.

균형을 잃고 휘청이는 네 사람의 눈앞에서 그림자가 다시 드높게 도약했다. 그 거구와 아르테아의 2번 플레이룸에서 그들을 죽이려 했던 콘헤드 데몰리셔의 이형이 겹쳤다.

"우와아악!"

비명을 내지르며 몸을 웅크리는 콘켄을 향해, 그림자가 오른손에 든 육중한 거대도끼를 사정없이 내려쳤다.

그 순간 유마는 온힘을 쥐어짜 목청껏 소리쳤다.

"콘켄, 겁내지 마!"

콘헤드 데몰리셔는 스무 명이나 되는 어른이 융합하여 탄생한, 아마도 규격 외의 존재였다. 그러나 눈앞의 적은 최초의 던전인 이 고성 폐허에 배치된 이른바 중간 보스격의 몬스터일 것이다. 테스트 플레이에서 나타나지 않은 이유까지는 알 수 없었지만, 데몰리셔만큼 상식을 벗어난 공격력을 갖고 있을 것 같지는 않았다.

그런 확신과 함께 내뱉은 유마의 외침에, 콘켄은 살짝 뒤집히기는 했지만 더 큰 목소리로 화답했다.

"으으…… 으아아아아아!"

웅크리고 있던 등을 펴고, 양손으로 쥔 검을 머리 위로 높게 쳐들었다.

카아아아앙! 하는 강력한 금속음이 울려퍼졌고, 콘켄의

몸은 엉덩방아를 찧기 직전까지 뒤로 젖혀졌다.

하지만 날의 길이가 50cm는 넘어 보이는 거대도끼도 불똥을 터트리며 튕겨져 나갔다.

유마는 곧바로 뛰쳐나가 콘켄의 몸을 받쳐주었다. 곧바로 내려앉은 '일루미네이트 버드'가 적의 온몸을 비췄다.

사람의 형태지만 인간은 아니다. 머리는 도마뱀 그 자체로, 두껍고 울퉁불퉁한 피부에 덮인 몸과 거무스름한 철판이 비늘 형태로 늘어선 스케일 아머를 입고 있다. 오른손에는 외날 도끼를 들었고 왼손에는 둥근 방패. 외형은 흔히 말하는 리저드맨이지만 신장도 어깨너비도 기묘하게 커 보였다.

"브르르……."

두 갈래로 갈라진 혀를 꿈틀거리며 우는 거대 리저드맨을 올려다보고, 사와가 메마른 목소리로 중얼거렸다.

"……만약 나기가 여기에 저런 보스가 기다리고 있다는 걸 모르고 혼자 던전에서 나갔다면……."

"……괜찮아."

유마는 필사적으로 공포를 억누르고 속삭였다.

"나기라면 분명히 눈치챘을 거야. 그러니까 도마뱀에게 걸리지 않고 여기서 나갔거나 아직 던전 안에 있거나 둘 중 하나겠지. 저 녀석을 쓰러뜨리고 나기를 찾아보자."

"알았어."

사와와 함께 토모리도 고개를 끄덕였다.

네 사람의 결의를 감지한 듯 거대 리저드맨이 한 발 앞으로 나섰다.

머리 위에는 검푸르게 빛나는 HP바와 [바라니안 액스베어러]라는 고유명이 표시되어 있었다. 유마의 영어 실력으로는 액스가 도끼라는 것밖에 알 수 없었지만, 지금은 단어의 의미 따위는 아무래도 상관없었다.

왼쪽 허리의 숏소드를 뽑으면서 유마는 최대한 빠른 어조로 지시했다.

"콘켄은 주의를 끌면서 가드에 전념해 줘! 시미즈는 콘켄에게 지원과 회복, 사와는 마법으로 공격, 위험해지면 내가 신호할 때 성 안으로 도망가!"

"알았어!"

세 사람이 동시에 그렇게 외친 순간, 거대 리저드맨 바라니안이 다시 한번 도끼를 휘둘렀다. 아직 타깃은 콘켄을 향해 있었다.

"언제든 와라아!"

스스로를 고양시키려는 듯 소리친 콘켄도 양손검을 빼들었다.

액추얼 매직에는 수많은 무기 종류에 각각 특수한 '무술'──'배틀무브'라는 특수 공격이 설정되어 있다. 무기마다 마스터리(수련) 스킬을 단련하면 습득할 수 있는 그것은 마법과 비교하면 비교적 수수하지만, 적과 직접 마주해야 하는 전사직에게는 생명줄이라고도 할 수 있는 필수적인 기능이었다.

콘켄은 오른발을 앞으로 내밀고 왼발을 크게 뒤로 빼며 양손검을 이마 바로 옆에 겨누었다.

널찍한 도신에서 희미한 붉은 인광과 날카로운 진동음이 났다.

배틀무브는 마법과 달리 주문 영창이 아니라 온몸을 이용해 특정한 '형(자세)'을 만드는—— 다시 말해 제스처 명령어를 입력하여 발동하는 것이었다. 자세의 어긋남은 거의 허용되지 않으며 발을 짚는 곳이나 벌리는 폭, 허리의 비틀림, 팔의 굽힘 정도, 그리고 검의 위치와 각도에 이르기까지 mm 단위로 재현해야만 한다.

콘켄은 이 배틀무브를 테스트 플레이 때 기껏해야 열 대여섯 번밖에 사용하지 않았을 것이다. 그런데 한 번만에 입력에 성공하다니, 몸을 쓰는 일은 역시 센스가 중요하구나……유마가 그렇게 감탄한, 다음 순간.

초조한 기색으로 한껏 시간을 끌던 바라니안이 그제서야 도끼를 내려쳤다.

반면 초조해하지 않고 견고하게 자세를 유지하던 콘켄이 붉은 오라를 띤 양손검으로 도끼를 받아냈다.

또다시 금속음과 불꽃. 도끼 공격이 막힌 바라니안이 뒤쪽으로 물러났다.

하지만 이번에 콘켄은 거의 밀려나지 않았다. 왼발을 안쪽으로 빼고 온몸을 낮춰 버티는가 싶더니 아직 빛을 머금은 검을 수직으로 고쳐 잡았다.

"으랴아아아!"

그리고 기합과 함께 내리친다.

콘켄이 발동시킨 것은 양손 검사가 최초로 습득하는 배틀 무브 '가드 카운터'였다. 이름 그대로 발동 후 첫 번째 가드에 강인(強靭) 보너스를, 이어지는 카운터 공격에 위력 보너스를 얻는다.

검을 머리보다 높게 잡아야 하기 때문에 자신보다 작은 몬스터를 상대로는 쓰기 어려워 테스트 플레이에서는 거의 활약하지 못했던 그 배틀무브가, 지금 이 순간 진가를 발휘하고 있었다. 콘켄이 날린 참격은 바라니안의 왼쪽 다리를 깊이 베어 내며 HP바를 10% 가까이 깎아 냈다.

"브아아악!"

노호와 고통이 뒤섞인 고함소리를 내며 도마뱀 거인은 더욱 뒤로 물러섰다. 그 틈을 놓치지 않고 사와가 마법을 발동시켰다.

"플람마(불이여)······ 누베스(안개가 되어)······ 푸지오네(융합하라)!"

사와가 내민 완드에서 새빨갛게 반짝이는 안개의 불꽃이 뿜어져 나오더니 공중을 뱀처럼 꿈틀거리며 바라니안에게로 향했다. '파이어 인핸스(불의 강화)' 마법──대상의 무구는 화속성을 부여받아 추가적인 고열 대미지를 입힌다. 유마는 순간 사와가 주문을 잘못 외웠나 생각했지만 그렇지 않았다. 불꽃의 띠는 바라니안의 도끼가 아닌 갑옷을 감싸며 비늘 모양의 금속 조각을 뜨겁게 달궜다. 이로써 스케일 아머는 화염 내성을 얻음과 동시에 고열을 내뿜게 된 셈이다. 바라니안의 두꺼운 피부에는 '파이어 애로' 마법에 의한 직접적인 공격이 효과가 없을 것이라 판단한 사와가 갑옷의 열로 대미지를 입히는 간접 공격을 택한 것이다.

효과가 있었는지 바라니안이 "브르르……" 하며 괴롭게 신음했고, HP바가 조금씩이지만 줄어들기 시작했다. 바 아래에는 화상 디버프 아이콘이 표시되어 있었다.

토모리도 사와보다 한박자 늦게 주문을 외웠다.

"축복이여(사크라)…… 고리가 되어(서큘라)…… 휘감아라(서큠드)!"

앞으로 뻗은 바쿨루스(지팡이)에서 진주색으로 빛나는 빛의 고리가 뻗어 나오더니 지름 50cm 정도의 링이 되어 콘켄의 배 주위를 감쌌다. 순식간에 HP를 회복시키는 '홀리 힐'과는 달리 서서히 회복되는 '힐링 서클(치유의 고리)' 마법이다. 범용 마법인 '힐링 드롭'보다 사거리가 길고 회복량도 많다.

세 사람이 처음으로 호흡을 맞추는 동안 유마도 멍하니 서 있기만 한 것은 아니었다. 거의 모든 힘을 다해 바라니안 액스베어러에게 향해 그 약점을 찾으려 했다.

바라니안의 온몸을 뒤덮고 있는 검푸른 피부는 코모도왕도마뱀처럼 울퉁불퉁해 어설픈 참격은 통하지 않을 것 같았다. 아까 콘켄이 했듯이 배틀무브를 쓰면 이야기가 다르겠지만 MP가 소비되고 배틀무브마다 수십 초의 쿨타임이 있었기에 연발은 할 수 없었다.

실제 도마뱀은 약점이 어딜까. 콧등…… 배…… 꼬리? 그 어디도 감이 오지 않는 데다 거대한 바라니안의 콧등은 너무 높아서 공격이 닿지 않을 것 같았고, 배는 스케일 아머로 보호되고 있으며 꼬리는 애초에 존재하지도 않았다.

"브르르르르……"

붉게 달아오른 갑옷에 몸이 타들어 가며 바라니안이 분노에 찬 신음소리를 냈다.

두 눈이 번쩍, 하고 노랗게 빛났다. 왼손의 둥근 방패를 내밀며 오른손에 든 도끼를 크게 뒤로 뺐다. 그 도끼가 노란 빛에 휩싸였다.

"배틀무브다!"

콘켄이 소리치며 몸 앞에서 양손검을 겨눴다. 유마도 숏소드 검신에 왼손을 얹고 방어자세를 취했다.

"브아악!"

거칠게 울부짖은 바라니안이 도끼를 옆으로 휘둘렀다. 이펙트로 빛의 궤적을 남긴 참격은 가장 먼저 콘켄의 검에 맞았지만 거기서 멈추지 않고 유마의 검과도 격돌했다.

양팔이 찢어질 것 같은 충격. 결국 버티지 못한 유마는 화려하게 뒤로 밀려나며 토모리와 등으로 충돌했다.

그대로 둘이 한꺼번에 넘어질 거라 생각했는데, 토모리가

"음!" 하고 신음하며 버텨준 덕분에 간신히 넘어지는 것은 면할 수 있었다.

"미, 미안!"

어깨너머로 사과하려던 유마의 귀에 사와의 목소리가 날아들었다.

"아직이야!"

"……?!"

황급히 앞을 향하자 몸을 통째로 한 바퀴 돌린 바라니안이 또다시 같은 횡격을 날리려 하고 있었다. 첫 번째보다 동작이 더 깊고, 도끼 머리에 깃든 인광도 사라지지 않았다. 이것은——.

한손도끼 2연격 배틀무브 '더블 스위프'.

유마는 아직 토모리에게 기댄 채였다. 이대로 맞으면 둘 다 날아갈 것이다. 적어도 직격만은 피하고자 숏소드를 들어 올린 그때.

"놔둘까 보냐!"

첫 번째 공격을 받을 때 유마만큼 밀려나지 않았던 콘켄이 고성을 외치며 달려 나갔다.

그는 온몸을 한계까지 젖혀 양손검을 쳐들었다. 그와 동시에 바라니안도 두 번째 공격을 감행했다.

배틀무브처럼 보일 정도의 기세로 내려앉은 콘켄의 검이 오른쪽에서 날아오는 도끼를 받아쳤다. 앞마당 전체를 비추는 섬광과 귀를 찢을 듯한 굉음. 찰나의 정지 상태가 풀린 순간, 콘켄은 일직선으로 날아가 마른 분수 한가운데 우뚝 선 석상과 충돌했다. HP바가 20% 넘게 쭈욱 떨어졌다.

"윽……!"

유마는 반사적으로 달려가려다가 이를 악물고 버텼다. 절친이 몸을 바친 전력 공격으로 만들어 준 기회를 낭비할 수는 없었다.

"시미즈, 콘켄을 부탁해!"

그렇게 소리치고 앞으로 달려 나갔다.

배틀무브가 저지당한 바라니안은 뒤쪽으로 크게 비틀거리고 있었다. 스케일 아머에 걸린 '파이어 인핸스'는 대상물이 너무 컸는지 이미 풀린 모양이었다. HP는 처음에 콘켄이 입힌 대미지에 더해 15%가량 깎였지만 생각만큼 큰 감소량은 아니었다.

마법을 다른 용도로 사용했기 때문일까, 아니면 바라니안에게 화염 내성이 있는 것일까. 아무리 피부가 두꺼워도 금속이 붉게 달아오를 정도의 고온에 견딜 수 있을 것 같지는 않은데…… 거기까지 생각이 미친 순간, 유마가 눈을 부릅떴다.

바라니안의 화염 내성이 어느 정도인지는 알 수 없다. 하지만 변온동물이라면 추위는 반드시 싫어할 것이다.

"유우, 마법을 다시 걸게!"

뒤에서 소리친 사와에게, 유마는 앞을 향한 채 제지했다.

"기다려, 열보단 추위야!"

"추위라고 해도, 우리 중에 얼음 마법 스킬은⋯⋯."

사와의 말이 다 끝나기도 전에 유마는 왼손을 내밀고 속 성사를 외쳤다.

"테네브리스(어둠이여)!"

손바닥 끝에 청자색 광구가 피어났다.

"카페레 페브리스(열을 낚는 손이 되어)!"

광구였던 것이 길쭉한 손가락이 일곱 개 자라난 반투명한 손으로 변화했다.

"이그니스(날아라)!"

마치 스산한 바람소리, 혹은 비명 같은 소리를 흩뿌리며 손은 일직선으로 비상했다.

뒤로 기운 몸을 바로 한 직후, 바라니안이 가드를 위해 둥 근 방패를 내밀었다. 유마는 순간 왼손을 비틀어 궤도를 구 부렸다. 이형의 손은 아슬아슬하게 방패를 피해 바라니안의 오른쪽 다리에 명중. 유마가 망설임 없이 왼손을 쥐자 연동 된 마법의 손도 일곱 손가락으로 적의 다리를 꽉 잡아챘다.

그뿐이었다. 폭발하는 것도 아니고, 찢는 것도 아니다.

"브어어억!"

도마뱀 거인은 비웃듯 울부짖고 오른손 도끼를 휘둘렀다. 그리고 지면을 울리며 한두 걸음 달리는가 싶더니, 갑자기 풀썩 그 몸이 무너진다.

HP바를 올려다보자 화상 디버프 아이콘을 대신해 눈 결 정을 본뜬 것 같은 아이콘이 표시되어 있었다. 움직임이 둔

해지는 '저온' 상태이상.

유마가 사용한 마법은 명중한 대상에게서 열을 빼앗아가는 '칠링 핸드(얼리는 손)'다. 대상을 카드화하는 '그래스핑 핸드(붙잡는 손)'와 마찬가지로 마물사 전용의 암속성 마법이지만, 냉기로 인한 대미지는 빙속성 마법에 크게 뒤처지는 탓에 테스트 플레이에서는 거의 사용할 기회가 없었다.

하지만 얼음 마법인 '아이시 포그(얼음 안개)'의 효과 범위는 발동된 장소에 고정되는 반면 '칠링 핸드'는 잡은 대상이 움직여도 열을 계속 빼앗을 수 있었다. 저온 디버프만 노린다면 이쪽이 더 효율적이었다.

"브르르르르……."

바라니안이 다시 도끼를 들어 올렸다. 그러나 그 움직임은 지금까지의 민첩하던 몸놀림이 거짓말처럼 느껴질 정도로 느렸다. 지금이 기회였지만 '칠링 핸드'를 발동하고 있는 동안에는 아무것도 할 수 없었다.

"사와, 머리를 노려! 콘켄, 할 수 있겠어?!"

유마가 왼손을 내민 채로 소리쳤다.

"알았어!"

사와가 먼저 대답하며 '파이어 애로' 주문을 외웠다. 발사된 화살은 훌륭하게 바라니안의 미간을 맞추며 HP를 5% 더 줄였다.

이어서 토모리에게 치료를 받은 콘켄이 달려왔다. 사와와 유마 사이를 가로질러 고속으로 도약. "으랴아!" 하는 외침과 함께 양손검을 바라니안의 왼쪽 어깨에 내리친다.

"브아악!"

고통 섞인 신음을 내지른 바라니안이 왼손의 둥근 방패를 떨어뜨렸다. 그와 거의 동시에 튀어나온 토모리가 직경 70cm는 되어 보이는 방패 가장자리를 쥐고 뒤쪽으로 질질 끌고 갔다. 전투 중에 떨어뜨린 무기를 몬스터에게 빼앗기는 일은 있어도 그 반대의 경우는 쉽게 생각하기 어려운데…… 유마는 속으로 그렇게 감탄하며 '칠링 핸드'에 연동한 왼손을 꽉 움켜쥐었다. 발동 중에는 MP가 계속 줄어들지만 레벨이 단숨에 11까지 올라간 덕분인지 앞으로 1분 정도는 더 유지할 수 있을 것 같았다.

저온 디버프를 받는 와중에도 바라니안은 착지한 콘켄에게 도끼를 내리치려 했다. 하지만 역시 동작이 느렸고, 콘켄은 1초 이상의 여유를 가지고 양손검을 머리 위에 올릴 수 있었다. 도신이 붉은빛을 띠었다.

바로 위에서 내려오는 도끼를 왼쪽으로 튕겨낸 콘켄은 다음으로 바라니안의 명치에 강렬한 찌르기 공격을 감행했다. 스케일 아머의 금속 파편이 찢겨 나가고, 새빨간 대미지 이펙트가 흩날렸다.

콘켄이 물러난 타이밍에 사와가 즉시 '파이어 애로'를 발사. 이번에는 바라니안의 얼굴이 아닌 스케일 아머에 방금 막 뚫린 구멍을 정확하게 꿰뚫어 더 큰 타격을 입혔다. 토모리도 이에 질세라 '라이트 인핸스(빛의 강화)' 주문을 연속으로 외우며 사와와 콘켄의 방어력을 높여 주었다.

그로부터 약 50초 만에 바라니안 엑스베어러의 HP바는 모래산이 무너지는 듯한 기세로 줄어들며 20% 아래인 레드 존에 돌입했다.

'칠링 핸드'를 계속 발동하고 있는 유마의 MP도 마찬가지로 앞으로 20%. 지금의 페이스를 유지한다면 다 떨어지기 직전에 쓰러뜨릴 수 있을 것이다.

유마는 그런 계산을 하면서도 다른 세 사람의 안전을 우선시하라고 외쳤다.

"공격 패턴이 바뀔 수도 있어! 일단 거리를 벌려!"

"알았어!"

콘켄이 그렇게 대답하며 사와와 동시에 후퇴했다.

땅에 한쪽 무릎을 꿇은 바라니안은 온몸의 상처에서 대미지 이펙트를 흘리면서도 전의가 사라지지 않은 두 눈으로 네 사람을 노려보고 있었다. 바늘처럼 날카로운 송곳니를 드러낸 채 "브르르……" 하는 사나운 신음소리를 낸다.

그저 날뛰기만 하던 테스트 플레이 드래곤 보스와 비교하면 이 도마뱀 거인은 훨씬 더 인간 같았다. 이 고성에 진을 치고 있었던 이유, 그리고 유마 일행을 덮친 이유가 있다면 알고 싶었지만, 당연히 물어봐도 대답해 주지 않을 것이다. 그렇다면 할 수 있는 것은 끝까지 최선을 다해 싸우는 것뿐이다.

그런 유마의 찰나의 아쉬움을 노리기라도 한 것처럼——.

예상치 못한 방향에서 새로운 기척, 아니 살기가 밀려왔다.

"아시하라 군!"

토모리의 비명과 가벼운 발소리가 겹쳐 들렸다. 뒤돌아본 유마가 본 것은 앞마당의 입구 방향에서 돌진해 오는 두 개의 검은 그림자였다.

"그르릉!"

사납게 짖는 소리와 함께 그중 한쪽이 덤벼들었다. '일루미네이트 버드'의 빛이 그림자의 온몸을 비췄다.

콧등이 기묘하게 솟아난 늘씬한 체형의 늑대. 검푸른 모피는 금속 같은 광택을 띠고 있고 송곳니는 심해어처럼 길고 날카로웠다.

목덜미로 다가오는 늑대의 다리를 유마는 왼팔로 막으려 했다.

팔이 주먹째로 물리며 날카로운 치열이 아무런 저항 없이 가죽 장갑을 관통하더니 전완부 살에 깊숙이 파묻혔다.

"큭……."

현실 세계와 달리 뚜렷한 통증은 없었지만 불쾌한 저릿함이 가상체의 신경을 자극했다. HP가 크게 줄어들며 엎친 데 덮친 격으로 '칠링 핸드'도 해제되었다.

낮게 몸을 숙인 채 질주해 온 또 다른 늑대는 앞마당을 가로질러 토모리를 덮쳤다. 토모리는 바쿨루스로 받아내려 했지만, 그것을 매끄럽게 피해 왼쪽 다리를 물었다.

이 늑대는 숲에 서식하는 잔챙이 몬스터 중 최강격인 바브드 울프다. 바브란 '고리바늘'을 뜻하는 말인지, 말 그대로 입 안쪽을 향해 휘어진 송곳니는 물어뜯은 먹이를 결코 놓치지 않고 계속해서 대미지를 입혔다.

"유우!"

이름을 외치는 콘켄을 향해서 유마는 온 힘을 다해 소리쳤다.

"오지 마! 사와랑 둘이서 어떻게든 도마뱀 거인을 쓰러뜨려 줘!"

"⋯⋯알았어!" "이쪽은 맡겨!"

절친과 여동생의 대답을 들으면서 유마는 오른손 숏소드를 고쳐 잡았다.

바브드 울프는 왼팔을 물고 있어 머리를 노리면 무조건 맞긴 하겠지만, 이 몬스터의 또 다른 특징은 머리의 방어력이 비정상적으로 높다는 점이었다. 조밀하게 뻗은 단모는 철사처럼 단단해 대부분의 칼을 튕겨 냈다.

머리만큼은 아니지만 어깨나 등의 모피도 단단했기에 유마는 가장 방어력이 낮아 보이는 복부를 노렸다. 물린 왼팔을 힘껏 잡아당겨서 늑대가 저항하며 버티는 순간, 오른손으로 검을 내밀었다.

그러나 늑대는 마치 배에도 눈이 달린 것처럼 재빠르게 몸을 비틀어 칼끝을 피했다. 황급히 두 번, 세 번 다시 찔렀지만 모두 피해 버린다. 그러는 사이에도 유마의 HP는 꾸준히 줄어들었다.

조급해하지 마, 진정해. 그런 말로 스스로를 타이르면서 토모리를 바라보았다. 왼쪽 다리를 문 늑대를 바쿨루스로 떼어 내려고 시도하지만, 역시나 머리나 등을 내리쳐도 효과적인 대미지는 입히지 못하는 모습이었다.

애초에 왜 바브드 울프가 두 마리나 난입한 것일까. 테스트 플레이 때는 숲에 나타나는 잔챙이 몬스터는 고성 부지에 들어오지 않는다는 설정이었고, 리저드맨인 바라니안에게 폐호흡을 한다는 것 외엔 아무런 공통점도 없는 늑대를 사역할 힘이 있을 것 같지도 않았다.

현재의 액추얼 매직은 게임의 논리가 통하지 않는 세계가 되어 버렸다는 뜻일까. 그렇다 해도 이 난관을 헤쳐 나갈 방법은 있을 것이다. 반드시.

유마는 자신의 왼팔을 파고드는 바브드 울프의 흉악하리만치 날카로운 송곳니를 노려보았다.

고리바늘 모양으로 휘어진 송곳니는 팔에 깊숙하게 박혀 힘만으로 잡아당겨서는 절대 빠지지 않는다. 테스트 플레이 당시 콘켄이 물렸을 때는 사와가 근거리에서 '파이어 애로'를 날리기 전까지 입을 열지 않았었다. 단단한 철사 모피도 불꽃은 무효화할 수 없는 것 같았지만 유마는 불 마법 스킬을 습득하지 않았다…….

거기까지 떠올린 순간, 한 가지 아이디어가 번뜩여 유마는 숨을 삼켰다.

이미 HP는 60% 정도로 줄어 있었다. 만약 실패하면 지속 대미지의 감소폭이 늘어나며 이대로 죽을지도 모른다.

하지만 지금은 가능성에 도박을 걸어야 할 때였다. 아니, 도박이 아니라—— 무조건 잡는다!

"우오오오오!"

뱃속부터 끌어올린 듯한 목소리를 내지르며, 유마는 오른 손 검을 버리고 늑대의 목덜미를 끌어안았다. 온 힘을 다해 고정시킨 뒤 물린 왼팔을 더더욱 목 안쪽으로 쑤셔 넣었다.

고리바늘 형태로 된 송곳니는 빼려고 하면 더욱 깊이 박 히지만 밀어 넣는 힘에는 아무런 방해가 되지 않았다. 초6 남자아이치고도 얇은 유마의 왼팔은 거의 아무런 저항 없이 늑대의 입 깊은 곳까지 들어갔다.

한번 빠졌던 송곳니가 다시 어깨를 파고들었다. 동시에 팔 전체가 꽈악 조여들고 왼손에는 축축한 고기의 끔찍하고 도 징그러운 감촉이 전해졌다.

그러나 이것이 목적이었다. 지금 유마의 왼손은 바브드 울프의 위장까지 닿아 있었다.

손가락을 한계까지 벌린 유마가 소리쳤다.

"불이여(플람마)!"

아무것도 보이지 않지만, 손바닥에 은은한 열감이 느껴 졌다.

"모여들어(프레미스)…… 콤모로르(머물러라)!"

갑자기 늑대가 미친 듯이 날뛰기 시작했다. 당연하다, 위안에 갑자기 불덩이가 생겨난 셈이니까.

유마가 발동한 것은 화속성 범용 마법 '스틸 파이어(고인 불)'였다. 손바닥 앞에 겨우 테니스공만한 크기의 불꽃을 만들어 낼 뿐인 마법이었다. 불꽃을 던질 수도 없어 조명으로 삼거나 무언가에 불을 붙이는 용도밖에 없었지만, 적의 내장을 직접 불태울 수 있다면 공격 마법, 혹은 그 이상의 대미지를 줄 수 있을 것이다——.

그 예상은 정확히 맞아떨어졌고, 늑대의 HP바는 맹렬한 기세로 줄어들기 시작했다. 고통에 몸부림치면서 유마의 왼팔을 토해 내고자 안간힘을 써봐도 어깻죽지에 깊숙이 박힌 송곳니 때문에 꿈쩍도 하지 않았다.

유마의 MP도 얼마 남지 않았지만 바브드 울프의 HP는 그 이상의 속도로 줄어 갔다.

불과 5, 6초 만에 바가 왼쪽 끝까지 도달했고, 늑대는 온몸을 부자연스럽게 경직시키더니 진홍색 입자가 되어 부서졌다.

"허억……."

유마는 숨을 크게 몰아쉬었다. 하지만 여기서 끝난 것은 아니다. 떨군 검을 줍고 재빠르게 상황을 확인했다.

사와와 콘켄은 20%밖에 남지 않은 바라니안 액스베어러의 HP바를 10%까지 줄였지만, 역시나 공격 패턴이 변화했는지 두 사람 모두 적지 않은 타격을 입은 상태였다. 왼쪽 다리를 다른 한 마리의 바브드 울프에게 물린 토모리는 HP

가 벌써 50% 아래로 내려가 있고 지금도 여전히 감소 중.

사와 쪽을 향해 '조금만 더 힘내줘!'라는 기도를 보낸 유마는 우선 토모리를 구하려고 했다.

하지만 몇 걸음 달리지 않았을 때 두 다리에서 힘이 빠지며 땅바닥에 한쪽 무릎을 찧었다. HP바를 확인했지만 디버프 아이콘은 켜져 있지 않았다. 아바타가 피곤을 느낄 리 없으니 소모가 되었다고 하면 정신적인 부분일 것이다. 하지만 그런 이유로 멈춰 있을 때가 아니었다.

이를 악문 유마는 있는 힘을 다해 일어서려 애썼다.

그때, 또다시 등 뒤에서 새로운 발소리가 들려왔다.

새로운 종류의 바브드 울프인가? 그렇다면 같은 수를 써서 태워 죽이면 된다.

팔을 버릴 각오를 하고 돌아선 유마가 본 것은, 네발짐승은 아니었다. 두 발로 바람처럼 질주하는 사람의 실루엣.

아인 형태의 몬스터 혹은 적대 NPC일 것이라는 유마의 추측은 1초 만에 사라졌다. 사람 그림자 머리 위에 떠오른 HP바에는 한자로 된 이름이 표시되어 있다. 몬스터와 NPC의 이름은 예외 없이 가타카나였으니, 한자를 사용하고 있다면 그것은 플레이어다.

이름을 읽기 위해 집중해 바라 보았지만 상대의 속도가 너무 빨라 잘 보이지 않았다. 인영은 굳어 있는 유마에게 눈길도 주지 않고 그 옆을 곧장 지나쳐 토모리에게로 향했다. 그 오른손에 긴 장검이 쥐어져 있음을 뒤늦게 깨닫고 유마는 힘이 빠진 두 다리에 채찍질을 하며 몸을 일으켰다.

하지만 토모리를 공격하려는 것인가 하는 우려는 금세 사그라들었다. 상대는 뒷모습으로 보아 같은 유키하나 초등학교 6학년 1반 학생이다. 왜 여기 있는지는 알 수 없었지만 적어도 칼을 겨눠 올 이유는 없었다.

난입자는 유마가 가진 그런 확신, 혹은 기대를 배신하지 않았다.

달리면서 장검을 위로 치켜들고 높이 점프한다. 공중에서 도신이 선명한 하늘색 빛을 발했다. 한손검 전용 배틀무브인 '파워 스매시'. 효과는 지극히 단순하다. 발동 후 최초의 일격을 강화시켜 줄 뿐이지만 그만큼 범용성은 높았다.

흠잡을 데 없는 매끄러운 동작으로 내려온 장검이 토모리의 왼쪽 다리를 물고 있는 바브드 울프의 목덜미에 닿으며 단단한 모피를 뚫고 10cm 이상 파고들었다.

"하앗!"

여기서 처음으로 난입자가 소리를 냈다. 마치 애니메이션의 주인공 같은 맑고 힘찬 미성. 늑대의 목을 깊숙이 파고든 검이 보이지 않는 망치에 얻어맞기라도 한 것처럼 아래로 쭉 내려갔다.

머리와 분리된 바브드 울프의 몸이 사지와 꼬리를 잘게 경련시킨 뒤 진홍빛에 감싸이며 흩어졌다. 한 박자 늦게 토모리의 발을 물고 있던 머리도 부서지며 사라졌다.

유마는 이미 난입자가 누구인지 알았지만, 만일을 위해

머리 위의 HP바를 확인했다. 한자로 표기된 플레이어 네임은 [니키 카케루(二木 翔)]. 6학년 1반의 동료──이긴 하지만 유마와는 거의 접점이 없었다.

가벼운 디자인으로 된 금속 갑옷을 두른 니키는 검을 깊게 내리친 자세에서 벌떡 몸을 일으키더니 왼쪽으로 돌아섰다. 그 방향에서는 아직 사와, 콘켄이 바라니안 액스베어러와 교전하고 있다. 니키에게 물어보고 싶은 것은 많았지만 우선 두 사람을 도와주는 것이 우선이었다.

토모리의 HP가 40% 정도 남아 있는 것을 확인한 뒤 유마는 사와 쪽으로 달려가려 했다. 그러나 니키가 왼손을 들어 올리는 것을 보고 저도 모르게 멈춰 섰다.

"벤투스(바람이여)!"

늠름한 영창. 손끝에 연두색 광구가 피어올랐다.

"콜리고 풀비스(티끌을 빨아들여)!"

광구는 1m 정도 앞으로 이동하더니 세차게 소용돌이치는 바람 덩어리를 만들어 냈다. 땅에서 낙엽과 조약돌을 빨아 올린 그것은 순식간에 녹색에서 회색으로 변했다.

"날아라(이그니스)!"

회색의 소용돌이는 호를 그리며 날아갔고, 이제 막 도끼를 내리치려던 바라니안의 머리를 감싸버렸다.

"바르으으으으윽!"

도마뱀 거인이 괴로운 포효를 내지르며 얼굴을 상하좌우로 흔들었다. 그러나 실체가 없는 바람의 공은 달라붙은 채 떨어지지 않았고 빨아들인 티끌들이 눈과 코를 가로막았다. 이것은 '더스트 에디(먼지 소용돌이)' 마법…… 공격력은 아주 미미하고 지면에 먼지가 가득한 곳에서만 쓸 수 있지만, 성공하면 시각과 후각을 거의 완전히 봉쇄할 수 있는 초기 최강 클래스의 디버프 마법이었다. 물론 범용 마법 스킬로는 다룰 수 없으며 상당한 바람 마법 스킬의 숙련도가 필요했다.

니키는 조금 전 한손검 전용 배틀무브인 '파워 스매시'를 사용했다. 즉 한손검 스킬과 바람 마법 스킬을 나란히 함께 올린 것이다. 스킬 구성을 어떻게 했는지 궁금하긴 했지만, 지금은 그런 것을 신경 쓸 때가 아니었다.

니키의 도움을 눈치채지 못한 사와와 콘켄은 갑작스러운 '먼지 소용돌이'에 놀란 듯 이쪽을 돌아보았다. 유마는 엄지를 들어 올린 손사인을 보내 '이쪽은 문제없다'라고 말하며 소리쳤다.

"전력 공격!"

두 사람이 곧바로 고개를 끄덕였다. 콘켄은 양손검을, 사와는 완드를 높이 쳐들었다.

혼신의 힘을 다한 내려치기와 '파이어 애로'의 상위 마법인 '파이어 스테이크(화염 말뚝)'가 시야가 막힌 바라니안에게 연달아 직격하며 남아 있던 10% 남짓한 HP를 깎아내렸다. 크게 뒤로 기울어진 거구가 뒤로 넘어지는 도중 그대로 정지. 훅 수축하는가 싶더니 크게 부풀어 올라 방대한 양의 파편이 되어 흩어졌다.

보스급 몬스터 전용 팡파르가 울려 퍼지며 전투 결과 창이 떴다. 레벨도 하나 더 올라가 초급 졸업 기준이 되는 12에 도달했지만, 유마는 창에 눈길도 주지 않고 니키 카케루에게 다가갔다.

고학년이 된 뒤로는 얼굴을 제대로 마주한 적이 거의 없었는데, 이렇게 마주 보니 주눅이 들 정도의 미형이었다.

머리 모양은 오른쪽을 뒤로 젖히고 왼쪽을 길게 늘어뜨린 언밸런스 스타일. 쌍꺼풀진 큰 눈은 날렵한 예리함과 호감 섞인 귀여움을 겸비하고 있었고, 콧날과 입가는 산뜻함 그 자체였다. 미남이라는 말은 이런 얼굴을 위해 존재하는 것이 아닐까 하는 생각마저 들었다.

니키는 라이트브라운색 눈동자로 유마를 똑바로 바라보고는 빙긋 눈에 익은 미소를 지어 보였다. 다가온 토모리, 사와, 콘켄과도 차례로 눈을 맞추고는 다시 유마에게 시선을 향했다.

"네 사람 모두 무사해서 다행이야."

그 첫마디에 유마는 '주인공이냐!'라는 지적을 날리고 싶은 마음을 억누르고 꾸벅 고개를 숙였다.

"고마워, 니키 네가 도와주지 않았다면 큰일이 났을 거야."

"아니, 내가 손대지 않아도 쓰러뜨렸을 거야. 근데 반 애들을 한참 만에 발견한 거라 못 참고 돌진해 버렸네."

말하면서 니키는 쑥스러운 듯 머리를 긁는다.

그래── 니키 카케루는 아르테아 1층의 가칭 '스가모 셸터'로 피난하지 않았던 동급생이다. 6학년 1반 학생이 2층에 있는 1번 플레이룸에서 탈출했을 때 비상계단을 올라갔다는 15명 중 한 명.

머릿속에 소용돌이치는 질문 중 어느 것을 먼저 해야 하는지 유마가 망설이고 있는데, 사와가 차분한 목소리로 물었다.

"니키 군, 상황은 파악하고 있지?"

그러자 니키는 미소를 지우고 진지한 얼굴로 고개를 끄덕였다.

"응……. 뭐, 안다고 해도 아르테아에서 나갈 수 없다는 것과 괴물이 서성거리고 있다는 것 정도지만……."

"위층으로 간 다른 애들은 무사해?"

"일단은."

다시 고개를 끄덕이며 주위를 둘러본다.

"저기, 대화하려면 다른 안전한 곳으로 대피하자. 아까 그 중간 보스 같은 녀석은 이제 없겠지만 또 늑대 같은 게 끼어들지도 모르니까."

그 말도 맞다. 하지만 여기서 이동하기 전에 해야 할 일이 있었다.

"음…… 니키, 우리는 이 성에 나기…… 그러니까 사노를 찾으러 왔어. 앞마당에는 없었지만 성 안이나 지하 던전에 숨어 있을지도 몰라."

유마가 거기까지 설명하자 다시 사와가 끼어들었다.

"성에는 없는 것 같아. 지상 부분은 벽이 여기저기 무너져서 엉망이니까 아까 그 전투 소리를 못 들었을 리 없어."

"아아, 하긴……. 그럼 남은 건 던전뿐이네. 대피하기 전에 지하 1층에서 4층까지 찾아보고 싶어."

"그렇구나……."

니키는 불과 1, 2초 정도 시선을 내리깔더니 다시 고개를 들고 말했다.

"알았어. 나도 도와줄게."

"괘…… 괜찮아?"

"당연히 괜찮고말고. 유키하나초 학생회의 슬로건은 '헌신'이니까."

"……그래?"

"학생회실에 초대 회장이 썼다고 하는 커다란 액자가 장식되어 있으니까 보러 와. 엄청난 달필이라 읽을 수 없지만 말야."

그렇게 말한 니키가 또다시 장난스럽게 웃었다.

그에 이끌리듯 얼굴에 웃음을 띠면서, 역시 이 녀석에게는 못 당하겠구나…… 유마는 머릿속으로 중얼거렸다.

이 상황에서 웃을 수 있는 담력, 날카로운 통찰력과 결단력, 심지어 액추얼 매직에서의 전투력까지 모든 것이 차원이 달랐다. 역시 유키하나초의 현 학생회의 부회장다운 모습이다. 셸터에서 대장노릇을 하던 학급 반장 스가모 테루키보다 확실한 상위, 6학년 1반 피라미드의 정점에 선 두 명의 학생 중 한 명이 바로 이 니키 카케루였다.

몇 시간 전 유마는 니키 일행이라면 이미 '잡 체인지'——현실 세계에서 액추얼 매직의 능력을 각성할 방법을 찾지 않았을까 추측했는데, 지금 모습을 보면 그것을 넘어서서 칼리큘러스를 사용하면 AM 세계로 돌아갈 수 있다는 것까지 알아차린 것 같았다.

클래스에서 자신이 게임 사정에 가장 밝다…… 까지는 아니지만, 그래도 중심에 선 게이머라고 남몰래 자부하고 있던 유마로서는 씁쓸한 패배감을 느낄 수밖에 없었다. 하지만 지금은 나기와의 합류가 최우선이었기에 니키의 협력은 순수하게 감사했다.

"그래 주면 정말 고맙지."

유마가 다시 한번 고개를 숙이자 콘켄, 사와, 토모리도 제각각 감사를 표했다.

니키는 얼굴을 조금 찡그리며 재빨리 고개를 젓더니 "신경 쓰지 마"라고만 대답했다.

한 명이 늘어나 다섯 명이 된 파티는 격전의 흔적이 남은 앞마당을 뚫고 고성 1층으로 들어섰다.

토모리의 MP가 제로가 되지 않는 한 사라지지 않는 '일루미네이트 버드'가 2m 전방을 파닥거리며 날아간다.

쏟아지는 하얀빛이 광활한 층의 중앙 부분을 밝혀 주었

다. 드래곤 던전으로 이어지는 내리막 계단 입구가 동그란 빛의 고리 안에 떠올랐다.

하지만 그 계단은, 1층 천장에서 무너져 내린 엄청난 양의 석재들로 흔적도 없이 파묻혀 있었다.

4

"······안 돼, 꿈쩍도 안 해!"

내려가는 계단을 가로막은 석재 하나를 들어 보고자 분투하던 콘켄이 그 자리에 엉덩방아를 찧으며 외쳤다.

석재의 크기는 가로 세로 약 40cm, 높이는 그 두 배 정도. 평범하게 생각하면 초등학생이 움직일 수 있는 크기는 아니지만, AM 세계의 콘켄은 힘이 크게 강화되어 근력치 보정을 통해 거대 양손검을 가볍게 휘두를 수 있을 정도였다. 그 콘켄이 온 힘을 쥐어짜도 1밀리조차 꿈쩍하지 않는다는 것은 다시 말해 중력 이외의 힘이 작용하고 있다는 뜻이었다.

"······이 돌, 아마 지형으로 변한 것 같아."

콘켄 뒤에 선 사와가 평소보다 조금 낮은 목소리로 말했다. 어조는 차분하지만 쌍둥이 여동생의 가슴속에 스며든 초조함을 유마는 자신의 감정처럼 느낄 수 있었다.

초조하기는 유마도 마찬가지였다. 현재 시각은 오후 6시 50분. 7시까지 셸터로 돌아가기 위해서는 늦어도 55분에는 로그아웃해야 한다.

"지형으로 변했다니, 맵 자체가 바뀌었다는 뜻이야?"

상체를 한계까지 뒤로 젖히며 물은 콘켄에게 사와는 최소한의 동작으로 고개를 끄덕였다.

"응, 어쩌면 던전 자체가 더는 존재 안 하는 걸지도 몰라."

"……말도 안 돼……."

콘켄이 그대로 뒤로 넘어가더니 벌러덩 쓰러진다.

말도 안 된다, 라고 말하고 싶은 심정은 유마도 똑같았지만, 그동안 쌓아온 게임 경험치가 사와의 의견을 긍정하고 있었다. 고성 지하에 펼쳐져 있던 던전과 그 최심부에 자리한 드래곤 보스는 어디까지나 테스트 플레이의 클리어 목표였다. 그러한 임시 목표점이 정식 서비스에서 흔적도 없이 사라져 버리는 일은 그리 드문 일이 아닌 것이다.

그렇다면 오후 3시 테스트 종료 시 혼자만 로그아웃하지 못한 나기는 던전의 소멸과 동시에 맵 어딘가로 전송되었을 것이다. 게다가 어떤 이유로 메뉴 창의 로그아웃 버튼을 사용할 수 없는 상황일 테고.

그 이유가 시스템 에러 때문이라면 그나마 다행이지만, 의식이 없다거나 혹은…….

비관적으로 흐르려는 상상을 애써 중단한 유마는 다시 한 번 현재 시각을 확인한 뒤 사와에게 물었다.

"사와…… 스가모의 명령이 정확히 뭐였지?"

"음……. '너희들은 이 셸터에 있는 학생 전원의 식량을 찾아와. 찾기 전까지는 돌아오지 마'였나?"

사와가 말투와 톤까지 정확하게 재현하며 대답하자, 바닥에서 콘켄이 구시렁댔다.

"뭐가 잘났다고 명령질이냐고."

"나한테 말하지 마."

위와 아래에서 서로 노려보는 두 사람의 시선을 왼손으로 차단한 유마가 말했다.

"……그렇다는 건 돌아오는 시간까지는 지정되어 있지 않다는 거네."

"그렇긴 하지…… 하지만 너무 기다리게 하면 가모는 전혀 상관없지만 다른 애들이 불쌍해. 다들 배고플 텐데."

사와의 지적은 지당했다. 현재 유마와 사와의 스토리지에는 자판기에서 입수, 아니 약탈한 빵과 주먹밥이, 콘켄의 스토리지에는 NPC 상인에게 산 건과일과 육포가 산더미처럼 쌓여 있었다. 셸터 학생들은 테스트 플레이 직전에 도시락을 먹은 이후 거의 아무것도 먹지 못했을 테니 인내심도 슬슬 바닥날 시점이다. 지금 당장이라도 식량을 전해 주고 싶은 마음은 굴뚝같았지만——.

"……하지만 적어도 나기가 있는 곳의 단서 정도는……."

유마가 양손을 꽉 쥐고 말한, 그때.

조금 떨어진 곳에서 토모리의 설명을 들은 니키가 빠른 걸음으로 다가왔다.

"그쪽 상황은 대충 이해했어…… 미우라와 모로 일은 정말 유감이야……."

침울한 표정으로 한숨을 내쉬더니 이내 표정을 다잡는다.

"단 4시간 만에 두 사람이나 죽었다는 건가. 더 이상 희생자를 낼 수는 없어. 아르테아에서 탈출할 방법을 1초라도 빨리 찾아야 해.”

“……응.”

유마는 고개를 끄덕였지만 아르테아를 탈출하기 전에 해야 할 일이 두 가지 있었다. 하나는 물론 나기와의 합류. 그리고 다른 하나는 얼굴 없는 괴물이 되어버린 와타마키 스미카를 원래대로 되돌리는 것.

니키에게 상황을 설명한 토모리는 괴물화한 스미카를 유마 일행이 마법으로 구속했다는 것까지는 알고 있었지만, 그 구속의 내막이 마물사 능력에 의한 포획, 즉 카드화라는 것은 모른다. 그러니 토모리는 니키에게 와타마키 스미카는 미우라 유키히사의 시신과 마찬가지로 1번 플레이룸 칼리큘러스에 들어가 있다고 설명했을 것이다. 참고로 유마는 사전에 발라크에 대해서는 비밀로 해달라고 토모리에게 부탁해 두었다.

파티를 위기에서 구해 준 니키에게 진실을 전하지 못한다는 사실이 못내 아쉬웠다. 하지만 사와가 악마에 빙의되었다는 말을 믿을지 어떨지도 모르겠고, 만약 믿는다 해도 그건 그거대로 어떻게 받아들여질지 불안했다. 스미카에 관한 일도 원래대로 되돌릴 방법이 발견되기 전까지는 최대한 덮어 두고 싶었다. 만약 스가모 같은 녀석에게 스미카를 카드화했다는 사실이 알려지면 무슨 말을 들을지 알 수 없었기 때문이다.

눈을 내리깐 유마의 등을 니키가 오른손으로 조금 강하게 두드리며 말했다.

"알아. 사노의 수색도 제대로 도와줄게."

"아아…… 응, 고마워."

침묵을 조금 오해한 것 같긴 하지만, 나기를 걱정하는 마음은 사실이다. 지금은 니키의 말에 의지하자고 마음먹으며 유마가 입을 열었다.

"……나기가 이 던전에 없다면 그다음으로 가능성이 높은 곳은 카르시나 마을이야. 하지만 지금부터 향하면 전투를 피해서 달려간다 해도 30분은 걸려……."

"그거 말인데."

토모리가 잠시 말을 주저하는가 싶더니 말을 이었다.

"오늘 밤에는 셸터에 늦게 돌아가도 괜찮을 것 같아."

"어……? 하지만 다들 배고플 텐데……."

"……백 % 확신하는 건 아니라 말하지 않으려고 했는데, 아마 스가모 군이 상당한 양의 식량을 숨겨두고 있을 거야."

"뭐어?!"

그렇게 소리친 것은 묻혀버린 계단 바로 앞에 드러누워 있던 콘켄이었다. 맹렬한 기세로 몸을 일으키더니 분노한 얼굴로 크게 소리친다.

"가모 이 자식, 자기가 먹을 걸 슬쩍해 두고 우리한테 식량을 구할 때까지 오지 말라고 한 거야?!"

"토모한테 소리쳐도 소용없잖아."

사와의 지적에 콘켄은 미안하다며 토모리에게 사과했지

만, 미간의 주름은 사라지지 않았다.

울컥한 것은 유마도 마찬가지였지만, 심호흡으로 애써 감정을 추스르고 토모리에게 다시 물었다.

"시미즈, 그건 어떻게 알았어?"

"으음…… 지금 셸터가 된 1층 쇼핑 구역에 우리들이 도망갔을 때, 셔터를 닫고 조금 진정된 시점에 호카리 군과 세라 군이 식량을 찾아보자는 말을 꺼냈어. 그래서 매장 안을 다 같이 분담해서 조사했는데……. 보통 이런 곳의 기념품에는 쿠키나 만주를 상품으로 만드는 경우가 많잖아?"

"응."

예전에 이와 완전히 똑같은 생각을 했던 유마는 순간적으로 '아르테아 만주' 포장지와 겉의 식감, 팥의 달콤함까지 상상해 버렸다. 아바타의 위장이 조여드는 공복감을 느끼며 고개를 끄덕인다.

토모리도 잠시 괴로운 표정을 지었지만 이내 진지한 표정으로 돌아와 말을 이었다.

"하지만 진열된 기념품에는 문구나 인형 같은 상품들만 있고 과자는 없었어. 식사용 공간 쪽도 비어 있었고. 스가모 군이 아직 그랜드 오픈 전이라 유통기한이 있는 음식은 두지 않았을 거라고 말해서 다들 납득하긴 했는데……. 내가 매장 안을 조사하고 있을 때 식사용 공간에 있던 스가모 군 근처에서 뭔가가 반복적으로 빛나는 걸 봤어. 굉장히 희미한 빛이라 그때는 꺼져 가는 비상등 같은 거라고 생각했는데…….”

거기서 한번 입을 꾹 다문 토모리가 다시 말을 이었다.

“지금 생각해 보면 그거, 스토리지에 아이템을 수납할 때 생기는 이펙트가 아니었을까 해……. 아마 선반에 있던 음식을 통째로 집어넣은 것 같아.”

“뭐……?”

유마는 입을 떡 벌렸다. 그리고 토모리의 추측이 사실이라면 한 가지 큰 모순이 생긴다는 사실을 깨달았다.

만약을 위해 토모리에게 일어난 일들과 자신에게 일어난 일들을 머릿속으로 시계열에 따라 정렬시켜 보았다.

액추얼 매직의 테스트 플레이가 비정상적으로 종료되면서 아르테아가 게임 세계에 침식된 것이 오후 3시.

토모리를 포함한 6학년 1반 학생 대부분은 그 시점에서 로그아웃하여 칼리큘러스에서 나왔고, 괴물화한 와타마키 스미카의 습격으로 인해 미우라 유키히사가 사망했다. 학생들은 공황상태에 빠져 플레이룸에서 탈출했지만 엘리베이터는 작동하지 않고 비상계단도 혼잡해져 40% 남짓한 학생들은 1층으로 내려가는 것을 포기하고 위층으로 대피했다.

유마, 사와, 콘켄이 잠에서 깬 것은 이쯤이었다. 왜 다른 학생들보다 늦었는지는 모르겠지만 셋이서 협력해 와타마키 스미카의 맹공을 물리치고 포획하는 데 성공했다. 이후 미우라의 시신을 빈 칼리큘러스에 담아두고 계단을 통해 1층으로 내려간 것이 3시 20분. 메인 로비에서 콘헤드 브루저를 격파하고 입구 주변과 백야드를 탐색. 쇼핑 구역으로 대피하던 학생들과 합류한 것이 3시 50분쯤이었을 것이다.

즉 토모리와 다른 아이들이 쇼핑 구역에서 식량을 찾은 것은 3시 10분경부터 50분경 사이…… 라는 뜻이 된다. 하지만 유마가 합류하여 '잡 체인지' 방법을 전한 것은 그 이후였다.

약 2초만에 거기까지 정리한 유마는 토모리에게 다시 한 번 물었다.

"……시미즈가 식사용 공간에서 스토리지 조작 이펙트를 봤던 건 나랑 사와, 콘켄이 합류하기 전이었지?"

"응."

"하지만 다 같이 AM을 실행해 '잡 체인지'를 한 건 그 후의 일이었어. 메뉴 화면은 잡 체인지를 하지 않으면 열 수 없고……. 그렇다면 시미즈 너희가 식량을 찾고 있었을 땐 아직 스가모도 다른 애들도 스토리지를 사용할 수 없었다는 건데……."

"아니면 스가모만 그 시점에서 이미 잡 체인지를 했었다거나."

사와의 말에 유마 일행뿐 아니라 사정을 완전히 파악하지 못한 니키까지도 얼굴을 찌푸렸다. 길게 늘어뜨린 왼쪽 앞머리를 쓸어 올리며 씁쓸한 어조로 말한다.

"아시하라의 추측이 맞다면 테루키 녀석, 자력으로 '각성' 방법을 터득해 놓고 비밀로 했다는 건가. 여전하군……."

"각성? 너희 쪽은 그렇게 불러?"

유마가 묻자 니키는 씨익 웃으며 대답했다.

"그런 셈이지. 그쪽은 잡 체인지라고 하는구나."

"으, 응."

유치하다는 핀잔을 들을 줄 알았는데, 니키는 이내 미소를 지우고 깊은 한숨을 내쉬었다.

"……반의 반장에게 이런 말은 하고 싶지는 않지만, 테루키의 판단 기준은 옛날부터 '본인에게 손해냐 이득이냐'였으니까. 각성 방법을 모두에게 알려줬을 때의 장점보다 단점이 크다고 생각했다면 침묵할 수도 있었겠지…….'"

거기까지 들은 순간 뇌리에 어떤 광경이 되살아났고, 유마가 눈을 크게 떴다.

"왜 그래? 유우."

의아하다는 듯 눈썹을 들어 올린 콘켄을 향해 오른손을 쭉 내밀었다.

"……손금이라도 봐달라는 거야?"

"아니야. 내가 셸터에 있는 애들한테 잡 체인지 방법을 알려줬을 때 '윈드 버드' 마법을 썼잖아. 그때 가모를 향해 이렇게 손을 뻗으니까, 5m도 넘게 떨어져 있었는데 그 녀석은 피하려고 했어. 마치 마법을 쓰려는 걸 알고 있었던 것처럼."

"진짜로……? 근데 가모 그 녀석, 다른 애들의 크레스트가 변형됐을 때 미소랑 같이 크게 놀라던데."

"미소노는 정말로 놀랐을 거라고 생각해. 하지만 가모의 함성은 약간 어색했던 것도 같아⋯⋯."

유마의 말에 토모리가 고개를 끄덕였다.

"나도, 스가모의 성격상 그런 상황에서는 감탄을 하지 않고 참았을 거라 생각해."

"확실히 그럴지도 몰라."

사와도 찌푸린 얼굴로 동의했다.

토모리가 본 이펙트의 빛, 유마가 오른손을 향했을 때의 반응, 잡 체인지 때의 과장된 비명──. 모두가 정황 증거다. 그러나 세 가지가 겹치자 의심은 확신에 가까워졌다.

"⋯⋯가모가 혼자만 먼저 잡 체인지를 끝내두고 그걸 숨겼다면, 시미즈가 본 빛은 스토리지에 무언가 수납했을 때 난 이펙트였을 가능성이 높아. 그리고 장소가 식사용 공간이었다면 수납한 건 시미즈의 말대로 음식이었겠지. 다만⋯⋯."

거기서 잠시 말을 끊은 유마는 스가모 테루키의 얼굴을 떠올렸다.

고성 던전 최하층에서 "하하하!" 웃으며 달려간 스가모.

모로 타케시의 죽음의 책임을 묻는 학급 재판에서 피고인 유마를 차갑게 내려다보던 스가모.

테스트 플레이 때는 아직 평소와 같은 스가모였다. 쓸데 없이 자존심만 세고 거만하고 이기적이라 좀 밉살맞긴 해도, 어딘가 미워할 수 없는 구석을 가진 악동. 하지만 재판에서는 마치 다른 사람이 된 것처럼 냉철하고 비정하며 논리정연하게 유마를 규탄하더니 기어이 유죄로 이끌었다.

그래…… 그때 스가모의 여자친구 포지션인 미소노 아리아도 불안한 얼굴로 스가모를 보고 있었다. 어딘가 이상함을 감지한 사람처럼.

"다만 뭐?"

콘켄의 재촉에 유마는 어느새 다물어졌던 입을 다시 열었다.

"……아무리 가모 녀석이 제멋대로 구는 성격이라고 해도 이 상황에서 귀중한 식량을 독차지하진 않았을 거라고 생각했는데…… 지금의 그 녀석이라면 그럴 수도 있을 것 같아. 하지만……."

힐끔 토모리를 바라보고 말을 이었다.

"그때 스토리지에 넣은 모습을 누군가가 봤다면 더 얼버무릴 수는 없었을 거야. 그 정도의 리스크를 무릅쓰고 확보한 식량을 모두가 배고프다는 이유로 선뜻 내줄까……. 게다가 본인의 스토리지에 음식이 들어 있었다는 건 어떻게 설명할 생각인 거지?"

"그 부분은 여러 이유를 대며 얼버무릴 수 있겠지. 백야드에 가서 스토리지에서 꺼낸 다음, 지금 발견한 것처럼 가장한다거나 해서. ……하지만……."

이쪽에서도 쓰고 있는 검은 뿔테 안경다리를 만지며 토모리가 말했다.

"듣고 보니 타이밍은 최대한 미루려고 할 것 같아…….

모두가 한계까지 배고프기를 기다린다든가……."

"그러면 더 영웅 취급을 받을 수 있을 테니까."

떨떠름한 얼굴로 그렇게 대답한 콘켄은 시선을 힐끔 오른쪽 아래로 향했다.

"7시가 돼 버렸네……. 이렇게 된 이상 한번 돌아갈 수밖에 없겠어……."

"……응."

유마도 실망감을 감추며 고개를 끄덕였다.

나기와 합류하기는커녕 거처의 단서 하나 찾지 못하고 로그아웃하는 것은 억울한 상황이었다. 하지만 셸터에서는 18명, 스가모를 제외해도 17명의 학생들이 주린 배를 감싸안고 식량 수색대가 돌아오기만을 이제나저제나 기다리고 있을 것이다. 유마 일행의 스토리지에는 식량이 산더미처럼 쌓여 있다. 자신들의 사정을 우선시해 배고픈 동료를 외면할 수는 없었다.

"일단 셸터로 돌아가서 식량을 준 뒤에 다시 한번……."

거기까지 말했을 때였다. 니키가 한 발 앞으로 나서 결의가 담긴 얼굴로 입을 열었다.

"내가 1층 셸터까지 음식을 가져다줄게. 그리고 너희들이 당분간 돌아올 수 없다는 것도 전해 두고. 사노를 찾는 걸 도와준다고 했지만, 이쪽이 더 우선순위가 높아 보여서."

"뭐……?"

예상치 못한 제안에 유마뿐만 아니라 사와와 콘켄, 토모리도 멍한 표정을 지었다.

"하지만…… 니키 넌 위층에서 접속한 거지?"

사와가 확인하자 니키는 천천히 고개를 끄덕였다.

"응, 4층에 직원용 휴게실이 있는데 거기를 대피소로 삼고 있어. 내가 접속한 곳도 4층에 있는 3번 플레이룸이야."

"4층……."

토모리가 희미한 놀라움이 섞인 목소리로 중얼거렸고, 유마도 콘켄과 얼굴을 마주 보았다.

만약 유마 일행이 3층을 건너뛰고 먼저 4층을 수색했더라면 현실 세계에서 니키 일행과 재회할 수 있었다는 뜻이 된다. 하지만 그 가정은 아무런 의미가 없다. 유마 일행은 나기를 찾으러 간 것이니 3층을 지나친다는 선택지는 존재하지 않았다.

사와도 같은 생각을 했겠지만, 굳이 그것을 얼굴에 드러내지 않고 질문했다.

"계단 위로 올라간 15명은 모두 4층 대피소에 있어?"

"물론이지. 몇 명은 가벼운 부상을 입긴 했지만, 중상을 입은 녀석도 죽은 녀석도 없어."

"그렇구나, 다행이다. ……하긴, 회장이 있으니까."

사와가 그렇게 반응하자 니키는 지금까지 짓고 있던 묘하게 비뚜름한 미소가 아닌, 그 나이에 어울리는 미소를 지으며 고개를 끄덕였다.

"그래, 그 녀석한테 맡기면 괜찮아."

니키가 그 정도로 호언장담하는 학생의 이름은 바로 하이자키 신. 개교 이래 천재라 일컬어지는 유키하나 초등학교의 현 학생회장이다.

하이자키와는 조금의 접점도 없는 유마조차 그의 이지적인 표정을 떠올리기만 해도 가슴속에 들끓는 불안감과 초조함이 어느 정도 사그라드는 기분이었다. 하이자키와 합류할 수만 있다면 나머지는 그가 정확한 판단으로 모든 상황을 이끌어 줄 것이라는 확고한 신뢰감.

"니키가 이쪽으로 접속한 것도 하이자키의 지시였어?"

유마의 질문에 니키가 물 흐르는 듯한 몸짓으로 어깨를 으쓱였다.

"지시라기보단 제안이었지. 4층으로 대피한 학생 전원이서 앞으로 어떻게 할지 의논했거든. 거기서 1층에 있는 애들과 연락을 취하고는 싶은데 계단을 내려가면 또 와타마키나 다른 괴물들에게 습격당할 수도 있다는 얘기가 나와서 말이야. 그랬더니 신, 하이자키가 누군가가 한 번 더 액매에 접속해서 거기서 반 애들을 찾지 않겠냐는 의견을 냈고, 내가 거기 지원한 거야."

"……"

무심코 할 말을 잃고 말았다.

유마 일행이 다시 액추얼 매직에 접속한 것은 사와에게 빙의한 '악마' 발라크가 그것이 가능하다는 것을 알려주었기 때문이다. 그녀와 대화하지 않았더라면 칼리큘러스에 들어가 볼 생각조차 못했을 것이다. 그러나 하이자키는 자신의 머리로 그 아이디어까지 도달했고, 나아가 분단된 다른 그룹에서도 누군가가 접속해 올 것이라는 추측까지 마쳤다는 뜻이 된다.

"……근데 왜 니키뿐이야? 우리처럼 서너 명이서 파티를 꾸리는 게 안전하지 않아?"

하이자키의 통찰력에 혀를 내두르면서도 유마는 그렇게 물었다. 니키의 입가에 떠올랐던 미소에 다시금 조소가 섞였다.

"그건 그렇긴 한데 손을 든 게 나뿐이었거든. 뭐, 좀 허세를 부리자면 난 '스위프트 런(바람 질주)' 마법을 사용할 수 있으니까 혼자 움직이는 게 더 편하긴 해."

그 말을 들은 콘켄이 부러움을 감추지 않고 외쳤다.

"역시 너 마검사였구나……! 전사직은 마법 스킬이 전혀 안 올라가는데 테스트 플레이 3시간 만에 용케 거기까지 완성했네……!"

"한손검 스킬과 바람 마법 스킬 이외엔 꽝이니까 완성된 건 전혀 아냐."

겸손을 표한 니키가 다시 한번 시각을 확인했다.

"……어쨌든 너희랑 만나서 다행이다. 그리고 와타마키를 살린 채로 가둬 준 건, 나도 감사할게. 최악의 경우…… 죽이는 수밖에 없다고 생각했으니까. 고마워 아시하라, 사와, 콘도, 시미즈."

진심으로 안도했다는 얼굴로 그렇게 말하며 깊이 고개를 숙여 보인다.

순간 유마의 가슴이 다시 찌릿 아파왔다.

와타마키 스미카를 가둔 것은 맞지만, 니키가 상상하고 있는 칼리큘러스가 아니라 작은 카드 안이었다. 그것은 다시 말해 유마의 패밀리어(사역마)로 만들었다는 뜻으로 단순한 구속과는 뉘앙스가 상당히 다르다.

뭔가 말하고 싶어하는 콘켄의 시선을 유마는 묵묵히 받아들였다.

니키에게는 사실대로 전해도 괜찮지 않을까……. 콘켄은 그렇게 말하고 싶은 것이다. 유마 역시 니키라면 스미카를 본래의 모습으로 되돌리고 싶다는 바람을 이해해 줄 것이라 생각했다. '카드를 즉시 파기하라'라는 말을 하지 않을 것이라는 확신도 있었다. 그것은 4층의 셸터를 통솔하는 하이자키도 마찬가지였다.

그러나 1층과 4층을 이어주는 통로의 안전이 확보되면 머지않아── 경우에 따라서는 오늘 밤 안이라도 분단된 1반의 학생들은 모두 합류하게 될 것이다. 이후 니키와 하이자키가 스미카의 현 상황을 모두에게 전달한다면 카드 파기를 주장하는 사람이 반드시 나타난다. 누가 뭐래도 스미카는 미우라 유키히사를 죽이고 타다 토모노리와 아이다 신타에게 중상을 입힌 당사자다.

카드화에 대해서는 아직 니키에게도 알려 줄 순 없었다.

콘켄에게 눈짓으로 그렇게 전한 뒤 유마는 니키가 고개를 들 때까지 기다렸다가 말했다.

"도움을 받은 건 우리도 마찬가지야. 거기에 짐 운반까지 부탁하는 건 너무 미안하고…… 게다가 아직 계단의 안전도 확인되지 않았어. 아르테아에는 와타마키 이외에도 위험한 몬스터가 돌아다니고 있다는 거, 니키도 알고 있잖아?"

"그래…… 4층 안쪽에도 위험한 녀석이 있었으니까. 신의 지시로 4층으로 도망간 직후 전원이 각성하지 않았다면 위험했을 거야……."

니키가 부르르 몸을 떨었다. 도대체 어떤 몬스터였는지 궁금하긴 했지만, 이것저것 질문하다 보면 시간이 아무리 많아도 부족했다.

"그럼 4층에서 1층까지 혼자 내려가는 게 얼마나 무모한지 니키도 이해하겠지?"

유마가 지적하자 니키는 "그야 뭐……"라며 고개를 끄덕이는가 싶더니, 곧바로 얼굴을 좌우로 움직였다.

"아니, 그래도 너희들이 3층까지의 안전은 확인해 줬잖아. 그렇다면 확인되지 않은 곳은 4층과 3층 사이뿐이야. 내가 식량을 받으면 바로 로그아웃하고 계단을 살펴볼게. 거기서 괴물의 기척이 느껴지면 바로 돌아오는 거야. 어때?"

"……."

세 사람과 얼굴을 마주 본 뒤 유마는 대답했다.

"……이쪽이 부탁하는 입장이니까 그렇게까지 말한다면

안 되다는 말은 할 수 없지만……. 그래도 정말 무리는 하지 마."

"알고 있어. 5분만 기다렸다가 돌아오지 않으면 무사히 1층으로 간 거라 생각해 줘."

자신 있게 씨익 웃어 보이는 니키에게 유마는 거래를 신청했다.

열린 교환 창을 보고 자신의 스토리지에서 주먹밥 20개, 과자 20봉지, 미네랄워터 10병을 이동시켰다. 양쪽 모두 OK 버튼을 누르고 거래 완료.

"식량은 확실히 맡았어. 반드시 스가모 녀석들에게 전해 줄게."

그렇게 단언한 니키는 문득 생각났다는 듯이 덧붙였다.

"맞다…… 너희들은 2번 플레이룸에서 접속했다고 했지? 칼리큘러스 번호는 기억해?"

"음…… 226번부터 229번까지였나. 그건 왜?"

"건너편에서 연락할 일이 생기면 칼리큘러스에 메모를 붙여둘게."

그렇게 대답한 니키는 열려 있는 창을 조작했다. 시스템 쪽으로 이동해 로그아웃 버튼 위에서 오른손을 멈춘다.

"위험할 것 같으면 꼭 돌아와."

유마가 다시 한번 못을 박자 니키가 씨익 웃으며 대답했다.

"알겠어. 여러모로 들을 수 있어서 많은 도움이 됐어. 그럼 또 보자."

검지로 버튼을 누르자 니키 카케루의 아바타는 하얀빛에 둘러싸이며 소멸했다.

5

체감상 10배는 느리게 흐른 5분이 지났음에도 니키 카케루는 재접속하지 않았다.

즉 비상계단에 몬스터의 기척이 없어 그대로 아래로 향했다는 뜻이다. 1층까지 내려온 뒤엔 엘리베이터 홀, 메인 로비, 웨이팅존을 통과하기만 하면 쇼핑 구역인 스가모 셸터에 도착할 수 있었다.

니키의 얼굴을 보면 18명의 학생들은 얼마나 안심할까. 식량이 도착했을 뿐만 아니라 위층으로 도망친 15명이 무사하다는 것도 알 수 있을 테니까. 물론 니키의 등장으로 리더의 자리가 흔들린 스가모만큼은 달갑지 않을지도 모르지만.

그 녀석이 어떤 얼굴을 하는지 보고 싶었는데. 그런 조금은 짓궂은 생각을 하면서 유마는 의자처럼 앉아 있던 석재에서 몸을 일으켰다.

"5분이 지났어. 니키는 무사히 1층까지 갔다고 믿고 우리도 움직이자."

"좋아! ……라고 말하고 싶지만……."

콘켄이 앉은 채로 맥없는 목소리를 냈다.

"이동하기 전에 우리도 밥 좀 먹으면 안 돼~? 냄새를 맡는다는 건 맛도 느낀다는 거겠지. 게임도 식후경이라는 속담도 있고 말야."

누가 봐도 지적이 튀어나올 만한 개그를 사와가 가차없이 무시했다.

"앞으로 한 시간 정도는 더 움직일 수 있잖아. 기껏 손에 넣은 식량을 소비하기보단 차라리 카르시나 마을에서 뭔가 사 먹는 게 나아. 정보도 수집할 수 있을 거고."

"오, 그게 좋네! 그러고 보니 노점이 몇 개 있었지!"

언제 피곤했냐는 듯 소리치며 튀어 오른 콘켄을 보며 토모리가 키득키득 웃었다.

시각은 오후 7시 10분. 카르시나에 도착할 때쯤이면 8시가 넘을 것이다. 술집이라면 몰라도 밤이 이른 게임 세계의 마을에서 아직 노점이 영업하고 있는지는 심히 의문이었지만, 굳이 그 말은 생략하고 다른 말을 했다.

"결정이네. ……하지만 카르시나로 향하기 전에 이 성을 잠깐 탐색해 보고 싶은데 괜찮을까?"

"어? 위층은 테스트 때 이미 다 탐색했잖아?"

의아한 표정을 지어 보이는 사와에게 유마가 빠른 어조로 설명했다.

"그건 그렇지만 던전이 사라졌다면 그 도마뱀 거인…… 바라니안 액스베어러는 대체 뭘 지키고 있었던 건가 싶어서. 드롭한 것도 도끼랑 소재 정도였고 딱히 보물 같은 건 없었잖아."

"……아…….'

유마와 비슷한 게임 경력을 가진 사와는 불과 2초 정도 고민하는 표정을 짓더니 곧바로 고개를 끄덕였다.

"하긴, 듣고 보니 그럴지도 모르겠네. 위층은 던전 구조로 된 것도 아니니까 잠깐 살펴보자."

콘켄과 토모리도 찬성했고, 빠르게 걸어 큰 공간 안쪽으로 향했다. 토모리가 '일루미네이트 버드'를 다시 소환해 준 덕에 그 빛을 의지해 넓은 계단을 올라갔다.

조심스럽게 나아가는 콘켄과 사와를 쫓아가며 유마는 옆에 있는 토모리에게 작은 소리로 말을 건넸다.

"시미즈, 새삼스럽지만 같이 와줘서 고마워. 덕분에 정말 살았어."

"아니야…… 난 모두의 뒤에서 마법을 쓰는 정도밖에 못 했는걸……."

부끄럽다는 표정으로 고개를 숙이는 토모리의 모습에 유마는 크게 고개를 저었다.

"그게 성직자의 일이잖아. 실제로 바라니안에게 이길 수 있었던 건 시미즈의 마법 덕이야. 그 녀석이 떨어뜨린 방패를 멀리 치운 것도 정말 좋은 판단이었고……. 게다가 지금도 저 새가 없었다면 랜턴이나 횃불 같은 걸 들고 다녔겠지."

콘켄의 머리 위를 날아다니는 마법의 새를 가리키며 칭찬하자 토모리가 가볍게 웃었다.

"그렇게 말해 준 건 기쁘지만, 나도 제대로 싸워야지……. 사와보다 훨씬 긴 지팡이를 갖고 있기도 하니까."

그 말대로 성직자가 든 바쿨루스는 마법 지팡이인 동시에 크게 휘어진 금속 지팡이라 적을 때릴 수 있는 타격 무기이기도 했다. 능력치만 봐도 마술사만큼 근접전에 취약한 클래스는 아니라지만, 그것도 결국 빌드에 달려 있었다.

"스타일은 사람마다 다 다르고 마법에 특화된 성직자도 얼마든지 있어. 전위는 콘켄이 맡아 줄 테니까."

유마가 격려 차원에서 그렇게 말했지만, 그 말에 토모리가 다시 웃음을 터뜨린다.

"거기선 내가 맡는다고 말해야 하는 거 아냐?"

"어······? 아, 무, 물론 나도 맡지!"

"후후후······ 그럼 그 말을 믿고 난 마법 하나로 가볼게."

그제서야 어깨에 힘이 풀린 것인지 토모리는 평소와 같은 나긋한 어조로 중얼거렸다. 그러다가 문득 무언가가 떠오른 듯 표정이 흐려졌다.

"······하지만······."

"어······?"

왜 그러냐고 물어보려던 그때였다.

아주 미약하지만 강렬하리만치 기묘한 감각에 사로잡힌 유마는 계단 중간에 우뚝 멈춰 섰다. 마치 영혼과 몸이 분리된 것만 같은 단절감······. 하지만 그것은 순식간에 사라지고 이내 밤공기의 서늘함과 먼지 같은 냄새, 부츠 바닥에 맞닿은 석재의 단단한 느낌이 돌아왔다.

기분 탓인가 싶었지만 앞에 있는 콘켄과 사와, 옆을 걷던 토모리도 걸음을 멈추고 의아한 얼굴로 자신의 몸을 내려다

보고 있었다.

"……유우, 지금 그거……."

뒤돌아본 사와의 모습에 유마는 고개를 끄덕였다.

"뭔가 느낌이 이상했지. 몬스터의 원격 공격……치고는 대미지도 안 입었고 디버프 아이콘도 안 켜졌어……."

"공격 같은 느낌은 아니었어. 좀 더 뭔가……."

콘켄이 잠시 말을 찾다가 답답하다는 듯 한숨을 내쉬었다. 그 심정은 이해했다. 유마에게도 아까의 그 감각을 정확하게 표현해낼 만한 어휘력은 없었다.

"……뭐, 상황이 상황이니까. 이상한 일 한두 개, 서너 개 정도는 있을 수 있겠지……."

대신 유마는 그렇게만 말하고 다시 한번 주위를 둘러보며 위험이 없는지 확인했다. 그리고 사와와 눈을 맞춘 뒤 이동을 재개했다.

고성의 2층과 3층에는 잔해밖에 없었지만 최상층인 4층 안쪽에는 기대했던 것들이 등장해 있었다. 검게 빛나는 강철로 보강된 대형 보물상자.

환호성을 내며 달려가려는 콘켄의 목덜미를 붙잡아 제지하고, 사와에게 '리빌(함정간파)' 마법을 부탁한 뒤 조심스럽게 다가갔다. 전면에 거대한 열쇠 구멍이 있는 것을 보고 조금 당황하긴 했지만, 전원의 소지품을 다시 살펴보고 '강철 열쇠'가 콘켄의 스토리지에 드롭된 것을 발견. 주인에게 해제 권리를 넘겨 주고 옆에서 지켜보았다.

콘켄이 한껏 허세가 담긴 동작으로 열쇠를 꽂고 회전시키자 찰칵! 하는 기분 좋은 금속음이 울렸다. 이어서 뚜껑에 양손을 걸치고 그 상태에서 입으로 "다다다단~" 하는 이상한 효과음을 냈다가 사와에게 한 소리를 들었다.

간신히 들어 올려진 뚜껑 아래에는 기대 이상의 광경이 펼쳐져 있었다.

꽤나 고급스러워 보이는 양손검 하나, 단검 하나, 완드 하나, 바쿨루스 하나. 아마도 보물상자를 연 파티에 맞춰서 생성되는 모양이었다. 무기 외에도 랜턴이나 망원경, 물병 같은 도구류와 고급스러워 보이는 유리병에 담긴 포션 종류가 곳곳에 굴러다녔고 바닥에는 돈이 잔뜩 깔려 있었다.

네 사람 동시에 "오오~~~" 하는 함성을 지른 뒤 서로를 마주 보며 하이파이브. 트레저 헌트를 위해 온 것은 아니었기에 너무 큰 소란을 피울 수는 없었지만, 기쁜 것은 기쁜 것이다.

다시 보물상자로 돌아선 콘켄이 가장 먼저 양손검을 꺼내 바닥에 놓은 뒤 완드를 사와에게, 바쿨루스를 토모리에게, 그리고 단검을 유마에게 건넸다. 대량의 아이템과 돈 정리는 뒤로 미뤄 두고 소지한 가죽 주머니 두 개에 나눠 수납한 뒤 스토리지에 여유가 있는 유마와 토모리가 맡았다.

보물 수거를 마친 네 사람은 서둘러 1층으로 돌아갔다. 성의 탐색에 걸린 시간은 약 10분…… 이 정도면 분명 나기도 용서해 줄 것이다.

혹시 몰라 입구에서 앞마당의 모습을 살펴보았지만 생물의 기적은 없다. 바브드 울프나 다른 몬스터들이 정기적으로 들어오는 건가 싶었는데 그런 것도 아닌 모양이었다.

"……좋아, 카르시나로 가자."

유마의 말에 세 사람이 말없이 고개를 끄덕였다.

──어떻게든 오늘 밤 안에 찾을 테니까 조금만 기다려.

마음속 깊은 곳에서 나기를 향해 그렇게 다짐하고, 유마는 저편의 마을을 향해 달리기 시작했다.

숲의 고성에서 카르시나 마을까지는 길을 따라 가도 5km는 되는 거리였다.

몬스터를 멀리서 발견해도 우회할 수 있는 낮이라면 전력으로 달릴 수 있어 30분이 채 걸리지 않는다. 그러나 밤에는 언제나 사방을 경계해야 했기에 빨리 걸어 숲을 빠져나가는 데 20분, 초원을 종단하는 데엔 30분이 소요되었다.

열 몇 개째 언덕을 넘어 전방에 겨우 마을의 불빛이 보일 때쯤엔 유마의 예상대로 시각은 저녁 여덟 시를 지나고 있었다.

카르시나 마을은 카르 강이라는 이름의 큰 강 북쪽 연안에 지어진 소형 성벽 도시였다. 시가지는 반원형의 석벽으로 둘러싸여 있으며, 강변과 맞닿은 중앙 광장에서는 방사 형태로 세 갈래의 큰길이 뻗어나와 각각의 문으로 이어져 있었다.

유마 일행은 방문객도 아니었기에 세 개의 문 중 가장 큰 북문으로 향했다. 사슴 갑옷과 할버드로 무장한 위병 앞을 지날 때는 다소 긴장했지만, 통행증을 보여달라는 말을 듣거나 뇌물을 요구받는 일도 없이 깔끔하게 통과할 수 있었고 오후 8시 12분, 네 사람은 마침내 카르시나의 돌바닥을 밟을 수 있었다.

애초에 이 마을은 테스트 플레이의 시작점이었기 때문에 8시간 만에 다시 돌아왔다고도 말할 수 있었다. 그러니까 별다른 감회도 느껴지지 않겠지, 하는 생각을 하면서 유마는 북문에서 곧장 남쪽으로 쭉 뻗어 있는 대로를 바라보았다.

그 순간, "어라……?" 하는 소리가 새어 나왔다.

전에 지나갔을 때만 해도 한적한 도로 좌우에는 드문드문 포장마차와 노점이 늘어선 정도였는데, 지금은 포장마차는 하나도 보이지 않고 그 대신 눈 부실 정도로 불을 밝힌 상점과 술집들이 도로 끝까지 늘어서 있었다. 그리고 거리에는 담소를 나누며 오가는 많은 취객과 손님들.

"……이 마을은 밤이 되면 원래 이렇게 붐벼?"

콘켄이 멍한 얼굴로 말하자 유마는 작게 고개를 저었다.

"아니…… 낮이나 밤이라는 식의 문제가 아닌 것 같아, 이건. 사람들의 왕래뿐만 아니라, 가게들도 엄청나게 늘어났잖아……."

"반대인 것보다는 낫지. 그보다 빨리 아무 곳이나 좀 들어가자…… 나 진짜로 배고파 죽겠어……."

호들갑스럽게 상체를 휘청거리는 콘켄의 등을 사와가 찰싹 때렸다.

"그 정도로 죽을 리가 없잖아. 밥 먹기 전에 정보 수집부터 먼저……."

라고 말하려던 그때. 유마의 시야에 표시된 콘켄의 HP바 아래에 처음 보는 아이콘이 켜졌다. 테두리가 검은색인 걸 보니 버프가 아니라 디버프——휘어진 파이프 모양에 중앙부가 두껍게 되어 있는 그 마크는 아마도 위, 인 것 같았다.

유마가 경악한 얼굴로 아이콘을 바라보고 있자, 그 위쪽 바에 겹치듯 표시된 HP 숫자가 가득 차 있던 본래의 상태에서 1 감소했다.

"아, 이거 아마 '공복' 상태이상인 것 같아. 미안, 콘켄. 역시 죽을지도 모르겠다."

사와가 냉정하게 지적하자 콘켄이 고개를 붕붕 저으며 소리쳤다.

"싫어!"

처음으로 눈에 띈 레스토랑에 황급히 들어가 직감에만 의존해 주문을 마친 시점에 콘켄의 HP는 1포인트 더 줄어든 174가 되어 있었다.

비례 대미지인지 고정 대미지인지는 알 수 없었지만 대체로 5분에 1이 줄어드는 페이스였으니 콘켄이 '공복' 디버프로 죽기까지 앞으로 870분…… 즉 14시간하고도 30분이 걸린다는 계산이 나온다. 현실 세계에서는 그 10배의 시간 동안 금식을 해도 물만 마신다면 굶어죽진 않겠지만, 게임 세계의 지속 대미지 중에서는 상당히 느린 감소 속도였다.

하지만 당연하게도 콘켄은 제정신이 아닌 것인지 의자 위에서 초조하게 다리를 흔들며 자신의 HP바와 가게 주방으로 이어지는 문을 번갈아 쳐다보고 있었다. 스토리지에서 보존식을 꺼내 한 입만 먹으면 디버프는 사라질 텐데, 그건 그거대로 열받는다며 거부했다.

다행히 다음 대미지가 발생하기 전에 문이 열렸고, 양손에 트레이를 가득 채운 NPC 웨이트리스가 나타났다.

"기다리신 음식 나왔습니다!"

씩씩한 대사와 함께 테이블에 차례차례 접시를 내려놓는다. 지글지글 소스가 타는 소리, 입맛을 돋우는 향신료 냄새, 그리고 랜턴 불빛에 빛을 받은 먹음직스러운 고깃덩어리의 비주얼이 유마의 위를 바짝 조였다.

웨이트리스가 네 개의 잔에 레몬이 든 물을 따라 주며 "맛있게 드세요!" 하고 윙크하며 떠난 순간, 네 사람은 빛의 속도로 나이프와 포크를 집어들었다.

유마가 주문한 것은 '숙성 세퍼러우(牛) 서로인 스테이크, 찜채소와 베이크드 포테이토 포함'. 세퍼러우라는 것이 실재하는 품종인지 아닌지도 모르겠고 서로인이 어느 부위인지도 모르겠지만, 외형과 향기는 가히 폭력적으로 느껴질 정도로 강렬했다.

왼손 포크로 두꺼운 고기를 고정하고 오른손에 든 칼을 들이 대자 순간 탄력이 느껴졌지만 곧 스르륵 칼날이 가라앉는다. 큼지막하게 잘라 낸 고기 조각은 겉은 노릇노릇하게 익었지만, 단면에는 연한 분홍빛이 남아 있었다. 바라보고 있자 투명한 기름이 조금씩 안에서 배어 나오는 것이 보였다.

엄청나게 맛있어 보였지만, 그 이전에 믿기 어려울 정도의 존재감이었다. 처음 액추얼 매직에 접속해 바람이 살랑이는 초록색 초원을 바라봤을 때도 현실 이상의 퀄리티에 놀랐지만, 쉬이 믿겨지지 않는 감각은 이 스테이크 한 조각이 더 강했다. 3D 모델일 텐데도 고기 섬유 한 가닥, 아니 세포 한 개까지 재현되어 있었다.

혹시 내구도를 잃은 조형물처럼 입에 넣는 순간 얼음 조각같이 부서지는 것은 아닐까…… 그런 생각으로 조금 긴장하면서도 유마는 고기를 입에 넣었다.

오른쪽 어금니에 넣고 꽉 깨문다. 단단하면서도 가벼운 식감과 함께 고기가 갈라지며 따뜻한 지방과 육즙이 입 안 가득 퍼졌고, 단맛과 신맛이 나는 소스와 조화롭게 어우러졌다. 너무 맛있어서 아득해지려는 정신을 가까스로 붙잡고 정신없이 씹는 것을 반복했다. 고깃조각은 순식간에 형체를 잃었고 삼킨 뒤의 도취감만이 남았다.

정신을 차리고 주위를 둘러보니 유마와 같은 것을 주문한 콘켄도, 흰살 생선구이를 주문한 사와도, 닭 스튜를 주문한 토모리도 정신없이 손과 입을 움직이고 있었다. 유마도 질세라 스테이크를 한 조각 더 집어넣고 베이크드 포테이토를 먹었다. 꼭꼭 씹어 지방과 탄수화물의 상승효과를 만끽한 뒤 레몬 물로 마무리.

현실 세계였다면 초등학생들끼리 이런 고급 레스토랑에는 쉽게 들어갈 수 없을 것이고, 설령 들어간다 해도 크레스트에 충전된 용돈으로는 스테이크를 주문할 수 없었다. 이 가게도 결코 싸지 않았다. 유마와 콘켄이 주문한 서로인 스테이크는 39오람이었는데, 고성 보물상자에는 3000오람이 넘는 액수의 금은동화가 가득 차 있었으니 그 5%를 쓰는 정도의 사치는 용서받을 수 있을 것이다.

스테이크는 눈 깜짝할 사이에 반 정도 사라졌다. 남은 음식도 더 즐기고 싶어 유마는 탁상의 브레드 바스켓에 손을 뻗었다. 세 종류의 빵 중 얇게 썰린 검은 빵을 골라 버터를 바르고 한입 먹었다.

빵은 조금 시큼하면서도 부드러운 휘핑 버터와 잘 어울려서 이것도 상당히 맛있었다.

──그러고 보니 나기가 이런 유럽식 빵을 좋아했었지.

그런 생각이 든 순간, 옆에 있는 콘켄도 먹던 손을 멈추고 말했다.

"……울보나기도 먹었으면 좋았을 텐데……."

공복감이 해소된 순간 죄책감이 든 모양이었다. 그것은 유마도 마찬가지였다. 콘켄의 HP가 줄어들기 시작했다는 사정은 있었지만, 당장 나기가 어떤 상황에 처해 있는지도 모르는데. 역시 레스토랑 스테이크가 아니라 포장마차 꼬치 정도로 끝내는 게 좋지 않았을까…….

"당연히 먹여 줘야지."

갑자기 그렇게 단언한 사와가 포크를 들어 유마의 접시에서 고기 한 조각을 자연스럽게 강탈해 갔다.

"나기와 합류하면 마을에서…… 아니, 이 세계에서 제일 고급스러운 레스토랑에 데려가서 먹고 싶은 걸 원 없이 다 먹게 해 줄 거야. 그때까지 더는 가게에 들어갈 여유는 없을 테니까…… 지금 제대로 배를 채워둬."

"……응." "그래."

유마와 콘켄은 동시에 고개를 끄덕이며 다시 스테이크에 달려들었다.

5분 후, 금속 그릇 위에 있던 고기와 야채와 감자를 흔적도 없이 해치우고 유리잔에 든 레몬 물까지 다 마신 유마는 후우, 하고 깊은 숨을 내쉬었다.

조금 전에 다 먹은 콘켄의 머리 위를 바라보다가, 아직 여자 두 사람이 식사를 계속하고 있는 것을 보고 작은 소리로 속삭였다.

"공복 디버프, 사라졌네."

"응…… 정말이지, 진짜 죽는 줄 알았다고."

씨익 웃으며 그렇게 말한 콘켄이 갑자기 미간을 좁혔다.

"근데 말이지…… 왜 나만 디버프가 된 거야? 너희들도 안 먹은 건 마찬가지잖아…… 헉, 설마 이동 중에 스토리지에서 훔쳐먹은 건…….”

“그런 짓 안 했어!”

절친의 옆구리를 쿡 찔러 준 뒤 막 떠오른 것을 말했다.

“……아마 현실 세계와 똑같이 아바타의 체격이나 근력에 따라서 에너지의 소비효율…… 자동차에서 말하는 연비가 다른 거겠지. 콘켄은 덩치도 크고 파워도 좋으니까 그만큼 배가 고파지는 속도도 빠른 거 아닐까?”

“어? 진짜? 그러면 아바타가 작고 근력치도 낮은 게 더 유리하잖아.”

“단순히 그렇다고는 단언할 수 없어.”

대화에 끼어든 것은 치킨 스튜를 다 먹은 토모리였다. 냅킨으로 우아하게 입을 닦고는 레몬 물을 한 모금 마신 뒤 말을 잇는다.

“아까 보스전을 경험해 보고 이 게임은 기본적으로 힘이 정의라는 걸 느꼈어. 근력치와 내구치가 높으면 소지품을 더 많이 들 수 있고, 무거운 무기도 휘두를 수 있고, 동료를 지키는 방패도 되어줄 수 있지……. 물론 마술사나 성직자도 마법으로 여러 일들을 할 수 있지만, 그것도 콘도 군처럼 힘이 강한 사람에게 보호를 받는다는 전제에서 가능한 일이니까…….”

그건 아니야, 하고 유마는 반사적으로 튀어나오려던 말을 삼켰다.

MMORPG에서는 어떤 클래스, 어떤 빌드를 가진 플레이어라도 각각의 장단점이 있었기에 서로가 서로를 커버해 주어야 강적과도 싸울 수 있었다. 마법계 스킬을 전혀 얻지 않은 콘켄은 동료에게 버프도 힐도 불가능하니 그것이 가능한 성직자를 지키는 것은 당연한 팀플레이였다.

——라는 논리를 들이밀 수는 있었지만, 애초에 토모리는 성직자가 전사에게 보호받는다는 원리 원칙에 위화감을 느끼는 모습이었다. 그 마음은 충분히 이해한다. 아마도 액추얼 매직의 일곱 개의 클래스 중 토모리와 같은 회복 · 지원 마법에 치중된 성직자의 솔로 생존력이 가장 낮을 것이다. 공격 마법에 치중된 마술사도 공격에 약한 것은 거의 비슷하지만 압도적인 섬멸력과 기동력으로 위험을 돌파할 수 있는 반면, 단순히 회복 마법으로 버티기만 한다면 언젠가 MP가 바닥나 게임오버가 되고 만다.

고성에서는 토모리도 '마법 하나로 갈까'라는 식의 말을 농담처럼 했었지만, 마음속으로는 쉽게 결정 내리기 어려웠을 것이다. 다시 한번 '나랑 콘켄이 확실하게 지켜 줄게'라고 입으로 말하는 것은 쉽다. 하지만 지금 토모리에게 해 주어야 할 말은 분명 그것은 아니었다.

"……시미즈."

왼쪽 대각선 앞에 앉는 토모리를 똑바로 바라보며 유마가 말했다.

"어떤 클래스, 어떤 빌드를 선택하느냐는 전부 그 사람의 자유야. 아직 클래스 체인지 시스템이 있는지 어떤지는 모르겠지만, 시미즈가 그러고 싶다면 지금부터 근력치와 내구치, 그리고 무기 스킬과 방패 스킬도 올려서 '물리 프리'를 목표로 해도 돼. 지금의 AM…… 아르테아는 이런 상황이지만 그렇다고 해도…… 아니, 그러니까 더더욱 본인의 빌드는 본인이 결정해도 괜찮아. 물론 물어보면 조언은 언제든지 해 주겠지만."

"……."

유마는 가진 어휘력을 최대한 발휘해 자신의 생각을 전했지만 토모리는 한동안 침묵을 이어갔다.

그러다 갑자기 안경 안쪽의 두 눈에서 뚝뚝, 굵은 눈물방울이 흘러내렸다.

"어……? 저기……."

당황한 유마가 도움을 청하듯 옆과 앞을 바라보았지만, 콘켄은 포크를 든 채 굳어 있었고, 사와도 아무런 액션을 취하지 않았다.

10초 정도 지나자 사와가 냅킨 거치대에서 새 냅킨을 빼내 토모리에게 전해 주었다. 토모리는 그것으로 두 눈을 닦고 몇 초 더 호흡을 가다듬은 뒤 입을 열었다.

"……미안해, 갑자기 울어서. 그동안 아무한테도 그런 말을 들어 본 적이 없어서……."

"어……."

게임 이야기——는 아마도 아닐 것이다. 하지만 유마가

추측할 수 있는 것은 거기까지였다.

토모리는 망설이는 유마에게 잠시 시선을 주더니 이내 눈을 내리깔고 말을 이었다.

"……나, 아르테아가 이렇게 된 뒤로 내가 제대로 뭔가 할 수 있을까 계속 불안했어……. 셸터에 있는 성직자는 나와 소가, 모로 군뿐이었고, 게다가 그 모로 군마저 죽어 버렸잖아……. 그 일이 나 때문이라고 비난받는 건 아닐까, 계속 무서웠어. 그래서 스가모 군이 학급재판을 열고, 모로 군이 죽은 건 아시하라 군의 책임이라고 말했을 때…… 솔직히 안심했어. 내가…… 내가 아니라, 다행이라고……."

잠시 멈췄던 토모리의 눈물이 다시금 봇물 터지듯 쏟아져 나왔다.

유마는 여전히 아무 말도 하지 못했다.

토모리의 고백에 충격을 받은 것은 아니다. 반대 입장이었다면 자신도 안심했을지도 모르고, 학급재판에서 토모리가 표적이 될 바엔 차라리 '스가모 내성'을 가진 자신이 훨씬 나을 것이라는 생각까지 들었다.

토모리는 냅킨을 얼굴 전체에 갖다 대고 작게 어깨를 떨었다. 눈물을 억누른 그녀가 다시 말문을 열었다.

"……같이 식량을 찾으러 가겠다고 지원한 것도 마찬가지야. 아시하라 군에게 사과하고 싶다는 마음도 물론 있었지만, 그것뿐만이 아니야……. 그 장소에서 도망치고 싶었어. 셸터의 모두를 지킨다는 책임에서, 소가 한 명에게 짐을 지우는 일이라는 걸 알고 있었는데도, 그래도 도망치고 싶었어. ……그래서 적어도 이 파티에서는 내 역할을 제대로 다하려고 했는데……. 하지만 3층에서 삼각머리에게 습격당했을 때도, 고성에서 도마뱀 거인과 싸웠을 때도 난 모두에게 보호만 받고…….”

그렇게 말하자면 마물사인 유마는 콘헤드 데몰리셔 때도 바라니안 액스베어러 때도 클래스를 제대로 활용하지 못했다. 기껏해야 바라니안에게 ‘칠링 핸드’ 마법을 쓴 정도였고, 마물사의 본분인 소환도 포획도 하지 않았다.

하지만 그것을 말해 봤자 토모리에게 위로는 되지 않을 것이다. 왜 그렇게 역할이나 책임에 집착하는지는 모르겠지만, 그것이 토모리의 마음을 단단히 묶고 있는 사슬 같은 것이라면 타인의 몇 마디 말로 쉽게 벗어날 순 없을 것이다.

하지만 그러니 더욱 액추얼 매직의 캐릭터 빌드 정도는 역할이나 책임에 얽매이지 않고 자유롭게 정했으면 좋겠다.

그렇게 생각한 유마는 두 손을 딱 모으고 말했다.

“좋아, 그럼 이렇게 하자!”

“어……?”

젖은 얼굴을 드는 토모리와 콘켄, 사와에게 순서대로 시선을 돌린 후——.

“어차피 나기의 수색을 시작하기 전에 해둬야겠다고 생각했거든. 지금 여기서 우리가 모은 스킬 포인트를 전부 사용하자.”

6

 액추얼 매직의 테스트 플레이가 종료된 오후 3시 기준으로 유마, 콘켄, 사와, 그리고 나기의 레벨은 7이었다.

 그 후 아르테아에서 콘헤드 브루저, 헤르타바나스 라바무리, 심지어 콘헤드 데몰리셔까지 ——발라크의 도움이 없었다면 전멸했겠지만—— 격파했고, 액추얼 매직에 접속한 뒤에도 중간 보스 격인 바라니안 액스베어러와 잔챙이보다 강한 바브드 울프 두 마리를 쓰러뜨린 결과 유마 일행의 레벨은 12, 도중에 참가한 토모리도 11에 도달한 상태였다.

 사용하지 않은 스킬 포인트는 유마, 콘켄, 사와가 220. 토모리는 170. 기본 스킬을 하나 습득하는 데 필요한 포인트는 100이었으니 유마 일행은 새로이 두 개를, 토모리는 한 개를 습득할 수 있는 셈이었다.

 현재 유마가 얻은 스킬은 '범용 마법', '어둠 마법', '사역' 이 세 가지. 콘켄은 '양손검 마스터리', '강력', '물리 내성'. 사와는 '범용 마법', '불 마법', 'MP 자연회복 강화'였던 것으로 기억한다.

 이 세 사람은 추가로 두 가지를 습득할 수 있었기에 하나는 'HP 자연회복 강화'를 제안할 생각이었지만, 토모리는 그 전에 성장의 방향성을 결정하는 것이 우선이었다.

 "시미즈, 지금 얻은 스킬이 뭐야?"

유마가 묻자 토모리는 "음……" 하는 서론을 꺼낸 뒤 알려주었다.

"'신성 마법', '빛 마법', 'MP 자연회복 강화'야."

"호오, '범용 마법'은 안 얻었구나."

"응, 테스트 플레이에서 함께했던 셋치…… 아니, 츠다가 갖고 있었거든."

"그렇구나……."

고개를 끄덕인 뒤 잠시 생각에 잠겼다.

토모리의 스킬 구성은 역시나 후방에서 힐(회복)과 버프(지원)에 집중하는 마법특화형으로, 전방에 서는 것을 상정한 것은 아니다. 하지만 그렇다고 해도 아직 레벨 11이니 늦었다고 단정하기엔 이르다.

"……응. 다른 속성의 마법 스킬이나 '마법 사거리 강화'를 얻었다면 어려웠겠지만, 지금이라면 아직 방침 전환도 가능해. 바쿨루스를 메이스로 바꾸고 방패를 들고 '방패 마스터리'나 '물리 내성' 스킬을 얻으면 공격형 물리 프리도 충분히 가능할 것 같은데……."

그렇게 말하면서 콘켄과 사와를 바라보자 둘 다 말없이 고개를 끄덕인다. 유마와 동등한 게임 경험이 있는 두 사람도 인정한다면 게임 시스템에 관해서는 문제가 없을 것이다. 그러나 실제로는 클리어해야 할 조건이 하나 더 있었다.

"아시하라 군, 아까도 말했지만, 그 '물리 프리'는 뭐야?"

그 조건을 어떻게 설명해야 하나 고민하고 있는데, 어리둥절한 표정을 지은 토모리가 그렇게 물어왔다. 유마가 당황하며 대답했다.

"아…… 미안, 게임 용어야. 물리형 프리스트의 약자로 전위에서 싸우는 스타일의 성직자를 뜻해."

"아, 그런 거구나. 난 또 톰 리플리의 친척 같은 건 줄 알았어."

이번에는 유마가 '그게 누구야?'라고 생각했지만, 그렇게 되묻기도 전에 다음 질문이 날아왔다.

"그런 용어가 있다는 건 아무도 선택하지 않을 만큼 도를 벗어난 스타일……은 아니라는 거지?"

"으…… 응, 물론. 비율로 보면 후위 성직자 쪽이 더 많겠지만, 어떤 MMO라도 일정 수는 존재할 거라 생각해. 더 성장하다 보면 팔라딘(성기사) 같은 전용 상급직이 될 수도 있고."

"팔라딘이 뭐야……? 샤를마뉴의 12기사 같은 건가?"

또다시 생소한 이름이 튀어나왔고, 유마는 다시 두 눈을 깜빡였다. 사와와 콘켄도 어리둥절한 얼굴을 하자 토모리가 살짝 웃으며 설명했다.

"음…… 샤를마뉴라는 건 초대 신성 로마 황제가 된 카를 대제의 프랑스식 호칭이야. '롤랑의 노래'라는 서사시에 샤를마뉴의 신하로 무예에 뛰어난 12명의 기사가 나와. 롤랑은 그중에서도 필두격인데…… 왜 콘도 군이 아르테아에서 주운 쇠막대기를 '듀란달'이라고 불렀잖아? 그건 원래 롤랑의 검 이름이야."

"그렇구나~!"

유마는 콘켄과 동시에 그렇게 말했다. 이어서 콘켄이 "응? 시미즈가 어떻게 그걸 알지?"라고 중얼거렸지만 토모리에게는 들리진 않은 모양이었다. 그녀는 어느새 수줍음도 잊고 열띤 어조로 설명을 이어갔다.

"물론 듀란달도 롤랑 본인도 실재한 건 아니라고 하지만, 12명의 기사들은 모두 개성적이야. 특히 롤랑의 절친 올리비에는 굉장히 멋있어. 그 열두 사람을 영어로 '더 트웰브 팔라딘스'라고 해."

"그렇구나~!"

두 사람이 또다시 소리쳤다. 게임 내 하나의 클래스라고만 생각했던 팔라딘에 그런 유서 깊은 출처가 있었다는 것도 놀라웠지만, 토모리의 박식함도 도저히 같은 초등학교 6학년 같지 않았다.

유마와 콘켄은 계속 감탄하기 바쁜 와중, 사와는 두 사람과는 조금 다른 모습을 보여주었다.

"어쩐지 아서왕 얘기 같네. 거기에도 '원탁의 기사'라는 게 있잖아?"

"맞아!"

순간 토모리가 쏙 몸을 내밀었다.

"'롤랑의 노래'는 '아서왕 이야기'와 공통점이 정말 많아. 롤랑의 듀란달과 아서왕의 엑스칼리버는 이야기 자체의 설

정도 굉장히 비슷하고, 기사들 중에서 배신자가 나온다거나, 양쪽 모두 마녀 모르간이……."

눈을 반짝이며 떠들어 대던 토모리가 갑자기 말을 끊더니 표정을 바꾸며 작은 소리로 사과했다.

"……미안해, 이런 얘기를 하면 나도 모르게 그만……."

"아니, 엄청 재밌어. 나기를 찾아서 셸터로 돌아가면 다시 들려줘. 그 녀석도 그런 얘기 좋아하거든."

사와가 그렇게 말하자 토모리는 "……응" 하고 고개를 끄덕이며 유마를 쳐다보았다.

"주제를 벗어나서 미안해, 아시하라 군. 여러모로 생각해 봤는데……."

거기서 잠깐 틈을 두는가 싶더니, 단호하게 선언한다.

"난 역시 후위를 담당하는 평범한 성직자가 될래."

"어……?"

틀림없이 '물리 프리가 되겠다'라는 말을 들을 거라 생각한 유마는 토모리의 얼굴을 물끄러미 바라보며 되물었다.

"……정말, 그걸로 괜찮아?"

"응. 모두의 HP를 확실히 회복해 주는 게 내 역할이라고 생각하고…… 게다가 난 팔라딘을 감당하기엔 너무 벅찰 것 같거든."

농담 섞인 어조로 그렇게 대답한 토모리는 이제 완전히 안정을 되찾은 모습이었다.

아까 유마가 말하지 않았던, 토모리가 전위로 전향하기

위한 또 다른 조건── 그것은 두려움 없이 몬스터와 맞설 수 있느냐 없느냐 하는 점이었다. 현실과 다를 바 없는 AM 세계에서 후방에서 마법을 쏘는 것과 전면에서 무기를 휘두르는 것은 정신적 압박이 전혀 다르다. 토모리의 용감함을 의심하는 것은 아니지만, HP가 줄어들고 앞으로 한 번만 더 공격당하면 죽는 상황에서 자신과 동료를 믿고 버틸 수 있을지 어떨지는 그 상황이 되어봐야 알 수 있다.

토모리가 또다시 꺼낸 '역할'이라는 말에 희미한 우려를 느끼면서도 유마는 천천히 고개를 끄덕였다.

"알았어. 그럼 시미즈의 네 번째 스킬은 '마법 사거리 강화'로…… 아니, 그전에 'HP 자연회복 강화'를 얻는 게 좋을 것 같아. 우리도 얻을 거거든."

"엥? 그걸?"

의아함이 담긴 소리를 낸 것은 콘켄이었다.

"그거 좀 미묘한 스킬 아냐? 전투 중의 회복량도 애매하고, 전투하지 않았을 때엔 달리 회복할 방법은 얼마든지 있는데……."

"AM 세계라면 그렇겠지."

유마가 그렇게 말하자 사와가 "아, 하긴" 하고 중얼거렸다. 그쪽을 향해 작게 고개를 끄덕인 후 다시 콘켄에게 고개를 돌렸다.

"아바타는 뼈가 부러지거나 혈관이 찢어질 일이 없으니까 대미지를 입는다 해도, HP가 1이라도 남으면 자연회복만으로 완쾌할 수 있어. 하지만 현실 세계에서는 그게 불가능하지. 크게 다치면 시미즈가 아이다와 우리를 치료해 줬을 때처럼 마법을 쓰거나 회복 포션을 사용할 수밖에 없는데, 둘다 쓸 수 없는 상황도 있을 거 아냐? 하지만 'HP 자연회복 강화'를 얻어 둔다면…….”

“현실 세계에서도 기본 회복력만으로 버틸 수 있을지도 모른다는 거야?”

유마의 말뜻을 이해한 것인지 콘켄이 진지한 얼굴로 자신의 몸을 내려다보았다. 콘헤드 데몰리셔에게 맞아 날아갔던 때가 생각났는지 왼손으로 배 주위를 문지르며 말을 잇는다.

“하긴 위험한 건 이쪽보단 저쪽이겠지. 살아남을 확률은 조금이라도 높여 두는 게 좋겠네…….”

“응, 나도 찬성. 데몰리셔에게 당했을 때 콘도 군의 HP가 이 정도밖에 안 남아 있었거든.”

토모리가 오른손 검지와 엄지손가락을 1cm 정도로 바짝 붙이자, 콘켄이 “흐이익……” 하며 얼굴을 찌푸렸다.

쇠뿔도 단김에 빼라고, 전원의 동의를 얻자마자 메뉴 창을 열고 스킬 탭으로 이동해 'HP 자연회복 강화'를 선택. OK 버튼을 누르자 신규 스킬을 습득했을 때 나는 이펙트가 네 사람의 몸을 감쌌다.

이어서 유마는 마법직 필수 스킬인 'MP 자연회복 강화', 콘켄은 자세가 쉽게 무너지지 않는 '강인', 사와는 마법의 위력이 올라가고 소비 MP가 줄어드는 '완드 마스터리'를 습득. 이로써 네 명 모두 스킬 포인트는 거의 바닥났다.

가이드북에 의하면 '레벨 12에서 5개 스킬을 습득'하면 초급 플레이어는 졸업이라고 적혀 있었다. 토모리는 아직 레벨 11이고 그녀 자체도 MMORPG 초보였기에 보조는 필요할 것이다. 다음에 바라니안 액스베어러급 보스 몬스터와 대치한다면 유마를 포함한 세 명은 중급자답게 더 모범을 보여야 했다. 적어도 난입해 온 잔챙이 몬스터에 의해 전형이 흐트러지는 실수는 두 번 다시 하지 말아야 했다.

남몰래 그렇게 결심하고는 메뉴 창을 닫았다. 식후 음료로 주문한 뜨거운 커피를 괜히 멋있는 척 블랙으로 한 모금 마셨다가, 강렬한 쓴맛에 얼굴을 찡그렸다.

"자."

사와가 어이없다는 얼굴로 갖다준 도자기 주전자에서 우유를 가득 부은 뒤, 내친 김에 각설탕도 3개 투하. 현실 세계라면 숟가락으로 휘젓는 공정이 필요하지만, 그것을 생략하고 다시 맛을 보았다.

이번에는 부드러운 맛과 풍부한 향이 입 안 가득 퍼졌다. 유마는 만족스럽게 숨을 내쉬었다. 고민을 거듭하느라 약간의 피로가 느껴졌지만, 임무는 지금부터가 실전이다. 시각은 저녁 8시 50분. 날짜가 바뀌기 전에 나기와 합류하고 스가모의 셸터로 돌아가고 싶었다.

다른 세 사람도 유마와 거의 동시에 커피와 홍차를 다 마신 뒤 컵을 내려놓았다.

"좋아, 에너지 충전 완료!"

결연한 얼굴로 그렇게 말한 콘켄이 문득 자신의 몸을 내려다보더니, 이어서 사와를 바라보았다.

"사와…… 이 세계에서 먹은 거 말야. 로그아웃하면 위장에서 사라진다거나, 뭐 그러진 않겠지?"

"아…… 음…….''

사와는 잠시 생각하는가 싶더니 휙 어깨를 으쓱했다.

"사라지진 않을 거야. 만약 몸의 상태가 리셋된다면 재접속만으로도 독이나 마비도 다 고칠 수 있을 테니까."

"오오, 하긴 그렇네."

콘켄이 안심한 얼굴로 고개를 끄덕이고 테이블 위 메뉴로 손을 뻗었다.

"잠깐, 더 먹으려고?"

"아니거든. 울보나기 녀석을 위해 뭔가 포장해 가려고."

"흠…… 너치고는 좋은 생각을 했네."

내 말이, 라고 생각하면서 유마도 콘켄이 펼친 메뉴판을 들여다보려 했다.

그때, 문득 무언가가 마음에 걸리는 느낌에 대각선 앞쪽에 앉은 토모리를 힐끔 쳐다보았다. 하지만 사와와 함께 또 다른 메뉴판을 살펴보는 토모리에게서 달라진 모습은 보이지 않았다.

상의한 결과 부드러운 흰 빵에 허브와 치즈, 얇게 썬 햄을 듬뿍 끼운 샌드위치와 크림이 든 애플파이를 포장으로 주문했다. 3분도 지나지 않아 웨이트리스가 갈색 종이봉투를 테이블까지 가져다주었다.

이 타이밍에 "계산이요" 하고 말을 걸었는데, 현실 세계와 똑같은 계산서를 건네받아 조금 놀랐다. 고운 글씨체로 적힌 식대는 4인분 요리와 음료, 포장 2개로 총 181오람. 아마 1오람이 백 엔 정도일 테니 계산하면 무려 18,100엔이었다.

평소 편의점에서 200엔짜리 과자를 살 때조차 고민하고 망설였던 유마로서는 놀라움을 감출 수 없는 가격이었지만, 고성의 보물상자에서 얻은 돈은 3000오람이 넘었고, 애초에 예전에 플레이하던 RPG에서는 십만 골드니 백만 제니니 하는 아이템을 매일같이 사고팔았다.

애써 평정을 가장한 채 스토리지를 열어 100오람 금화를 한 개, 10오람 은화를 아홉 개, 1오람 동화를 한 개 실체화시켰다. 웨이트리스가 내민 단단한 가죽 캐시 트레이에 딱 맞는 금액을 먼저 내려놓은 뒤, 팁이라는 의도를 담아 한 개 여분으로 꺼내놓은 은화를 추가로 올렸다.

과연 NPC를 상대로도 통할까 싶었지만, 눈을 몇 번 깜빡인 웨이트리스가 가볍게 허리를 굽히며 "이렇게나 줘도 돼? 귀여운 모험가 씨" 하고 물어온다.

유마는 바로 고개를 끄덕이며 작은 소리로 대답했다.

"당연하죠. 정말 맛있었거든요."

"어머, 고마워라. 그래도 이렇게 팁을 후하게 주면 순식간에 빈털터리가 될 걸?"

"그렇다면…… 이야기를 조금 들려주실 수 있을까요?"

그 말을 들은 웨이트리스는 한순간 값을 매기는 시선으로 유마를 보더니, 곧 고개를 끄덕였다.

"좋아. 가게 뒤에서 기다려."

몸을 일으킨 그녀가 윙크를 남기고 떠났다.

유마가 후우, 하고 숨을 내쉬자 옆에 있던 콘켄이 감탄하며 말했다.

"유우, 너 끝내 준다."

식당을 나선 네 사람은 주변에 보는 눈이 없는 것을 확인한 뒤 옆 건물 사이에 난 좁은 골목으로 들어갔다.

가로 폭이 50cm는 될까 싶은 골목길을 일렬로 늘어서 걷다 보니 이윽고 맞닿은 뒷골목이 나왔다. 번화가와는 달리 어둡고 축축한 돌바닥은 여기저기 깨지거나 움푹 패여 마치 다른 장소로 온 듯한 기분이었다.

"……카르시나에 이런 장소가 있었다니……."

사와의 중얼거림에 유마가 작은 소리로 "은밀한 가게 같은 게 있을 것 같지 않아?"라고 대답했다. 그때, 레스토랑 뒷문처럼 보이는 문에서 찰칵 하며 잠금이 풀리는 소리가 울렸다.

반사적으로 자세를 취했지만, 열린 문틈으로 얼굴을 내민 것은 조금 전의 웨이트리스였다. 앞치마와 머리에 쓴 삼각 두건을 벗어서 인상이 좀 달랐지만, 하나로 묶은 적갈색 머리는 기억에 있었다.

뒷문을 닫고 그곳에 기댄 웨이트리스는 롱스커트 주머니에 오른손을 넣었다. 꺼낸 것은 길이 7, 8cm 정도의 가는 막대. 흑갈색으로 된 그것을 근처 벽에 대고 문지르자 불꽃이 튀며 끝에 작은 불씨가 켜졌다.

유마 일행이 어안이 벙벙한 얼굴을 한가운데, 웨이트리스는 그 막대의 뿌리 쪽을 입에 물고 깊이 들이마셨다.

"후우······."

그런 소리와 함께 보라색의 연기를 가늘고 길게 내뿜는다. 그 순간, 달콤하면서도 쌉싸래한 향기가 감돈다.

──이 세상에 담배가 있었어?!

유마가 화들짝 놀라자 웨이트리스는 가볍게 고개를 기울이며 허스키한 저음으로 입을 열었다.

"그래서, 뭘 알고 싶니, 아가?"

목소리도 말투도 가게 안에서 서빙할 때와는 사뭇 달랐다. 정말 아까 본 그 누나인지 확신이 서지 않아 유마는 웨이트리스의 HP바를 올려다보았지만 '석류정의 서빙 직원'이라는 말밖에 적혀 있지 않았다.

하지만 다른 사람으로 바뀔 의미도 이유도 없을 것 같아 미리 준비해 둔 질문을 던졌다.

"저기⋯⋯ 오늘 저녁쯤 이 마을에 저희 또래의 여자 모험가가 한 명 오지 않았나요?"

"아가, 난 점심부터 계속 가게 안에서 일했어. 마을을 오가는 모험가의 얼굴을 일일이 다 봤을 리가 없잖니?"

다시 치지직 하는 소리를 내며 연기를 들이마시고는 맛있게 내뱉는다.

만약 이 세계에서 유마가 담배를 피운다면 진짜 몸에도 영향이 가는 걸까…… 그런 의문을 곧바로 머리에서 쫓아냈다. 웨이트리스의 대답은 어느 정도 예상한 것이었기에 다음 질문으로 넘어갔다.

"그럼 누군가 알 만한 사람을 알고 계신가요?"

"……글쎄……. 이 가게 건너편에 '줄무늬상'이라는 기념품 가게가 있어. 그곳 가게 주인 할아버지라면 뭔가 알고 있을지도 모르지."

"줄무늬상, 이요. 감사합니다."

유마가 고개를 숙이자 다른 세 사람도 똑같이 인사했다.

손끝에 낀 담배를 살랑살랑 흔들며 인사한 웨이트리스가 뒷문을 밀어 열더니, 얼굴만 뒤를 돌아보며 말을 덧붙였다.

"만약 할아버지가 얘길 들어주지 않는다면 일레인의 소개로 왔다고 해도 돼. 여자애, 찾았으면 좋겠구나."

이번에야말로 문 안쪽으로 들어가는 웨이트리스를 향해 유마는 "감사합니다!"라고 소리쳤다.

기척이 사라진 후, 콘켄이 "정말 NPC 맞아……?"라고 중얼거렸다.

뒷골목을 더 탐색해 보고 싶은 호기심을 억누른 채 네 사람은 서둘러 큰길가로 발길을 돌렸다.

벌써 밤 9시가 넘었는데 아직도 인파가 적지 않았다. 하지만 대부분은 집으로 돌아가는 손님이나 얼굴이 붉어진 취객뿐, 관광객처럼 보이는 NPC는 손에 꼽을 정도였다.

'석류정'이라는 이름을 가진 레스토랑 앞에서 도로 건너편을 바라보자 정면에는 3층짜리 여관이 덩그러니 있었다. 그오른쪽에는 오픈테라스가 있는 술집, 왼쪽에는 이미 영업을마친 옷가게 같은 곳으로 딱히 기념품 가게처럼 보이는 곳은 어디에도…….

"아……. 저기 아닐까?"

토모리가 가리킨 곳은 여관과 옷가게 사이의 어둠이었다. 집중해서 바라보니 길가에서 조금 들어간 위치에 가게처럼보이는 단층 건물, 아니 오두막이 보였다.

번화가를 대각선으로 가로질러 가까이 가보니 확실히 가게가 맞았다. 그러나 입구 폭이 불과 1.5m 정도밖에 되지않아 존재를 모르면 대부분의 플레이어가 놓칠 것 같았다.

전체적인 외관은 철도역에 있는 매점 형태로, 전면에는상품 진열대가 한가득 설치되어 있고 처마 밑에는 색바랜필체로 '줄무늬상'이라고 적힌 간판이 걸려 있었다. 그리고진열대 안쪽에는 주인으로 보이는 노인의 모습이.

불빛은 간판 좌우에 매달린 소형 램프 두 개뿐이라 노인의 얼굴은 그림자에 가려져 잘 보이지 않았다. 유마는 조심스레 다가가 물건들을 먼저 바라보았다. 가지런히 진열되어 있는 것은 반지나 팔찌, 목걸이 같은 액세서리 종류뿐이다. 게다가 모두 빨간색과 흰색의 줄무늬가 있는 광물, 아마도 줄무늬 마노를 가공한 것 같았다.

가게 이름인 줄무늬의 출처가 이것이었나……. 그런 생각을 한 그때, 냐옹 하는 울음소리가 들려와 유마는 고개를 들었다. 진열대 안쪽 카운터 끝에 검은 고양이 한 마리가 누운 채 긴 꼬리를 좌우로 흔들고 있다. 몸은 온통 검은색인데 유일하게 꼬리만 흑백의 줄무늬로 되어 있다. 가게 이름의 유래는 이쪽일 가능성도 있어 보였다.

과연 어느 쪽이 정답일까, 그런 생각을 하고 있는데 그동안 꿈쩍도 하지 않던 노인의 콧수염이 움직이며 쉰 목소리가 울려 퍼졌다.

"곧 문을 닫는다, 젊은이."

"아…… 죄, 죄송합니다. 실은 쇼핑하러 온 게 아니라……."

"그럼 돌아가. 오늘은 이만 닫을 거니까."

쌀쌀맞은 말과 함께 노인이 일어서려 하자 급히 다가갔다.

"저, 실은 사람을 찾고 있어요!"

"우리 집은 기념품 가게다. 사람은 안 팔아."

"아니요, 사고 싶다는 뜻이 아니라……."

당황하는 유마의 등 뒤에서 사와의 차분한 목소리가 들려왔다.

"저희는 석류정의 일레인 씨 소개로 왔어요."

순간 노인이 움직임을 딱 멈췄다.

일어서려던 몸을 다시 털썩 의자로 되돌리더니 쉰 목소리로 투덜거린다.

"……하여간 그 망아지 같은 녀석. 귀찮은 일만 떠넘기기는. 어쩔 수 없지, 이야기를 들어 보마."

이야기를 들어 보겠다는 말에 안심하는 마음과 웨이트리스의 말을 잊고 있던 것에 대한 민망함을 동시에 느끼며, 유마는 노인에게 여자아이 모험자를 보지 못했느냐고 물었다.

만약 이것이 시나리오가 있는 퀘스트였다면 슬슬 단서가 손에 잡혀야 할 타이밍이었겠지만, 나기는 본인의 의사에 따라 행동하고 있는 플레이어였다. 이 노인도 못 봤다고 하면 카르시나에는 오지 않았다고 판단하고 맵 반대편에 있는 솔리유의 거리로 향할 수밖에 없었다.

그런 각오를 마치고 유마는 노인의 대답을 기다렸다. 몇 초 후——.

"……그런 나이대의 모험가는 못 봤군."

아무리 마음의 준비를 했다 해도 막상 그런 말을 들으니 깊은 실망감을 감출 수 없었다. 등 뒤에서 콘켄도 한숨을 푹 내쉬었다.

그러나 노인의 말은 아직 끝나지 않았다.

"허나 너희가 찾는 사람과 관계가 있을지도 모르는 소문에 관한 이야기라면 이 녀석이 물어오긴 했다."

"……이 녀석?"

주위를 둘러보았지만 가까이에 있는 것은 유마 일행과 노인뿐이었다. 유마가 어리둥절한 표정을 짓고 있자 노인이 카운터 구석에 웅크린 검은 고양이에게 말을 걸었다.

"이봐, 그 이야기를 한 번 더 들려줘 봐."

그러자 검은 고양이는 귀찮다는 듯이 고개를 들더니 "냥 냥냐~앙, 냐옹냥냐~앙" 하고 울었다.

"흠흠…… 그렇군."

"……."

굳어 있는 유마 일행을 돌아본 노인이 헛기침을 한 뒤 조용히 말을 이어가기 시작했다.

"오늘 늦은 오후…… 해가 지기 시작할 무렵, 필로스 섬 연안에 너희 또래의 아가씨가 흘러들어 왔다더군."

"……!"

노인이 고양이와 대화를 나눴다는 것에 대한 놀라움도 잠시, 유마는 다른 세 사람과 얼굴을 마주보고는 진열대 위로 몸을 내밀었다.

"피…… 필로스 섬이 어디에 있죠?!"

"낮에는 여기서도 보이지. 카르시나의 중앙 광장에서 다리를 건너면 있는…… 영주관이 자리한 카르 강 위에 있는 섬이다."

"……아, 아아…….."

듣고 보니 테스트 플레이의 시작점이었던 광장에서 웅장한 건물을 보았던 기억이 떠올랐다. 관광할 때가 아니라는 생각에 그냥 지나쳤는데, 바로 그곳에 카르시나 영주가 살고 있었다는 건가.

어쨌든 중앙 광장이라면 이곳에서 300m도 채 떨어지지 않은 곳이다. 왜 나기가 그런 섬 같은 곳에 흘러들어 갔는지는 알 수 없지만 사정은 만나서 물어보면 될 일이었다.

"할아버지, 감사합니다!"

감사의 인사를 전하고 유마는 힘차게 돌아섰다.

"기다려 봐라, 젊은이."

그러나 등 뒤에서 부르는 소리에 그대로 다시 빙글 몸을 돌렸다.

"뭐…… 뭔가요?"

"통행증이 없으면 필로스 섬엔 갈 수 없다. 애초에 이 시간이면 이미 닫혀 있겠지."

"아……."

반사적으로 자신의 몸을 내려다보았지만, 당연하게도 통행증 같은 것은 갖고 있지 않았다. 그렇다고 물러설 수는 없었다.

"하지만 그렇게 가까운 섬이라면 배로 건너거나 강을 헤엄쳐서……."

"나룻배 같은 건 없고 헤엄쳐 건너는 것도 어지간한 실력이 아니고서야 '대폭포'까지 떠내려가는 게 고작이겠지. 만에 하나 건너간다 해도 경리(警吏)에게 들키면 일이 커진다. 됐으니 진정하고 내 말을 들어라."

"……네."

처음 듣는 대폭포라는 워드도 신경 쓰이긴 했지만, 꾹 참고 다음 말을 기다렸다.

노인은 왼손으로 검은 고양이의 등을 쓰다듬으며 말했다.

"필로스 섬에 숨어든 자는 비록 아이일지라도 인정사정없이 포박당해 경리장에게 끌려가지. 심문 결과에 따라서는 당일 처형도 충분히 가능하지만, 이 '나나오'가 말하길 섬에 흘러들어 간 아가씨는 정신을 잃은 채 계속 깨어나지 않아 영주관 지하 감옥에 갇혔다고 하더군."

"지하 감옥……."

유마가 잔뜩 쉰 목소리로 중얼거렸다.

의식이 없는 나기가 어둑어둑한 감옥에 갇혀 있는 모습을 상상하니 당장 뛰쳐나가고 싶은 심정이었지만, 구출하려면 우선 필로스 섬으로 건너갈 수단을 찾아야 했다.

배도 안 되고 수영도 안 된다면 남은 것은 다리를 힘으로 돌파해서 정면으로 쳐들어가는 수밖에 없다……. 유마가 그런 자포자기에 가까운 생각을 하고 있을 때였다.

"그 경리장이란 사람은 누구죠?"

어느새 옆에 서 있던 토모리가 차분한 목소리로 물었다.

순간 노인이 주름진 얼굴을 와락 일그러뜨렸다. 하지만 그것은 토모리가 질문을 했기 때문은 아니었다.

"경리장 오벤…… 영주님이 아직 젊은 나이라는 걸 빌미삼아 카르시나 시정을 좌지우지하며 제 배를 불리는 악당이지. 놈이 특산품인 줄무늬 마노를 독점한 탓에 우리 가게엔 이런 삼등품밖에 안 들어오는 거다."

유마와 토모리는 노인이 가리킨 진열대를 내려다보았다. 진열된 액세서리들은 하나같이 윤기가 흘러 조악한 것으로는 전혀 보이지 않았다.

"……이렇게 예쁜데……."

같은 감상을 품은 것일까. 그런 토모리의 말에 노인이 잠시 표정을 풀었지만, 이내 다시 입을 삐죽거렸다.

"당연히 나도 하찮은 걸 가게에 진열하지는 않는다. 하지만 상등품인 카르시나 청마노의 빨려 들어갈 듯한 반짝임이나 우아하기 그지없는 줄무늬 모양은 한번 보면……."

갑자기 입을 다물고 천천히 고개를 좌우로 흔든 뒤 말을 잇는다.

"……지금은 그런 말을 하고 있을 때가 아니지. 오벤은 욕심 많은 악당이긴 하지만 특대 쇠망치를 휘두르는 그 근력은 인간의 범주를 넘어선 수준에, 지혜도 특출나다. 너희 같은 꼬맹이들이 어떻게 해볼 상대가 아니야. 정면돌파하겠다는 생각 같은 건 버려."

힐끔 쳐다보며 하는 말에 유마는 고개를 움츠리면서도 항변했다.

"하지만 그 여자아이는…… 나기는 저희의 소중한 동료예요. 눈을 뜨면 바로 심문을 받게 되겠죠? 그럼 그 전에 구해내야……."

"그러니까 내 말을 들으래도."

노인은 크흠, 하고 헛기침을 하고는 유마 일행의 등 뒤를 살피며 손짓했다.

　네 사람이 가로 1m 반도 안 되는 진열대 앞에 어깨를 붙이고 나란히 서자 더욱 목소리를 낮게 깔며 속삭인다.

　"사실 말이다. 필로스 섬 지하에는 카르 강 건너편 연안까지 강바닥을 뚫어 만든 숨겨진 통로가 있어. 아주 오랜 옛날 카르시나와 솔리유 사이에 오랜 전쟁이 계속되던 무렵 만들어진 탈출용 지하도인데, 지금의 영주 가문도, 당연하지만 경리장도 모른다. 만약 그곳을 지나갈 수 있다면 아무도 모르게 지하 감옥까지 갈 수 있겠지."

　"뭐야, 할아범. 그럼 그걸 먼저⋯⋯."

　콘켄이 안심한 얼굴로 그렇게 말하자 사와가 팔꿈치로 찔러 입을 다물게 했다.

　"바보야, 목소리가 크잖아! ⋯⋯할아버지 '지나갈 수 있다면'이라는 건 그 지하도에도 뭔가 문제가 있다는 거죠?"

　"그래. 우선 숨겨진 통로의 출구―― 너희에게는 입구가 되겠지만, 그것의 위치는 카르 강의 남쪽 연안이니 마을에서 한참 떨어진 동쪽 다리를 건너야 한다. 다음으로 입구의 문은 축복받은 '정철(淨鐵)의 사슬'로 봉인되어 있으니 그것을 어떤 방법으로든 절단할 필요가 있지. 그리고 마지막으로, 통로는 외길이 아니라 미로로 되어 있다. 게다가 샛길에는 추격자를 처치하기 위한 덫이 대량으로 설치되어 있다고 하더군."

한마디로 설명한 노인이 잠시 숨을 고른 뒤, 무거운 어조로 물었다.

"어떠냐, 그래도 가겠느냐?"

"……."

당연하죠, 라고 즉답하고 싶었지만 생명과 직결된 수준의 덫이 있다고 하면 신중해질 수밖에 없었다. 이 세계에서 유마 일행이 죽으면 단순히 로그아웃되어 두 번 다시 AM 세계에 접속하지 못하는 것뿐인지, 아니면 현실 세계로 돌아가지도 못한 채 완전히 소멸하는 것인지 아직 정확하지 않은 것이다.

그렇게 유마가 입술을 깨물고 있을 때였다.

"당연히 가야지, 할아범."

왼쪽에 서 있는 콘켄이 단호하게 선언했다. 유마는 무심코 절친의 옆모습을 올려다보았지만, 그 표정은 경망스러운 평소의 무모함이 아닌, 제대로 고민한 후 결의를 내보인…… 것처럼 보였다.

아무리 위험할지라 해도, 그것이 섬으로 건너가기 위한 유일한 경로라면 가볼 수밖에 없다. 덫이 있다는 것을 미리 알았으니 관찰력과 신중함을 발휘하면 최대한 피할 수 있을 것이다.

유마와 사와, 토모리도 함께 "가겠습니다"라고 대답했다.

노인은 말없이 고개를 끄덕이고는 고양이가 누워 있는 카운터 밑에서 납작한 나무상자를 빼냈다. 안에는 낡아 보이는 종이가 수북하게 차 있었다. 그것을 한동안 뒤지는가 싶더니 그중 유달리 변색된 한 장을 뽑아든다.

"그 지도를 주마. 빛에 비추면 카르 강 남쪽 연안의 한 곳에서 아주 작은 바늘구멍이 발견될 거다. 거기가 숨겨진 통로 입구야."

내민 종이를 유마는 두 손으로 받아들었다. 지금 바로 램프 빛에 비춰보고 싶은 마음을 꾹 누르고 스토리지에 수납했다.

"……감사합니다, 할아버지. 나기를 데리고 돌아오면 꼭 사례할게요."

그렇게 말하고 고개를 숙이자, 노인은 흥하고 코웃음을 치며 처음 봤을 때처럼 퉁명스럽게 대답했다.

"사례 같은 건 필요 없어. 다음엔 제대로 된 손님으로 오거라."

7

"우와…… 별이 엄청나게 많아……."

등 뒤에서 사와의 그런 목소리가 들려와 유마는 멈춰서서 머리 위를 올려다보았다.

순간 저도 모르게 입을 벌리고 말았다.

투명하게 느껴지는 칠흑의 밤하늘에는 무수한…… 아니, 그런 말로도 부족하게 느껴질 정도의 수많은 별들이 조용히 깜빡이고 있었다. 현실 세계의 노조미시도 수도권에서 가장 맑은 공기와 해발 천 m가 넘는 해발고도 덕분에 맑은 밤이면 6등성이 육안으로 선명하게 보였지만, 지금 유마가 보고 있는 밤하늘은 더는 현실처럼 보이지 않을 정도였다.

아니, 현실은 아니다. 이곳은 세계 최초의 VRMMO-RPG '액추얼 매직' 속. 하지만 단순한 가상 세계라고 할 수도 없었다. 지금 유마 일행의 육체는 현실 세계에서는 소멸되어 데이터로만 존재하고 있었으니까.

불현듯 그동안 있는 힘껏 움켜쥐고 있던 현실감이 손안에서 빠져나가는 기분이 들어 유마는 두 눈을 질끈 감았다.

지금은 2031년 5월 13일 화요일 오후 9시 30분.

이곳은 AM 세계 남서쪽 끝 카르시나 마을에서 동쪽으로 1km가량 떨어진 초원 한복판.

그리고 유마 일행은 지금부터 영주관 지하 감옥에 갇혀

있다는 소꿉친구 나기…… 사노 미나기를 데리러 가야 한다. 현실이니 가상이니 복잡하게 생각하는 것은 나기와 함께 이 세계를 벗어난 후에 해도 괜찮다.

눈을 다시 뜨고, 아름다움을 넘어 무서울 정도의 별이 빛나는 하늘을 다시 한번 바라보며 유마가 말했다.

"오늘 밤 안에 나기를 구해 내고, 그 녀석한테도 이 별을 보여주자."

"그래, 그래야지. 서두르자고."

고개를 끄덕인 콘켄이 초원을 가로지른 좁은 길을 성큼성큼 걷기 시작했다. 유마 일행도 그 뒤를 따랐다.

기념품 가게 주인이 준 지도에 따르면 카르시나 마을에서 동쪽으로 2km 정도 더 가면 다리가 나온다. 그곳을 통해 강 남쪽 연안으로 건너갈 수 있을 것이다. 얼마 안 되는 거리였기에 단숨에 달려가고 싶은 마음은 굴뚝같았지만, AM 세계에 접속하고 처음 맞이하는 밤이었으니 무리하지 않고 확실하게 주위를 경계하면서 나아갔다.

덕분에 좌우 풀숲에서 거대한 개구리와 쥐 같은 것들이 몇 차례 튀어나왔지만 기습당하는 일 없이 해치울 수 있었다. 이윽고 전방 오른편에 생각보다 훌륭한 아치교가 보였다.

동서고금의 RPG에서 다리라는 것은 단골 이벤트 장소였기에 한층 더 주의를 기울이면서 천천히 건너갔다. 다행히 갑자기 다리가 무너지거나 앞뒤로 몬스터에게 포위당하는 일 없이 일행은 무사히 카르 강 남쪽 연안으로 건너갈 수 있었다.

강변의 좁은 길에 도착해 이번에는 서쪽으로 되돌아갔다. 다시 한번 2km의 길을 돌아가자 강 건너편에 카르시나 마을의 불빛이 보였다.

전망이 시원하게 탁 트인 고지대에서 유마 일행은 잠시 걸음을 멈추고 목적지를 관찰했다.

강폭은 족히 200m, 연안에서 수면까지의 낙차도 10m는 되어 보이는 큰 강 중앙에 대형선 같은 모양과 크기를 가진 암괴가 튀어나와 있었다. 강 건너 카르시나 마을과 탄탄한 돌다리로 이어져 있는 저 거암이 문제의 필로스 섬일 것이다.

바위 덩어리 위에는 위압감 있는 디자인의 성이 우뚝 솟아 있었고, 밤이 깊었음에도 무수한 불빛이 붉게 비치고 있었다. 성을 둥글게 둘러 싼 벽 위에는 할버드를 메고 오가는 위병들의 실루엣. 하늘을 날거나 투명하게 변하지 않는 한 저 벽을 뛰어넘어 숨어들기란 불가능해 보였다.

"야, 유우. 정말 숨겨진 통로가 있는 거 맞아……?"

콘켄의 목소리에 유마는 시선을 되돌렸다.

남안도 북안과 마찬가지로 기복이 완만한 구릉이 늘어서 있을 뿐이었다. 눈에 띄는 것은 드문드문 자란 활엽수뿐.

"없으면 곤란해……."

얼굴을 찌푸리면서 스토리지에서 지도를 꺼냈다. 랜턴을 밝히고 싶었지만 영주관 위병에게 들킬 것 같아 밤하늘을 가로지른 은하수의 가장 밝은 곳에 가져갔다.

"……아."

옆에서 지도를 올려다본 토모리가 작게 소리를 냈다. 거의 동시에 유마도 알아차렸다.

세밀한 선으로 그려진 카르 강 남쪽 연안, 아마도 유마 일행이 현재 자리한 곳에서 그리 멀지 않은 곳에 노인의 말대로 아주 작은 구멍이 나 있었고, 그곳으로 창백한 별빛이 통과하고 있었다.

"이 구멍, 나무뿌리에 나 있는 거지?"

지도를 확인하고 그렇게 중얼거린 토모리가 재빨리 주위를 둘러보며 말했다.

"저기 있는 저 나무 아닐까?"

가리킨 쪽을 바라보자 마침 카르시나 마을 반대편 언덕 연안에 유난히 큰 고목이 새까만 가지와 잎을 드리우고 있었다.

사와와 콘켄, 토모리가 일제히 달려나갔다. 유마도 지도를 주머니에 쑤셔 넣고 황급히 뒤쫓았다.

가까이 가보니 고목은 예상했던 것보다 훨씬 더 웅장했다. 울퉁불퉁한 줄기는 지름이 족히 2m는 넘어 보였는데, 높이는 그리 크지 않았지만 굵고 긴 가지가 마치 뚜껑처럼 가로 방향으로 뻗어 나와 있었다.

수령이 몇 년 정도나 됐을까…… 그런 생각을 하며 올려다보고 있자 "이리 와!" 하는 사와의 목소리가 반대편에서 들려왔다. 유마는 굵은 줄기를 돌아 달려갔다.

사와가 발견한 곳은 고목 뿌리에 입을 쩍 벌린 나무 구멍이었다. 어른이라도 무리하면 통과할 수 있을 것 같지만, 안은 어두워서 내다볼 수 없었다.

"……곰 같은 게 있는 건 아니겠지……."

콘켄이 뒷걸음질치며 중얼거렸다. 유마는 '이런 초원에 곰이 있을 리가 없잖아'라고 대답하려다 직전에 입을 다물었다. 가상 세계에는 초원에 사는 곰이 있을 수도 있고, 곰 이외의 위험한 생물이 숨어 있을 가능성도 얼마든지 있다.

몸을 돌려 뒤쪽 언덕에 의해 필로스 섬의 시야가 가로막힌 것을 확인하고, 왼손을 나무 구멍으로 향했다.

"루민(빛이여)."

빛 마법 속성사를 외우자 손가락 끝에 하얀빛이 깃들었다. '일루미네이트 버드'의 마법과 달리 멀리 날릴 수도 없고 몬스터에게 반응하지도 않지만, 눈앞의 나무 구멍 안을 비추는 것뿐이라면 이것만으로 충분하다.

허리를 굽히고 오른손을 램프처럼 갖다 대 빛을 비췄다. 구멍 속에는 낙엽만 쌓여 있을 뿐 곰은커녕 쥐 한 마리 보이지 않았다. 몬스터가 없는 것은 다행인 일이지만 아무것도 없다면 그건 그거대로 곤란했다.

유마는 네 발로 구멍 안으로 기어들어 갔다. 거기서 주문을 외운 지 10초가 지나자 푸식, 맥없는 소리를 내며 빛이 사라졌다.

문득 몇 시간 전의 일을 떠올리고 스토리지를 열었다. 입수 순서에 따라 늘어선 아이템 위쪽에 '냉화(冷火)의 랜턴'이라는 이름을 발견하고 손가락 끝으로 누른다. 표시된 설명 텍스트를 슥 훑어보았다.

[사브리마의 차가운 불꽃을 가둔 랜턴. 열을 지니고 있지 않아 언 손을 따뜻하게 데워주는 않지만 물 속에서도 계속 타오른다]

사브리마라는 것이 인명인지 지명인지 그 외의 다른 것인지는 알 수 없었지만, 불빛으로 사용할 수 있다면 무엇이든 상관없었다.

"야, 유우. 괜찮냐?"

밖에서 작은 소리로 이름을 부르는 콘켄에게 "괜찮아!"라고 대답해 준 뒤 랜턴을 실체화했다. 쓸데없이 길쭉한 유리막 안에서는 이미 창백한 불꽃이 흔들리고 있었다. 확실히 열기는 전혀 느껴지지 않는다. 열기는 고사하고 시간이 지나니 유리로 된 막에 조금씩 서리가 생겨났다.

목제로 된 랜턴의 손잡이를 잡아들고 창을 끈 유마는 다시 구멍 내부를 둘러보았다.

내부의 높이는 유마가 가까스로 설 수 있을 정도밖에 되지 않았다. 벽면에는 이끼가 낀 나무껍질, 땅에는 두꺼운 낙엽. 지하도의 입구는 고사하고 장소의 단서가 될 만한 것조차…….

"……아."

잡히는 대로 땅을 뒤지던 왼손이 무언가를 건드렸다.

불빛을 가까이하고 낙엽을 좌우로 헤집었다. 드러난 것은 견고해 보이는 판에 설치된 강철 고리. 아마도 지면에 설치된 문을 들어 올리기 위한 손잡이로 보였다.

왼손으로 고리를 잡고 당겼다. 목제 방충망은 약간 삐걱거릴 뿐 조금도 움직이지 않았다.

"콘켄, 좀 와줘."

밖을 향해 외치자 절친이 긴장한 표정으로 구멍 안을 들여다보았다. 랜턴 불빛에 비친 문을 보자마자 상황을 파악한 것인지 그대로 나무 구멍 안으로 들어온다.

유마가 자리를 양보하자 "나한테 맡겨"라는 한마디를 중얼거리고는 양손으로 고리를 잡는다. 두 다리를 단단히 고정한 뒤 크게 숨을 들이마셨다.

"흐읍!"

콘켄이 온 힘을 다해 잡아당겨도 문은 한동안 꿈쩍도 하지 않았다. 하지만 몇 초 정도 지나자, 그 근성에 항복했다는 듯 기긱…… 하는 소리를 내며 움직이기 시작했다.

"끄으으응……."

얼굴을 새빨갛게 물들인 채 바닥의 문을 30cm가량 들어 올리고는 그 아랫편에 오른쪽 무릎을 대고 힘껏 올려찬다. 튼튼해 보이는 경첩만 남은 문이 뒤로 기울어지며 쿵! 하는 진동과 함께 쓰러졌다.

"하아, 하아…… 나무 뚜껑이 왜 이렇게 무거운 거야……."

주저앉아 숨을 고르는 콘켄에게 격려의 말을 건넸다.

"강력 스킬을 올려줘서 다행이다, 고생했어."

그리고 유마는 나무 바닥에 뚫린 구멍을 들여다보았다.

문에 가려져 있었으니 당연하다면 당연하지만, 정사각형으로 된 긴 구멍은 확실히 사람이 만든 것이었다. 수직 벽면에 설치된 철제 사다리가 랜턴의 빛을 받아 번쩍번쩍 빛났다.

"……유우, 내가 먼저 내려갈게."

그렇게 말하고 일어나려는 콘켄을 유마가 제지했다.

"아니, 내가 갈게."

"왜?"

"체육관에서 사다리 타는 건 내가 더 빨랐잖아."

그렇게 말하고 가로 세로 60cm도 안 되는 세로 구멍으로 몸을 쑥 미끄러뜨렸다. 신발 밑창으로 사다리의 목제 발판을 여러 번 밟아 체중을 제대로 받쳐주는지 확인했다. 랜턴을 벨트 금속 부분에 매단 뒤 굳게 마음을 먹고 아래로 내려갔다.

처음에는 사다리의 단을 세고 있었지만 50이 넘은 시점에서 포기했다. 생각해 보니 이 세로구멍이 문제의 지하도와 이어져 있다면 카르 강의 바닥보다 더 깊은 곳에 나 있다는 뜻이다. 그렇다면 20…… 아니, 30m는 계속된다고 해도 이상하지 않았다.

손발이 미끄러지지 않게 주의하며 사다리를 내려가길 약

2분. 가까스로 유마의 오른발이 딱딱한 평면에 닿았다.

몸을 돌린 뒤 벨트에서 랜턴을 분리하여 손에 들었다. 순간 입에서 "오……" 하는 희미한 감탄이 새어나왔다.

탈출용 지하도라는 노인의 말을 듣고서 유마는 그저 지하를 파내 만든 원시적인 터널을 상상했다. 그러나 랜턴이 비춘 것은 천장도 벽도 바닥도 거무스름한 석재로 빈틈없이 채워진 훌륭한 터널이었다. 물론 공기에서 희미한 곰팡이 냄새가 나긴 했지만, 가로 폭도 높이도 2m가 넘어 답답함은 느껴지지 않았고 몬스터의 기척도 없었다.

"괜찮아! 내려와도 돼!"

머리 위에 난 좁은 구멍을 향해 외치자 잠시 후 "알았어!" 하는 콘켄의 목소리가 메아리쳤다. 그리고 2분 후, 사와, 토모리, 콘켄 순으로 사다리를 내려온다.

"……정말로 있었네, 지하도가……."

두 눈을 휘둥그레 뜨며 중얼거린 토모리의 말에 유마는 고개를 끄덕였다.

"시미즈가 나무를 찾아 준 덕분이야."

"내가 없어도 누군가가 발견했을 거야……."

토모리가 진지한 얼굴로 그렇게 말했다. 적어도 자신은 눈치채지 못했을 거라며 유마가 반박하려고 하는데, 그보다도 먼저 들려오는 소리가 있었다.

"야, 이쪽으로 와봐!"

콘켄의 고함 소리에 마지못해 지하도 안쪽으로 향했다.

사와와 콘켄이 올려다보고 있는 것은 아주 심하게 단단해 보이는 양문형의 문이었다. 돌이 아닌 탁한 광택이 나는 금속제로 된 좌우 문 중앙부에는 U자형 쇠붙이가 박혀 있었고, 그것을 굵은 사슬이 잇고 있었다. 쇠붙이도 사슬도 희미하게 금빛을 띤 것을 보니 동일한 소재로 만들어진 것 같았다.

"이게 '축복받은 정철의 사슬'이구나……."

그렇게 말한 사와가 오른손을 들어 사슬을 잡고 잡아당겼다. 철컹! 차가운 소리가 울려 퍼졌지만 당연하게도 사슬은 꿈쩍도 하지 않았다.

사와는 어깨를 으쓱하더니 뒤로 물러나며 콘켄의 등을 두드렸다.

"그럼 잘 부탁해."

"잘 부탁한다니…… 뭐, 해보긴 하겠지만……."

콘켄은 창을 열어 스토리지에 수납해 둔 양손검을 등에 실체화시켰다. 힘차게 칼집에서 뽑아 든 뒤 앞쪽 중앙에 두고 자세를 잡는다.

그리고는 검을 천천히 들어 올려 오른쪽 어깨에 받치자 도신이 붉은빛을 발했다. 양손검 전용 배틀무브 '헤비 슬러그'. 니키가 사용했던 한손검 전용 배틀무브인 '파워 스매시'와 자세는 비슷하지만 속도가 좀 떨어지는 대신 위력은 더 높았다.

"으……랴아앗!"

우렁찬 기합과 함께 콘켄이 내리친 칼날은 사슬 한가운데를 직격하며 진홍색 섬광과 오렌지색 불꽃, 그리고 귀청을 찢을 듯한 파괴음을 낳았다.

붕붕 회전하며 날아간 금속 파편이 천장에 부딪혔다가 튕겨 나와 유마의 눈앞에 떨어졌다.

사슬의 파편이 아니다. 반이 뚝 부러진 양손검 도신——.

"으갸아아악?!"

절규한 콘켄의 손아귀에 남은 검 아래 절반과 돌바닥 틈새에 박힌 위쪽 절반이 동시에 은빛 입자가 되어 소멸했다.

"아…… 아, 아아…… 내 엑스칼리버가……."

땅바닥에 털썩 무릎을 꿇은 콘켄을 향해 사와가 평소와 같은 어이없다는 어조로 말을 던졌다.

"언제 또 그런 이름을 지었대. 그건 그냥 초기 장비였잖아. 고성 보물상자에서 새 양손검 얻지 않았어?"

"……아, 잊고 있었다."

그가 쪼그려 앉은 채 창을 열고 조작을 이어갔다.

그러고 보니 나도 그때 단검을 얻었지. 빨리 스테이터스를 확인해 봐야겠다…… 그렇게 생각한 유마는 여동생에게 다가갔다.

"보아하니 단순히 물리적인 힘만으로는 불가능하겠어. 그렇다면 화염이나 얼음으로……."

"둘 다 초급 수준의 마법으로는 벅찰 것 같아. 아마 영주관 지하 감옥에 몰래 들어가는 정규 퀘스트가 있고, 성공하면 이 사슬을 자르기 위한 아이템 같은 걸 얻을 수 있지 않을까 싶은데……."

사와의 말에 그렇구나, 하고 고개를 끄덕였다.

퀘스트와 비슷한 상황이긴 하지만, 유마 일행이 구하려고 하는 나기는 NPC가 아니다. 본래라면 카르시나의 어딘가에서 영주관 관련 퀘스트를 받아 제대로 된 단계를 밟고 찾아가야 할 장소에 비상식적인 경로로 돌격한 것이다.

"……하지만, 만약 정말 그렇다면 지금 우리에게 이 사슬을 자를 수단은 없는 거 아닐까……?"

"……."

사와는 곧장 대답하지 않고 다시 문으로 다가가더니 이번에는 손끝으로 톡 건드린다.

떠오른 작은 창에는 [정철의 사슬]이라는 이름과 [30000/30000]이라는 내구도만이 표시되어 있었다. 이것으로 알 수 있는 것은 문이 무시무시할 정도로 튼튼하다는 것과 콘켄이 애검의 목숨을 대가로 날린 '헤비 슬러그'로도 사슬의 내구도를 단 1포인트도 줄이지 못했다는 것뿐이었다.

"있지, 사와."

등 뒤에서 토모리가 무언가를 떠올렸는지 입을 열었다.

"그 할아버지는 이 사슬을 '축복받은 철'이라고 했었지? 그렇다면 신성 마법으로 강화되었다는 뜻이야?"

"응, 아마도. 게다가 꽤 상급이야."

뒤를 돌아본 사와가 고개를 끄덕였다. 그러자 토모리는 그대로 유마에게 몸을 돌려 물었다.

"그럼 아시하라 군의 어둠 마법으로 부술 수 있지 않을까? 분명 반대 속성을 가진 마법은 서로의 효과를 없앤다고 하지 않았어?"

오늘까지 RPG를 플레이해 본 적 없는 초보자라는 것이 믿기지 않는 발상력이었다. 나이스 아이디어! 라고 말하고 싶은 마음은 굴뚝같았지만, 유마는 작게 고개를 저었다.

"……안타깝지만 어둠 마법의 반대 속성은 빛 마법이지 신성 마법이 아니야."

그 말을 들은 토모리가 안경 속 두 눈을 깜박였다.

"어……? 그럼 신성 마법의 반대는 뭐야?"

"아마 저주 마법이었나? 초기 상태 플레이어는 습득할 수 없다고 가이드북에 적혀 있었어."

"……그렇구나……."

아쉽다는 듯이 고개를 숙이는 토모리의 모습에 유마는 격려의 말을 건네려 했다.

그러나 그것보다 빨리 사와가 결연한 표정으로 말했다.

"유우, 사슬을 끊을 수 있는 건 '그녀'밖에 없을 것 같아."

"그녀……?"

발라크를 말하는 건가, 하지만 아직 하루 한 번이라는 제한은 리셋되지 않았는데……. 그렇게 생각을 이어가던 유마는 헉 하고 숨을 들이마셨다.

아니다. 사와는 지금 유마의 오른쪽 가슴에 장착한 카드홀더 안에 잠든 와타마키 스미카를 말하는 것이었다.

확실히 스미카는 지금의 콘켄조차 발끝에 미치지 못할 정도의 압도적인 전투력을 지니고 있었지만, 공격이 물리속성이라는 것에는 변함이 없었다. 힘만으로 '정철의 사슬'을 절단할 수 없다는 것은 그녀도 알고 있을 텐데——.

갑자기 유마의 뇌리에 스미카의 스테이터스 창이 되살아났다.

레벨은 17. 습득 완료 스킬은 '강력', '검화', '비시각 감지', '통각 내성', '어둠 내성', '얼음 내성' 6가지. 그리고 종족명은 나이트 핀드.

우리말로 바꾸면 '밤의 악귀'라고도 할 수 있는 그 명칭을 떠올리며 유마는 여동생에게 물었다.

"지금…… 그녀 자체가 저주속성이라고 생각하는 거야?"

그러자 사와는 낮은 목소리로 대답했다.

"몬스터에 따라서는 존재 자체에 속성이 있기도 하다는 거 유우도 알고 있잖아. 북쪽 숲에서 싸운 트렌트 계열은 목속성이었고, 고성 던전의 파이어 드래곤은 화속성이었어. 그녀는 암속성이 아닐까 했는데, 만약 그랬다면 '파이어 애로' 때 더 큰 타격을 입었겠지. 불은 어둠의 반대 속성은 아니지만 가이드북의 속성 궁합표에서는 약점이라고 적혀 있었으니까."

"……그렇긴, 하지."

화속성 마법은 빙속성 몬스터를 대상으로는 기초 대미지가 두 배가 되지만, 목속성과 암속성에도 1.5배의 보너스가 있다. 사와가 스미카에게 '파이어 애로'를 날렸을 때 스미카는 화려하게 날아가긴 했지만, 약점 공격에 성공했을 때 나오는 특유의 이펙트는 발생하지 않았다.

스미카가 암속성 몬스터가 아닐 것이라는 사와의 추측에는 설득력이 있었다. 그 이전에 스미카의 그 모습이 저주가 아니라면 대체 뭐라고 할 수 있을까.

유마가 눈을 내리깔았을 때, 더는 참지 못한 토모리가 입을 열었다.

"저…… 아까부터 두 사람이 말하는 '그녀'는 누굴 말하는 거야……? 발라크는 아니지……?"

곧바로 대답하지 못하고 유마는 고개를 숙였다.

사와는 아마도 토모리에게 이 질문이 나올 것을 예상했을 것이다. 다시 말해 토모리에게도 진실을── 유마가 와타마키 스미카를 패밀리어로 카드화했음을 털어놓아야 한다는 언질을 은근히 주고 있는 것이었다.

그 판단은 대체로 옳았다. 토모리라면 스미카를 원래대로 되돌리고 싶다는 유마의 바람을 이해하고 다른 학생들에게는 입을 다물어 줄 테니까. 게다가 만약 바라니안 액스베어러 이상의 강적에게 습격당한다면 스미카를 소환해야만 하는 상황이 생길 수도 있었다. 그때 토모리가 스미카를 모른다면 패닉에 빠질 가능성이 높았다.

변함없이 사와의 상황 판단은 합리적이었다. 하지만 그렇다고 해서 전하기 두려운 마음이 완전히 사라진 것은 아니었다. 와타마키 스미카가 몬스터로 변해서 가능했다고는 하나, 유마가 마물사의 힘으로 반 아이들을 포획한 것은 엄연한 사실이었으니까.

토모리에게 추궁을 당할까, 혹은 무서워할까. 그런 상상을 하며 이를 악물고 있는 유마의 왼쪽 어깨를——.

어느새 뒤에 서 있던 콘켄이 가볍게 두드려 주었다.

그 행동 하나에 거짓말처럼 주박이 풀리며 폐에 고인 공기가 단숨에 밖으로 나왔다.

추궁을 당하든 겁을 먹든, 그것은 유마가 선택한 결과였으니 받아들여야 했다.

"……시미즈. 이게 '그녀'야."

그렇게 말한 유마는 오른쪽 가슴에 든 홀더에 왼손을 넣어 수납한 두 장의 카드 중 한 장을 빼냈다.

긴 쪽이 약 90mm, 짧은 쪽이 약 60mm인 투명한 보라색 카드를 토모리의 눈앞에 가져갔다.

미간을 좁히며 바라보던 토모리의 두 눈이 휘둥그레졌다.

"어……? 와, 와타마키 스미카라면…… 그 와타마키……?! 왜 카드에 와타마키 이름이……."

"내가 셸터 사람들한테 괴물화한 와타마키를 구속해서 움직일 수 없게 만들었다고 했었잖아. 시미즈는 그걸 칼리큘러스 안에 가뒀다는 의미로 받아들였고 니키에게도 그렇게 설명해 줬지만, 사실은 아니야. 나는 와타마키를 마물사 전용 주문으로 포획해서…… 패밀리어로 만들었어."

"······패밀리어."

앵무새처럼 중얼거린 토모리의 얼굴에는 아직 경악 외에 다른 표정은 떠오르지 않았다. 하지만 그것도 몇 초뿐일 것이다.

"지금부터 와타마키를 소환할 건데 무서워할 필요는 없어. 우릴 공격하지는 않을 테니까."

스스로도 놀라울 정도로 차분한 목소리로 그런 서론을 꺼낸 뒤, 유마는 문으로 다가가 카드를 높이 들어 올렸다.

"아페르타(열려라)!"

딱 한 단어뿐인 영창이 석조 지하 통로에 메아리쳤다.

카드에서 거의 검은색에 가까운 보라색 빛이 쏟아지며 어딘가 요란한 형태의 입체 마법진을 그려낸다. 왼손에 든 카드가 녹아내리듯 실체를 잃고 어두운 광선이 되어 바닥의 한 점을 비춘다.

그 곳에서 사람 형태의 그림자가 스르륵······ 기어나왔다.

긴 생머리. 짧은 기장의 재킷과 무릎 위까지 오는 주름치마. 감싸고 있던 어둠이 증발하자 익숙한 라이트 블루와 아이보리 화이트의 색채를 되찾는다.

나타난 것은 유키하나 초등학교 교복을 입은 가녀린 체격의 여자아이다. 6학년 1반── 아니, 전교생의 아이돌인 와타마키 스미카.

아르테아의 전투에서 입은 대미지는 완전히 치유되었고 교복의 얼룩이나 찢어진 곳도 사라진 상태였다. 하지만 어떤 이유에서인지 머리를 장식한 순백색 리본 머리띠에 스며든 검붉은 핏자국만은 그대로였다. 다행히 1번 플레이룸에서 휘두르던 '미우라 유키히사의 오른팔'은 들고 있지 않았다.

스미카는 두 팔을 축 늘어뜨린 채 숙인 자세로 가만히 있다가 이윽고 천천히 몸을 일으켰다.

유마가 오른손에 든 냉화의 랜턴의 창백한 빛이 눈도 코도 입도 존재하지 않는 스미카의 얼굴을 비춘 순간, 등 뒤에서 토모리가 급히 공기를 들이마시는 소리가 났다.

날카로운 비명이 귀에 박히는 것을 유마는 기다렸다. 하지만 1초, 2초가 지나도 토모리에게선 소리칠 기미가 보이지 않았다. 반응을 자신의 눈으로 확인하고 싶었지만 돌아설 용기가 나지 않아 그대로 앞으로 나아갔다.

유마가 다가오자 스미카는 매끈한 얼굴을 어색하게 움직였다. 눈이 존재하지 않는데 시선을 느낀다는 것은 신기했지만, '비시각 감지' 스킬을 가지고 있으니 육감 같은 것으로 유마를 보고 있는 것인지도 모른다.

신기하게 손을 뻗으면 닿을 정도로 거리가 가까워졌음에도 아무런 두려움이 느껴지지 않았다. 콘헤드 브루저와의 싸움에서 소환했을 때는 패밀리어라는 것을 알고 있어도 긴장감이 들었는데, 지금은 하염없는 안타까움. 그리고……가슴속을 꽉 조이는 듯한 기묘한 감각만이 들었다.

"와타마키."

갈라진 목소리로 작게 속삭였다.

"깨워서 미안해. 나기를 돕기 위해서 힘을 빌려줬으면 좋겠어."

음성 명령이 아니었기에 반응하지 않을 것이라 생각했는데, 스미카는 살짝 고개를 돌렸다. 고개를 끄덕인 것처럼 보이기도 하는 그 동작에 유마도 고개를 끄덕였고, 통로 2m 앞을 가로막고 있는 거대한 문을 가리켰다.

"저 문을 봉인하고 있는 사슬을 끊어줘. ──'정철의 사슬'을 '파괴'!"

혹시 몰라 첫 번째 내린 지시를 보이스 커맨드 형식으로 고쳐 말했지만, 그러기도 전에 스미카는 이미 움직이고 있었다.

검은 양말에 싸인 발로 터벅터벅 돌바닥을 밟으며 문으로 다가선다.

그 모습을 지켜보던 유마는 왜 신발을 신지 않았을까, 하는 생각을 했고 곧 깨달았다. 테스트 플레이 전에 처음 칼리큘러스에 들어갈 때 램프에서 신발을 벗으라는 지시가 있었다. 그러니 스미카의 구두는 1번 플레이룸 어딘가에 남아 있을 것이다.

현실 세계로 돌아가면 회수하고 싶지만 할 일이 너무 많아서 잊어버릴 것 같았다. 이쪽에서는 크레스트의 리마인더 앱도 실행할 수 없었으니 적어도 스미카의 모습을 확실히 기억에 새기기 위해 유마는 그 화사한 등을 응시했다.

스미카는 문 앞에 멈춰 선 채, 사슬을 바라보다가 갑자기 오른손을 번쩍 처들었다.

번쩍 빛나는 갈고리 손톱의 위력은 1번 플레이룸에서 습격당했을 때 아플 정도로—— 비유가 아니라 말 그대로 몸소 경험했지만, 정철의 사슬도 지름이 15mm는 되어 보이는 특대 사이즈였다. 물리 공격력만으로는 도저히 어떻게 해볼 수준이 아니었기에 사와가 지적한 '스미카 본인이 가진 저주속성'이 사슬의 신성속성을 중화하여 침식해 주는 것에 희망을 걸어볼 수밖에 없었다.

유마는 그렇게 생각했다.

돌연 금속판이 삐걱거리는 듯한 이상한 소리와 함께 스미카의 오른팔이 변형되었다.

다섯 손가락이 나선형으로 꼬이며 융합되더니 얇고 길게 뻗어 나간다. 새하얬던 피부가 새까만 광택을 띤 금속으로 변화했다. 재킷의 소매 끝부터 날카롭게 솟은 날 끝까지 족히 70cm는 되어 보이는…… 검.

——이것이 바로 '검화'인가.

스미카의 스테이터스 화면을 보고 그 존재를 깨닫고는 있었지만, 가이드북에 실려 있지 않아 지금까지 내막을 알 수 없었던 스킬의 효과를 보고 유마는 숨을 들이마셨다.

스미카가 외날 직검으로 바꾼 오른팔을 앞으로 눕히더니, 이어서 온몸을 크게 비틀며 힘을 모았다. 도신에 흑자색의 오라가 깃들었다. 배틀무브……일지도 모르지만 이름은 모르겠다.

쿠웅! 공기가 떨렸다.

오싹하리만치 빠른 속도로 내민 오른팔의 검이 정철의 사슬 중심부에 직격했고, 콘켄이 배틀무브를 썼을 때와는 차원이 다른, 경질의고주파음이 울려 퍼졌다. 순백의 불꽃이 무더기로 흩날리며 스미카의 머리와 몸에 쏟아졌다.

지나치게 눈이 부신 빛에 무심코 눈을 감아 버린 유우마는, 필사적으로 눈을 떴다.

검끝이 사슬의 한 지점에 미세하게나마 박혀 있었다. 그곳에서 쏟아지는 금빛의 파동이 마치 검을 거부하려는 것처럼 보였다.

스미카가 오른발을 쭉 내밀었다.

검에 깃든 흑자색 오라의 기운이 한층 더 짙어졌다. 금색의 파동이 불규칙적으로 명멸하며 끼긱끼긱하는 날카로운 금속음이 터져 나왔다.

"앗……!"

사와가 억눌린 목소리로 외쳤다.

사슬에 단 하나뿐이지만 균열이 생기면서 줄기 모양의 빛이 새어 나왔다.

역시 사와의 판단은 정답이었다. 나이트 핀드는 저주속성 몬스터로 신성속성의 가호를 부술 수 있었다.

가능하겠다고 생각한 것도 잠시, 유마는 어떤 것을 깨닫고 왼손을 움켜쥐었다.

스미카의 머리 위에 떠오른 HP/MP바가 양쪽 모두 서서히 감소해 나갔다. 아마도 오라를 두른 찌르기 기술은 배틀 무브가 맞았고 MP의 감소는 그 때문인 것 같았다. 그리고 HP의 감소는 검에 걸린 과한 부하 때문이었다. 일반적인 무기라면 내구도가 줄어들 뿐이지만 스미카의 검은 몸의 일부였기에 손상이 HP에 그대로 영향을 미친다.

난공불락이었던 정철의 사슬도 확실히 내구도가 깎였을 것이다. 하지만 두 번째 균열은 아직 생기지 않았다. 이대로라면 스미카의 HP가 먼저 소진될지도 모른다.

그때였다.

등 뒤에서 가벼운 발소리가 울리더니 유마의 오른쪽으로 누군가가 달려나왔다.

"아시하라 군, 내가 와타마키의 HP를 회복할게!"

그렇게 외친 것은 시미즈 토모리였다. 그녀의 옆얼굴에는 결연한 표정만 떠올라 있을 뿐 두려움이나 혐오감은 느껴지지 않았다.

"고마워…… 아니, 잠깐만!"

먼저 감사를 전했다가, 유마는 급히 토모리를 제지했다.

"와타마키가 저주속성이라면 신성속성 회복 마법을 쓰면 대미지를 입을지도 몰라!"

"어……? 그럼 어떻게 회복시켜 주지……?"

"반대로 물리적 대미지가 들어가지 않은 저주속성 공격 마법이라면 가능하겠지만…… 그런 걸 쓸 수 있는 사람이 없으니까…….”

유마가 필사적으로 머리를 굴리는 와중에도 스미카의 HP
는 꾸준히 줄어들고 있었다. 그런데도 정작 스미카는 자신
의 대미지는 조금도 개의치 않고 오른팔의 검을 한층 더 강
하게 사슬에 부딪혔다.

당연하다. 마스터인 유마가 그렇게 하라고 명령했으니까.

하지만 와타마키 스미카는 패밀리어이기 이전에 6학년 1
반의 동급생이자 유마가 동경하는 아이였다. 얼굴 없는 괴
물이 되어 버린 지금도 그 사실은 변하지 않았다. 편리한 도
구로 쓰는 짓은 절대로 하고 싶지 않았다.

카드로 되돌리는 것 말고도 다른 방법이 있을 것이다. 저
주속성인 스미카의 HP를 사슬의 공격을 방해하지 않고 회
복시킬 방법이.

한계까지 과열된 유마의 뇌가 스미카에 관한 모든 기억
속에서 딱 하나의 정경을 건져 올렸다.

1번 플레이룸에서 괴물화한 스미카의 습격을 받았을 때,
그녀는 유마를 압도적인 힘으로 때려눕힌 뒤 가까이 다가와
서 그를 물려고 했다. 단순히 죽이는 것뿐이라면 안전한 거
리에서 여러 차례 가격하거나 갈고리 손톱으로 찢는 것만으
로도 충분했을 것이다. 그 무는 행위에, 죽이는 것 이외의
목적이 있었던 거라면── 그것은 아마도.

“……!”

이를 악문 유마가 오른손 랜턴을 내던지고 스미카에게 달

려갔다. 달리면서 튜닉의 왼쪽 소매를 크게 걷어 올리고 등 뒤로 다가가 노출된 팔을 스미카의 얼굴에 바싹 갖다 댔다.

"와타마키, 나를 물어!"

그렇게 명령하자마자 뒤쪽에서 사와와 콘켄이 동시에 외쳤다.

"오빠, 안돼!"

"야, 유우! 베로시처럼 잡아먹힐 거야!"

하지만 유마는 괜찮을 것 같다는 예감이 들었다.

"……하아아아아……."

한겨울의 바깥 공기처럼 서늘한 숨소리가 유마의 피부를 간지럽혔다. 등 뒤에서 겨우 보이는 스미카의 얼굴 아래쪽이 소리 없이 찢어지고, 예리한 송곳니가 무수히 늘어선 입이 드러났다.

하지만 거기서 스미카는 움직임을 멈췄다.

이미 HP를 절반이나 잃었음에도, 마치 본능에 저항하는 것처럼 온몸이 조금씩 떨렸다. 사슬에 박힌 오른손 검에서는 흑자색 오라를 뚫고 진홍색의 대미지 이펙트가 흩날렸다.

"괜찮아, 와타마키! 나는…… 난 너를……!"

그 뒤에 이어질 말을 유마는 찾지 못했다.

넘쳐흐르는 감정을 가까스로 억누르고 보이스 커맨드를 전달했다.

"……와타마키, '나'를 '흡혈'!"

그와 동시에 유마는 오른손으로 스미카의 몸을 끌어안고

왼팔을 입에 밀어붙였다.

이번에 스미카는 명령에 저항하지 않았다. 활짝 벌린 입이 튀어나온 전완부를 물며 무수한 송곳니가 피부에 파묻혔다.

AM 세계에서는 가상체가 상처를 입어도 통증은 느껴지지 않고 그 대신 불쾌한 마비감만 느껴진다.

하지만 지금 유마는 얼음처럼 차갑고 날카로운 통증을 확실히 느꼈다.

혈액까지는 흘러나오지 않고 그 대신 진홍빛 빛이 점점이 쏟아졌다. 스미카가 목을 움직여 그 빛을 꿀꺽꿀꺽 삼켜나갔다.

완만해지던 HP의 감소가 곧 멈췄고, 이번에는 서서히 증가하기 시작했다.

대신 유마의 HP가 급격히 줄어들었다. 스미카가 계속 받는 대미지와 HP의 최대치 차이를 생각하면 두 HP바의 회복량과 감소량은 완전한 균형을 이루고 있는 것처럼 보였다.

역시 스미카의 물어뜯기는 단순한 공격이 아니었다. 사냥감의 피를 빨아들여 자신을 회복시키는 나이트 핀드의 고유 능력이다.

물론 이대로라면 스미카가 모두 회복되기도 전에 유마가 죽고 말 것이다. 하지만 플레이어인 유마에겐 많은 회복 수단이 있었다.

유마는 오른손으로 벨트 파우치를 열고 하급 회복제를 꺼내려 했다

"축복이여(사크라)!"

하지만 그보다 빠르게 등 뒤에서 토모리가 신성 마법 속 성사를 외쳤다.

"모여들어(프레미스)…… 융합하라(푸지오네)!"

유마의 등에 은은한 열감이 느껴졌다. 그것이 몸의 깊은 곳까지 침투하여 냉기를 밀어냈다.

스미카의 흡혈은 아직도 계속되고 있었지만, 유마의 HP 바는 70% 지점에서 하락을 멈추고 부르르 흔들렸다. 현재 스미카의 HP는 정철의 사슬과의 분투로 깎이고 있었고, 그 대미지를 유마의 HP가 보전하고, 나아가 토모리가 MP를 사용해 그 대미지를 회복하고 있는 상태였다.

제자리걸음 같아 보이지만 성직자 전용 마법인 '홀리 힐' 은 범용 회복 마법과 비교해 MP 소비효율이 월등히 높았다. 검증한 것은 아니지만 유마의 HP 양이라면 토모리의 MP가 다 떨어지기 전에 다섯 번은 완쾌시킬 수 있지 않을까.

여기에 여차하면 고성 보물상자에서 입수한 MP 회복 포 션도 있다. 충분할 것이다, 제발 충분하기를……. 그렇게 간 청하는 사이에 유마는 저도 모르게 스미카의 몸통에 두른 오른팔에 힘을 주었다.

그것이 마치 어떠한 신호가 된 것처럼——.

스미카가 유마의 왼팔에서 입을 떼며 울부짖었다.

"샤아아아악!"

여리여리한 몸에 강철 같은 근육이 솟아오르며 극심하게

수축한다.

더 버티지 못한 유마가 뒤쪽으로 튕겨 나간 직후.

스미카의 오른팔에 그 어느 때보다 짙은 어둠의 오라가 휩싸이며 어깨에서 발끝을 향해 나선형으로 소용돌이쳤다. 공기가 압축되어 바닥이나 벽에서 모래 먼지가 날아올랐다.

검 끝에 응축된 오라가 소리 없는 대폭발을 일으켰고.

카아아아아앙…….

그런 날카로운 금속음이 울려 퍼졌다.

정철의 사슬 중심── 스미카의 검을 받아내던 고리 하나가 금빛 반짝임을 흩뿌리며 산산이 부서졌다. 분리된 좌우의 사슬이 힘이 다한 듯 축 늘어졌다.

"……끊겼다……!"

뒤에서 콘켄이 힘겹게 그런 말을 뱉음과 거의 동시에.

오른팔을 내려놓은 스미카가 몸을 비틀거렸다.

유마는 다시 앞으로 달려나가 두 팔로 스미카의 몸을 끌어안았다. 재빨리 HP바를 확인했지만 HP는 절반 이상 남아 있고 디버프도 받지 않았다.

품 안에서 스미카가 어색하게 고개를 돌려 존재하지 않는 눈동자로 유마를 바라보았다. 평범한 크기로 돌아간 입에서, 메마른 듯한 거친 목소리가 새어 나왔다.

"아시……하라, 군…….."

등 뒤에서 토모리가 숨을 삼키는 것이 느껴졌다.

"내, 가…… 도움, 이……."

거기서 말은 끊겼고, 입 자체도 소멸했다. 스미카의 온몸에서 힘이 빠지고 고개도 아래로 푹 꺾였다.

——아시하라 군, 내가 도움이 됐어?

아마도 스미카는 그렇게 말하고 싶었을 것이다.

비록 외형이 몬스터로 변해 버렸다 해도, 그 안쪽에는 아직 와타마키 스미카의 마음이…… 단편뿐일지도 모르지만 틀림없이 남아 있었다.

다시 한번 그것을 확신한 유마는 스미카에게 속삭였다.

"엄청난 도움이 됐어, 와타마키. 정말 고마워……. 또 도움을 받을지도 모르지만 그때까지 푹 쉬고 있어줘."

왼손으로 스미카의 앞머리를 만지며 중얼거렸다.

"……클라우자(닫혀라)!"

스미카의 발끝에 어둠의 마법진이 나타나며 회전하더니 차례차례 층을 쌓아 나갔다. 이윽고 스미카의 온몸을 휘감고는 보라색 섬광과 함께 응축되어 하나의 카드로 변했다.

공중에 떠 있는 그것을 왼손으로 살짝 잡아 오른쪽 가슴의 카드홀더에 넣은 뒤 유마는 등을 쭉 폈다.

뒤를 돌아서 똑바로 토모리를 바라보았다. 안경 속에서 약간 커진 눈은 무슨 생각을 하는지 읽을 수 없었다.

"……회복 마법, 고마워."

그렇게 말하자, 토모리는 고개를 살짝 좌우로 움직였다.

"아니…… 그전에 아시하라 군이 말리지 않았다면 와타마키에게 상처를 줄 뻔했어……."

어딘가 멍한 어조로 그렇게 중얼거리더니, 한번 강하게 눈을 감았다 뜨고는 유마의 오른쪽 가슴을 바라보았다.

"……저기, 지금…… 정말 와타마키야?"

"응."

유마는 망설임 없이 고개를 끄덕였다.

"시미즈, 지금까지 비밀로 해서 미안해. 무슨 일이 있었는지는 나도 잘 모르겠지만, 지금의 와타마키는 종족이 플레이어가 아니라 '나이트 핀드'라는 몬스터로 변한 상태야. 그래서 마물사 전용 마법으로 포획해서 패밀리어로 만든 거야. ……난, 와타마키를 인간으로 되돌릴 방법이 반드시 있을 거라 믿어. 이기적인 부탁이라는 건 알지만…… 시미즈도 그걸 도와줬으면 좋겠어."

유마는 단숨에 거기까지 말하고 곧바로 토모리를 바라보았다. 사실은 고개도 깊이 숙이고 싶었지만, 그렇게 하면 정신적인 압력을 가하는 것처럼 느껴질 것 같아 꾹 참았다.

토모리는 아직도 현실을 받아들이기 어렵다는 표정으로 잠시 입을 다물었다. 그러다가 갑자기 두 눈을 몇 번 깜빡이고는 돌연 공포 어린 목소리를 냈다.

"……하지만. 하지만 와타마키는, 1번 플레이룸에서 우리에게 달려들어서…… 아이다 군과 타다 군을 다치게 했고, 그걸 말리려고 나선 미우라 군의 팔을……."

거기서 잠시 말을 끊더니 왼손으로 입을 가리고 반복적으로 헛구역질을 했다. 유마는 우두커니 굳어 있었지만, 사와가 다가와 조금 어색한 손짓으로 토모리의 등을 두드려 주었다.

아무래도 AM 세계에 구토 기능은 없는 것인지, 카르시나에서 먹은 스튜가 배출되는 사태는 피할 수 있었다. 몇 초 만에 안정을 되찾은 토모리는 사와에게 "고마워"라고 속삭이고 바쿨루스를 짚고 일어섰다.

"……미안해, 한심한 꼴을 보여서."

"아니, 그렇지 않아……. 나야말로 괴로운 일을 떠올리게 해서……."

가까스로 그렇게 대답한 유마에게 토모리가 작게 고개를 흔들며 말했다.

"……와타마키가 원해서 그런 짓을 한 게 아니라는 건 나도 잘 알아. 하지만…… 마물사의 패밀리어는 사역 상태가 해제될 가능성도 있지 않아?"

가이드북을 제대로 읽은 것인지, 그런 토모리의 지적에 유마는 고개를 끄덕였다.

"응. 패밀리어의 상태에는 충성치라는 것이 있고 초기 상태의 최대치는 100인데…… 그게 0이 되면 적으로 돌아가."

"와타마키의 지금 충성치는 몇이야……?"

"그게……."

다시 홀더에서 스미카의 카드를 꺼내 검지로 눌렀다.

나타난 상태 창을 쳐다본 순간, 레벨이 어느새 18이 되어 있다는 것을 깨달았다. 하지만 지금 중요한 것은 그보다 두 줄 아래에 있었다.

"……충성치 맥스가 100인데 지금은 87. 전에 봤을 때는 64였어."

유마가 본 그대로의 숫자를 알려주자 토모리는 조금 안심한 표정을 지었다. 하지만 바로 입매를 굳히며 질문한다.

"만약 그 숫자가 소환할 때 0이 된다면, 와타마키는 우리에게 덤벼든다는 거지?"

"……응."

다시 고개를 끄덕였다.

그런 일은 일어나지 않을 것이라고 믿고 싶지만, 그렇다고 단언할 수 있는 근거는 어디에도 없다. 가이드북에는 '패밀리어의 충성치는 HP가 크게 줄어든 채 방치하거나 공복 상태가 장시간 지속되는 등의 이유로 감소한다'라고만 적혀 있을 뿐 '등'에 해당하는 다른 이유가 몇 가지인지는 설명해 주지 않았다. 만일 '충성치를 0으로 만드는 마법'이 존재한다면 아무리 조심하더라도 한 번에 사역 상태가 해제될 가능성도 있었다.

유마의 왼손에 들린 스미카의 카드를 응시하던 토모리가 푹 고개를 숙이더니 속삭이듯 말했다.

"미안해…… 지금 당장은 결정할 수 없어. 사노를 구해 낸 다음, 여기서 로그아웃하기 전까지 생각해 봐도 될까?"

"물론이지."

유마는 곧바로 그렇게 대답했지만 우려하는 마음이 없는

것은 아니었다. 만약 토모리가 '협력할 수 없다'라는 결론에 도달할 경우, 와타마키 스미카의 상태를 셸터 학생들에게도 전달하겠다고 나설 가능성도 있었다.

하지만 지금 거기까지 걱정해 봤자 소용없다. 필로스 섬으로 이어지는 문을 막고 있던 정철의 사슬은 절단했다. 이제 지하 통로를 지나 영주관의 감옥에서 나기만 찾아내면 된다.

"콘켄, 문 여는 것 좀 도와줘."

카드를 집어넣으며 말을 걸자 콘켄이 말없이 다가왔다.

둘이서 문 위에 늘어진 사슬 일부를 하나씩 잡았다. "하나, 둘!" 하고 타이밍을 맞춰 있는 힘껏 잡아당긴다.

거대한 금속문은 처음에는 잠시 저항하는가 싶더니 한번 움직이기 시작하자 맥이 빠질 정도로 손쉽게 열렸다.

안쪽의 어둠 속에 몬스터의 기척이 없는 것을 확인한 뒤 유마는 문 뒤쪽을 올려다보았다. 다가온 콘켄이 의아한 얼굴로 물었다.

"문에 뭐가 있어?"

"아니…… 이 문, 영주관에서 쓰는 탈출용이라면 애초에 반대편에서 열 수 있어야 하잖아. 근데 이쪽을 사슬로 고정해 버리면 맞은편에서는 열 수 없는 게 아닌가 하고 생각했는데……."

설명하면서 문 뒤쪽 중 한 곳을 가리켰다.

나사 같은 금속 막대 두 개가 문을 관통한 채 돌출되어 있었다. 정철의 사슬로 묶여 있던 U자 쇠붙이의 선단부다. 거대한 너트로 문에 고정되어 있는 방식인데, 그 너트에 딸린 수동용 돌기를 푼 다음 선단을 때리면 U자 쇠붙이가 문에서 빠져 사슬째로 떨어지는…… 구조인 것 같았다.

콘켄도 형태를 보고 단번에 이해했는지 인상을 찌푸렸다.

"으음…… 뭐랄까, 좀 융통성 없는 기믹이네. 이런 장치를 할 거였으면 차라리 열쇠로 해도 됐잖아……."

"그렇게 하면 열쇠를 여는 마법으로 풀 수 있어서 그런 게 아닐까?"

"아, 그런 마법도 있었지, 참."

둘이서 이런저런 대화를 나누고 있는데 사와가 초조한 기색으로 말을 걸어왔다.

"둘 다 언제까지 그런 곳에 서 있을 거야?!"

"미안해, 조금만 더 기다려 줘!"

그렇게 되받아친 유마는 오른손을 뻗어 수동 너트를 잡았다. 시스템상 고정되어 있을 가능성도 있을 거라 생각했는데 힘을 주니 의외로 손쉽게 돌아갔다.

"오."

유마의 의도를 헤아린 것인지 콘켄이 작게 소리를 내고는 반대편 문으로 달려갔다. 둘이서 경쟁하듯 너트를 풀고 고정이 풀린 U자 쇠붙이 끝을 힘차게 밖으로 밀었다. 문 반대편에서 절그럭거리는 소리가 울려 퍼졌다.

서둘러 문 반대편으로 돌아가자 예상대로 떨어진 쇠붙이

와 정철의 사슬 조각이 바닥에 나뒹굴고 있었다. 토막이라고 해도 길이가 50cm는 된다. 뭔가 쓸만한 상황이 있을 수도 있고 팔면 상당한 금액이 되지 않을까.

사슬과 쇠붙이를 주워들고 너트 두 개와 함께 스토리지에 수납했다. 다른 한 세트도 콘켄이 회수한 것을 확인한 뒤 사와와 토모리에게 달려간다.

"기다렸지!"

"너 진짜, 그렇게 하나부터 열까지 다 주워 담으면……."

잔소리를 한숨으로 중단한 사와는 몸을 돌렸다.

"……뭐, 됐어. 집까지 가져가지만 않는다면야. 자, 얼른 가자."

그렇게 말하고는 걷기 시작한다. 등 뒤에서 웃음을 참는 듯한 토모리와 콘켄의 기척을 느끼며 유마는 말없이 여동생의 뒤를 따라갔다.

8

통로는 외길이 아닌 미로로 되어 있었고, 심지어 샛길 곳곳에는 추격자를 처리하기 위한 덫이 대량으로 설치돼 있다고 했다.

그런 기념품 가게 노인의 말대로 문 안쪽에는 복잡하기 그지없는 미로 구역이 기다리고 있었다. 다행히 몬스터의 기적은 없었지만 덫을 피하면서 정공법으로 미로를 돌파하려 했다면 두세 시간은 더 걸렸을지도 모른다.

하지만 유마 일행에게는 든든한 아군이 있었다. AM 세계에서 처음으로 포획한 패밀리어 파란 토끼 혼드 그레이트 헤어인 '무쿠'다.

테스트 플레이가 종료된 뒤에도 유일하게 사라지지 않았던 무쿠 카드를 홀더에서 꺼내 소환.

"큐우우우욱!"

우렁찬 울음소리와 함께 실체화한 파란 토끼가 '후이익!' 하는 기묘한 소리를 냈다. 여자들 중에서도 가장 냉정한 부류인 토모리조차 시스템을 벗어난 무쿠의 매료 능력에는 저항하지 못하는 모습이었다.

안아 보게 해 주고 싶긴 하지만 지금은 한시가 아까웠다. 행상인에게 산 건과일 몇 개를 먹이고 보이스 커맨드를 외쳤다.

"무쿠, '던전 종점'까지 '선도'!"

"뀨우!"

그렇게 소리친 무쿠는 망설임 없는 발걸음으로 미로를 달리기 시작했다.

혼드 그레이트 헤어에게는 '터널 서치'라는 능력이 있었는데, 지하 통로 같은 부류의 장소라면 '시점 선도', '종점 선도', '아이템 수색', '몬스터 수색', 그리고 '몬스터 회피'를 명령할 수 있었다. 아직 '함정 회피'는 습득하지 못했지만 '종점 선도'는 던전 출구까지 최단경로를 안내해 주는 능력이었으니 샛길에만 덫이 있는 이 미로라면 안전하게 나아갈 수 있는 셈이었다.

냉화의 랜턴을 들고 파란색 꼬리를 쫓아 달리기를 약 5분.

전방에 새로운 문이 보이기 시작했고, 유마는 달리는 속도를 늦췄다.

무쿠가 문 앞에 멈춰 서서 뒤돌아보더니 자랑스럽다는 듯이 "꾹꾹!" 하고 울었다. 저것이 아마도 출구일 것이다.

우선은 경계하면서 천천히 다가갔지만, 통로가 무너지거나 이벤트 보스가 나타나는 일 없이 문 앞까지 무사히 다다를 수 있었다. 고생한 무쿠에게 다시 건과일을 먹인 뒤 카드로 돌려보냈다.

"패밀리어라는 건 편리하구나…… 귀엽고……."

부럽다는 얼굴로 중얼거리던 토모리가 문득 고개를 갸웃

했다.

"더 많이 포획하면 좋았을 텐데 왜 무쿠와, 그…… 와타마키뿐이야?"

"그게…… 마물사에겐 패밀리어를 보존할 수 있는 제한 용량이 있거든. 레벨 업을 하거나 '사역' 스킬의 숙련도를 높이면 용량도 늘어나지만, 지금은 무쿠와 와타마키만으로 거의 다 써버려서……."

실제로 레벨이 유마보다 6…… 아니, 처음 습격당한 시점에서는 10이나 높았던 스미카를 포획할 수 있었던 것은 기적에 가까웠다. 본래라면 대상 몬스터의 레벨이 1만 높아도 성공률은 크게 떨어진다.

확률을 높일 수 있었던 요인이 있었다면 대체 무엇이었을까, 그런 생각에 잠겨 있자 콘켄이 초조한 기색으로 입을 열었다.

"유우, 빨리 울보나기한테 가자. 이제 얼마 안 남았잖아?"

"아…… 응, 아마 그럴 텐데……."

유마는 생각을 멈추고 눈앞의 문을 바라보았다.

첫 번째 문과 마찬가지로 훌륭하긴 했지만, 이곳은 사슬로 봉인되어 있지 않았고 그 대신 문 손잡이가 달려 있었다. 열쇠 구멍이나 별다른 잠금장치도 보이지 않으니 손잡이를 아래로 누르면 열릴 것이다.

돌아서서 세 사람에게 작은 소리로 지시했다.

"……이 앞이 지하 감옥이라면 위병이 있을 가능성이 높

아. 전투는 최대한 피하면서 조용히 지나가자."

"들키면 어떡해?"

콘켄이 묻자 유마는 잠시 망설이다가 대답했다.

"나와 콘켄 둘이서 최대한 많은 위병들을 위층으로 유인할게. 사와와 시미즈는 그 틈을 타서 나기를 찾아주고, 찾으면 셋이서 이 통로를 탈출해. 돌아가는 길은 지도에 표시되어 있을 테니까."

"……나기가 깨어나지 않았으면?"

긴장한 기색이 역력한 사와의 모습에 씨익 웃어 보였다.

"이제 레벨 12니까 마술사의 근력치로도 나기 한 명 정도는 거뜬히 옮길 수 있잖아?"

"……알았어, 해볼게."

"저기, 아시하라 군과 콘도 군은 어쩌려고?"

이번에는 토모리가 걱정스럽게 물어왔다. 유마는 다시 한 번 미소를 지었다.

"괜찮아, 여차하면 강으로 뛰어들어서 도망가면 되니까."

"잠깐, 진짜로……? 나 수영은 쥐약인데……."

그러고 보니 이 녀석은 옛날부터 수영장만큼은 불러도 오지 않았었지…… 그런 생각을 하면서 유마는 절친의 어깨에 손을 얹었다.

"수중 호흡 마법을 걸어 줄 테니까 걱정하지 마."

"……진짜지?"

"진짜, 정말, 완전 진짜."

사실 범용 마법 중에는 풍속성 '수중 호흡'이 존재했다. 그러나 현재 숙련도로는 효과 시간이 10초는 될까 싶을 정도였다. 하지만 그 말은 하지 않고 유마는 콘켄의 어깨를 두드려 준 뒤 그의 등을 들여다보았다.

"……그거, 고성에서 얻은 새 검이야?"

"엉? ……맞아, 멋있지?"

그새 물에 대한 두려움을 잊은 것인지 씨익 웃어 보인 콘켄이 몸을 휙 돌렸다.

등에 걸린 양손검은 확실히 한눈에 봐도 초기 장비보다 훨씬 더 고급스러워 보였다. 가죽 칼집은 수십 개의 징으로 보강되어 단단했고 강철 가드(날밑)와 폼멜(자루끝)은 매끄러운 빛을 띠며 반짝인다. 자루에는 가는 가죽끈이 정성스럽게 감겨 있었다. 오른손 손가락 끝으로 눌러보자 [단조된 강철 대검 780/780]이라고 적힌 작은 창이 나타났다. 소유자가 아니라 최소한의 정보밖에 보이지 않았지만 내구도는 유마가 가진 단검의 네 배나 되었다.

유마도 고성에서 새 무기를 손에 넣긴 했지만, 무기를 바꾸는 타이밍은 신중하게 정해야 한다는 것을 테스트 플레이를 통해 깨달았다. 풀다이브 게임에서는 무기의 무게나 밸런스, 쥐었을 때의 감촉 등의 느낌이라는 것이 사용감에 큰 영향을 미친다. 손에 익은 무기에서 새 무기로 바꾼 직후에는 공격 때 자세가 무너져 넘어지거나 손에서 쑥 빠져나가는 사고 확률이 높아진다.

그 사실은 콘켄도 알고 있을 것이다. 몸을 돌려 위치를 확인하듯 검자루를 만지작거리더니 그가 묻는다.

"너희는 어쩔 거야?"

"음……."

이전의 검을 잃어버린 콘켄은 새로운 검을 쓸 수밖에 없었지만, 지하 감옥에서는 전투를 최대한 피할 예정이라 다른 세 사람은 익숙한 무기가 더 나을 것 같았다. 그 사실을 전하자 사와나 토모리도 이견이 없는지 고개를 끄덕였다.

마지막으로 전원의 HP, MP가 최대치로 회복된 것을 확인하고 유마는 문을 향해 돌아섰다.

여기서부터는 망설이거나 멈춰설 여유가 없다. 나기를 구해 다 함께 아르테아로 돌아가기 위해 최선의 행동만을 선택해야 한다.

"……연다."

작은 소리로 그렇게 전하고, 조심스럽게 문 손잡이를 아래로 내렸다.

추측대로 잠겨 있지 않았지만, 몇 년 동안 사용되지 않아서 그런지 움직임이 상당히 뻑뻑했다. 손바닥을 통해 전해지는 내부 감각에 집중하면서 1mm씩 천천히 돌려 최소한의 소음만으로 래치 볼트를 풀었다.

잠시 귀를 기울인 뒤 문을 앞으로 밀었다. 경첩이 삐걱일 때마다 손을 멈추고 다시 밀기를 반복하며 가장 몸집이 큰 콘켄이 가까스로 지나갈 수 있는 정도의 틈을 만들었다.

거기서 머리를 반만 내밀고 들여다보니 문 안쪽은 가로세로 3m 정도 되는 작은 방이었다. 좌우 벽에는 선반이 달려 있고 낡은 나무상자와 통 같은 것들이 놓여 있었다. 정면에는 아치 모양의 개구부가 있고 그 뒤로는 올라가는 계단이 보였다. 사람의 모습은 없지만 천장에 매달린 램프에 불꽃이 켜져 있는 것으로 보아 정기적으로 순찰을 오고 있는 모양이었다.

유마는 오른손에 들고 있던 냉화의 랜턴을 스토리지로 되돌린 뒤 문틈을 지나 작은 방으로 들어갔다.

살금살금 걸어 계단 가까이 다가갔다. 계단 바로 앞에서 위층의 기척을 살핀 뒤 돌아서서 동료들에게 괜찮다는 신호를 보냈다.

유마, 콘켄, 사와, 토모리 순으로 계단을 오르자 막다른 곳에 또다시 문이 나타났다. 살짝 지겨운 마음이 들었지만, 이번 문은 손잡이도 경첩도 부드럽게 움직였고 그 안쪽에는 원하던 광경이 펼쳐져 있었다.

물이 번진 천장. 여기저기 금이 간 바닥. 울퉁불퉁하게 난 거친 돌벽. 그리고 램프의 불빛을 받아 흐릿하게 빛나는 쇠창살.

누가 봐도 지하 감옥이다. 하지만──.

"……넓어……."

유마를 밀치고 안을 들여다본 사와가 억눌린 목소리로 중얼거렸다.

문에서 북쪽으로 쭉 뻗은 통로는 깊이 15m는 되어 보였고, 그 좌우로 감옥이 5개씩 늘어서 있었다. 막다른 벽에 보이는 문은 아마도 위층으로 이어져 있을 것이다.

유마와 사와의 좌우에도 통로가 뻗어 있었는데, 양쪽 다 안쪽에 또 다른 통로 입구가 있었다. 즉 이 지하 감옥은 세 개의 세로 통로가 있고 위, 아래에 있는 가로 통로 두 개가 그것을 감싸고 있는 로마 숫자 'Ⅲ'과 같은 구조를 띠고 있는 셈이었다.

세로 통로 모두에 각각 10개의 감옥이 존재한다면 합해서 30. 그 많은 수의 감옥을 위병에게 들키지 않고 조사한다는 것은 불가능에 가깝다…… 라고 생각한 순간, 곧바로 왼쪽에서 뚜벅뚜벅하는 발소리가 들려왔다.

시선을 돌리자 왼쪽 끝에 있는 세로 통로 입구 부근에서 주황색 빛이 흔들리고 있었다. 순간적으로 몸을 움츠리려 했지만, 발소리의 주인이 문 안까지 조사하러 온다면 네 사람 모두 들키고 만다.

유마는 세 사람에게 손짓으로 신호를 보낸 뒤 문을 나서서 정면의 세로 통로로 뛰어들었다.

콘켄, 토모리가 뒤를 이었고 마지막으로 사와가 통로로 나왔다. 일각을 다투는 상황임에도 소리를 내지 않고 문을 닫은 뒤 부드럽게 점프.

사와가 유마 옆에 착지한 것과 거의 동시에 발소리가 커졌다.

코너를 돈 누군가가 천천히, 그러나 확실하게 다가왔다. 반대편에 있는 옆쪽 통로까지 소리 내지 않고 이동할 여유는 없었다. 재빨리 주위를 둘러보며 통로 좌우에 있는 두 감옥이 모두 비어 있음을 확인했다.

다행히 감옥을 막고 있는 쇠창살이 벽면에서 30cm가량 들어가 있어 아슬아슬하게 몸을 숨길 수 있을 것 같았다. 동료들도 유마의 의도를 짐작한 것인지 토모리는 오른쪽 쇠창살에, 유마와 사와는 왼쪽 쇠창살에 바싹 붙었다.

5초 뒤, 발소리의 주인이 유마 일행의 시야에 모습을 드러냈다.

위병……이겠지만 어딘가 모양새가 이상하다. 구부러진 새우등의 체구를 덮은 가죽 갑옷은 마치 구속구처럼 생겼고, 머리부터 양어깨까지는 너덜거리는 후드를 덮고 있었다. 오른손에는 대형 랜턴을, 왼손에는 가시가 돋아난 곤봉을. 머리 위에 떠오른 HP바에는 [프리즌 가드]라는 이름이 표시되어 있었다.

통굽 부츠를 뚜벅뚜벅 울리며 걸어온 위병은 조금 전 사와가 막 닫은 문 앞에 멈춰 섰다.

랜턴을 높이 들고 몸을 왼쪽으로 돌려 유마 일행이 숨어 있는 중앙 통로를 들여다본다. 만약 이쪽으로 걸어온다면 이번에야말로 도망갈 곳은 없었다.

그럴 경우 싸울 수밖에 없지만, 아무리 수상쩍은 모습을 하고 있어도 상대는 인간이다. 정확히는 NPC이기는 하지만, 딱히 나쁜 짓을 한 것도 아니고 그저 명령에 따랐을 뿐인 위병을 공격하는 것에는 저항감이 들었다.

이쪽으로 오지 마! 그런 유마의, 아니 네 사람의 사념이 통한 것일까. 위병은 랜턴을 내려두고 오른쪽으로 빙글 돌아섰다.

왼손 곤봉을 벽에 기대어 두고 그 손으로 문을 연다. 곤봉을 수거해 안으로 들어가더니 뚜벅뚜벅 소리를 내며 계단을 내려갔다.

누더기 후드의 모습이 사라지자마자 유마는 숨어 있던 곳에서 나왔다. 위병이 돌아오기 전에 중앙 통로 탐색을 마쳐야 했다.

오른쪽 감옥은 토모리와 콘켄에게 맡긴 뒤 사와와 함께 왼쪽 감옥을 체크했다. 두 번째도 텅, 세 번째도 텅—— 그러나 네 번째 감옥을 들여다본 순간 몸이 흠칫 떨렸다.

깊이가 채 2m도 안 되는 골방 한쪽에 부자연스러운 모습으로 누워 있는 사람의 모습을 발견한 것이다. 힘없이 늘어진 손발은 살아있는 인간처럼 보이지 않았다.

설마…… 그렇게 생각하면서 유심히 바라보았지만, 통로 천장에 매달린 램프의 빛은 감옥 안쪽까지 닿지 않았다. 어쩔 수 없이 쇠창살에 왼손을 집어넣고 최대한 작은 목소리로 속성사를 외웠다.

"루민(빛이여)."

생성된 순백의 광구가 골방 안쪽을 샅샅이 비추자마자 유마와 사와는 나란히 숨을 삼켰다.

누워 있는 것은 너덜거리는 옷을 걸친 백골 사체였다. 옆으로 푹 쓰러진 두개골에 뚫린 새까만 안와가 원망스럽다는 듯이 유마 일행을 바라보았다. 옷의 부패 정도로 보아 죽은 것은 수십 년 전일 테고 체격 역시 누가 봐도 성인이었다.

그럼에도 안도감은 들지 않았다. 이 지하 감옥이 죄수를 아사 혹은 병사시킨 끝에 시신을 반출하지도 않는다는 사실을 알아 버렸기 때문이었다.

10초가 지나 광구가 사라짐과 동시에 계단을 올라오는 발소리가 들려왔다.

서둘러 쇠창살에서 떨어지고, 다섯 번째 감옥을 들여다보았다. 여기도 텅 비었다.

뒤돌아보니 맞은편 감옥을 체크한 토모리와 콘켄이 나란히 고개를 저었다. 오른쪽은 모두 비어 있는 모양이다.

네 사람이 북쪽 가로 통로로 뛰어들어 왼쪽 코너에 숨은 직후 위병이 통로로 돌아왔다.

살짝 들여다보니 중앙 통로의 막다른 곳에서 랜턴 불빛이 옆으로 이동했다. 아무래도 동쪽 세로 통로로 가는 모양이었다.

그렇다면 그 틈에 서쪽 통로를 조사할 수 있다. 유마의 신호로 네 사람은 빠른 걸음으로 서쪽으로 향한 뒤 코너에서 왼쪽으로 돌아갔다.

처음 예상했던 대로 이 통로도 양쪽에 다섯 개씩 감옥이 있었다. 사와와 유마는 왼쪽, 토모리와 콘켄은 오른쪽으로 나눠서 차례로 체크해 나갔다.

제발 무사해 줘……! 그렇게 빌면서 세 번째 감옥을 들여다봤을 때였다.

등 뒤에서 "아……!" 하는 토모리의 목소리가 희미하게 들려왔다.

유마와 사와는 재빨리 몸을 돌려 통로 반대편을 바라보았다. 콘켄과 토모리는 세 번째 감옥 앞에 서서 두 손으로 쇠창살을 움켜쥐고 있었다.

쏜살같이 통로를 가로질러 콘켄 왼쪽에서 감옥 안을 들여다보자마자, 유마도 소리를 낼 뻔했다.

축축한 돌바닥 위에 희끗한 사람의 그림자가 누워 있었다. 그러나 이 감옥도 어두워서 실루엣밖에 볼 수 없었다.

이번에는 사와가 손을 뻗어 속성사를 외웠다.

"플람마(불이여)."

손가락 끝에 생긴 화구가 작은 체구의 사람의 그림자──소녀를 비추었다.

입고 있는 옷은 심하게 더러워졌지만, 본래는 순백이었을 법의. 밀크티색 머리는 사와보다 약간 길다. 엎드려 있어 얼굴은 보이지 않았지만 11년 넘게 함께 지냈던 소꿉친구를, 설사 가상체라 하더라도 잘못 볼 리가 없었다.

유마의 확신을 뒷받침하듯 쓰러진 소녀의 머리 위로 HP 바가 떠올랐다.

HP는 30%도 채 남아 있지 않았다. 켜진 디버프 아이콘은 '저온'과 '공복'. 그리고 표시된 플레이어 네임은——[나기].

콘켄이 두 손으로 움켜쥔 쇠창살이 삐걱거렸다. 올려다보니 절친의 옆얼굴에는 오랜 시간 함께하면서도 단 한 번도 본 적 없는 험악한 표정이 떠올라 있었다.

분노에 사로잡힌 것은 유마도 마찬가지다. 이 지하 감옥의 책임자, 아마도 경리장 오벤이라는 이름의 NPC는 혼수상태인 나기를 젖은 상태 그대로 투옥시키고 HP가…… 생명이 다하도록 방치한 것이다. 비록 그것이 NPC가 가진 '설정'에 근거한 행동이라고 해도, 그렇다면 어쩔 수 없다며 단념할 만큼 유마는 초연할 수 없었다.

하지만 여기서 힘으로 쇠창살을 파괴한다면 지금쯤 동쪽 통로를 걷고 있을 위병도 눈치를 챌 것이다. 그 이전에 아무리 콘켄이라도 맨손으로 이런 굵기의 쇠막대를 부술 수 있을 것 같지는 않았다. 그럼에도 유마는 절친의 왼팔을 붙잡고 시선으로 진정하라는 말을 전했다.

콘켄의 팔에서 잠시 힘이 빠진 것과 동시에 사와가 움직였다. 화구를 끄자마자 쇠창살 오른쪽 끝에 있는 문 자물쇠에 왼손을 감싸고 다시 주문을 영창했다.

"페룸(철이여)…… 클라비스(열쇠가 되어)……."

생성된 마법의 열쇠를 자물쇠 열쇠 구멍에 꽂고 마지막 주문.

"열려라(아페르타)."

열쇠는 잠시 조금씩 떨리는가 싶더니 왼쪽으로 90도 회전하며 찰칵, 둔탁한 소리를 울리며 풀렸다. 사와는 곧바로 문을 열고 안으로 스르륵 들어갔다. 유마도 쫓아가고 싶었지만 좁은 감옥 안에서는 방해만 될 뿐이었기에 콘켄의 팔을 잡은 채 꾹 참았다.

바닥에 무릎을 꿇고 가냘픈 몸을 두 손으로 안아 일으킨 사와가 작은 목소리로 그녀를 불렀다.

"……나기. 나기."

반듯이 누운 소꿉친구의 얼굴은 램프 불빛 아래에서 봐도 섬뜩하리만치 창백했다. 긴 속눈썹을 드리운 눈꺼풀은 사와가 반복적으로 이름을 불러도 꿈쩍도 하지 않았다.

유마는 나기와 합류하게 되면 그 자리에서 로그아웃하고 다섯 명이서 아르테아로 돌아갈 생각이었다. 하지만 나기가 깨어나지 않으면 메뉴 창을 호출할 수도 없고 당연히 로그아웃도 할 수 없었다.

어쩌면 나기의 혼수상태는 저온이나 공복 디버프에 의한 것이 아니라 본인의 의식에 무슨 문제가 생긴 탓이 아닐까. 그렇다면 이 자리에서 아무리 불러도 일어나지 못할 가능성도 있었다.

"사와, 일단 나기를 데리고 필드로 돌아가자."

유마가 속삭이자 말없이 고개를 끄덕인 사와가 나기를 옆으로 끌어안은 채 몸을 일으켰다.

레벨 12인 만큼 근력치는 충분하겠지만, 문을 지나 나온 사와를 보고 콘켄이 두 손을 내밀었다.

"내가 옮길게."

그 어느 때보다도 단호한 목소리에 사와는 다시 고개를 끄덕이고 나기를 맡겼다. 앞으로 나온 토모리가 유마를 보고 속삭였다.

"사노의 HP, 회복시킬까?"

"아니, 나가서 하자."

그렇게 대답하고 유마는 귀를 기울였다.

뚜벅뚜벅하는 발소리가 희미하게 들려왔다. 이동하고 있는 방향까지는 알 수 없지만 위병은 지하 감옥의 바깥 통로를 반시계방향으로 걸어가는 것 같았다. 지금쯤 'Ⅲ'의 오른쪽 위…… 북동 코너 근처에 있을 것이다.

유마는 남쪽을 손으로 가리키고는 앞장서서 통로를 나아가기 시작했다.

남서쪽 코너에서 일단 한번 멈추고 다시 귀를 기울였다. 통로를 울리며 들려오는 위병의 발소리에 변화가 없는 것을 확인한 뒤 왼쪽으로 돌아 남쪽 통로로 살금살금 나아갔다.

불과 7m 앞에 지하 미로 지역으로 이어지는 문이 보였다. 그곳에만 들어가면 설사 위병이 나기의 소멸을 알아차린다 해도 유마 일행을 따라잡기는 불가능했다. 10초 뒤에는 나기 구출 작전의 성공 여부가 거의 확정된다.

──그런 기대가 감각을 무뎌지게 한 것일까.

유마는 멀리서 울리던 발소리가 이쪽으로 다가오는 것을

눈치채지 못했다.

문까지 절반밖에 남지 않은 시점, 앞쪽으로 보이는 동쪽 세로 통로에서 느닷없이 위병이 모습을 드러냈다.

"……?!"

깜짝 놀라 눈을 부릅떴다. 지하 감옥을 시계 반대 방향으로 이동한다고 생각했는데, 동쪽 통로 어느 지점에서 다시 되돌아온 모양이었다.

순간 걸음을 멈추고 말았지만, 즉시 사고를 되돌린 유마가 소리쳤다.

"달려!"

살금살금 걷는 것을 포기하고 문을 향해 전력질주. 위병도 빠르게 달려오기 시작했지만 문까지의 거리는 저쪽이 더 멀고 걸음도 느렸다. 이 정도라면 아슬아슬하게 맞출 수 있을 것 같다…… 라고 생각한 그때, 위병이 근처의 벽으로 손을 뻗었다.

난잡하게 쌓아 올려진 벽돌 블록 중 하나를 안쪽으로 밀어 넣은 그 순간——.

쿠우우우웅! 굉음과 함께 천장에서 두꺼운 판자가 수직으로 떨어지며 문을 완전히 막아버렸다.

판자는 두께 3cm는 되어 보이는 강철 소재라, 무기로도 마법으로도 쉽게 파괴할 수 없을 것 같았다. 지하 감옥에 숨어들었을 때 천장도 체크해 뒀다면 좋았을 텐데, 이제 와서 후회해 봤자 소용없었다.

왔던 길을 되돌아가 카르 강 남쪽 연안으로 탈출하겠다는 계획은 수포로 돌아갔다. 이제 북쪽 문을 통해 위층으로 가는 수밖에 없다. 그쪽도 함정으로 봉쇄되어 있다면 퇴로는 막히겠지만, 그곳을 막는다는 건 증원으로 올 위병의 길도 막는 꼴일 테니 북쪽 문은 뚫려 있을 것이다.

문제는 5m 앞에 있는 후드티 차림의 위병을 어떻게 처리하느냐였다. 덮치면 싸울 수밖에 없는데, 문 스위치에 선 채 다가오려 하지 않았다.

"야, 유우."

등 뒤에서 콘켄이 속삭였다.

"스위치를 한 번 더 누르면 철판이 다시 들리지 않을까?"

"……."

가능성은 있다. 현실 세계였다면 저 크기의 철판을 단시간에 끌어 올리려면 대출력 모터가 필요하겠지만, 게임 시스템이 명령하면 산조차 움직일 수 있는 것이 가상 세계였다. 그렇다면 위병이 움직이지 않는 것도 스위치를 지키기 위함이 아닐까.

"사와, 시미즈, 나기를 부탁해."

유마가 속삭이자 사와가 왼팔을 뻗어 콘켄에게서 나기를 받아들었다.

"콘켄, 저 사람을 쓰러뜨릴 필요는 없어. 저 자리에서 벗어나게만 하면 내가 스위치를 누를게."

"알았어."

고개를 끄덕인 콘켄이 등에서 양손검을 뽑았다.

그 액션에 반응하듯 전방의 위병도 가시 박힌 곤봉을 겨눴다. 깊이 뒤집어쓴 후드 안쪽에서 "후쉬이익……" 하는 이상한 숨소리가 울렸다.

어디선가 들어본 것 같은데…… 라고 생각한 그때, 옆에서 콘켄이 바닥을 박찼다.

"우오오오오오!"

기합과 함께 돌진하며 양손으로 검을 휘두른다.

위병이 왼손 하나로 곤봉을 들었다.

'강력'과 '양손검 마스터리' 스킬을 습득한 레벨 12의 전사가 풀 파워로 날린 내려치기를 한 손으로 받아낼 수 있을 리가 없다.

그렇게 확신하면서 유마도 달리기 시작했다. 위병이 날아가 버리면 그 틈에 벽 스위치를 눌러 함정을 올린다. 나기를 안은 사와와 토모리가 미로 지역으로 도망갈 때까지 시간을 번 다음, 다시 위병을 멈춰 세운 뒤 유마와 콘켄도 도망친다.

그런 플랜을 생각해낸 유마는 왼쪽 벽에 있는 스위치의 위치를 확인했다.

콘켄이 맹렬한 기세로 대검을 내리쳤다. 돌진하는 기세와 온몸의 힘이 실린 일격은 위병이 내민 가시 박힌 곤봉 중간 지점에 격돌하며 폭발과 같은 섬광과 굉음을 발생시켰다.

위병은 크게 몸을 뒤로 젖히며 뒤로 한 걸음 물러섰지만,

넘어지지 않고 그 자리에 단단히 버텼다.

발생한 충격파가 너덜거리는 후드를 걷어올리며 위병의 머리를 노출시켰다.

그 순간, 경악한 나머지 시야가 좁아진 유마는 살짝 튀어나온 돌에 발이 걸리고 말았다. 가까스로 넘어지는 것만은 피했지만 발을 헛디디며 멈춰섰다.

위병의 머리는 인간이 아니었다. 앞으로 튀어나온 콧대, 크게 찢어진 입, 얼굴 양쪽으로 떨어져 있는 노란 눈, 그리고 울퉁불퉁한 비늘 피부. 도마뱀…… 리저드맨이다.

위병의 머리 위에 떠오른 HP바의 이름이 소리 없이 바뀌었다. [프리즌 가드]에서 [바라니안 프리즌 가드]로.

"왜…… 카르시나 마을에 바라니안이……."

유마는 멍하니 중얼거렸지만, 도마뱀 위병은 세로로 긴 동공을 가진 눈을 살짝 가늘게 뜰 뿐 아무 말도 하지 않았다.

신장은 숲의 고성에서 만난 바라니안 액스베어러의 절반 정도밖에 되지 않았지만, 얼굴 생김새는 확실히 같은 종족이었다. 이 녀석도 어딘가에서 침입해 온 것일까…… 아니, 그렇다고 해도 이 녀석이 지하 감옥 순찰을 하고 있는 이유를 모르겠다.

우두커니 서 있는 유마의 귀에 잘그락거리는 금속음이 들려왔다.

시선을 왼쪽으로 돌리자 중앙 통로 끝에 있는 북쪽 문이 열려 있었다.

그곳에서 돌연 모습을 드러낸 것은, 귀족 같은 풍채를 지닌 뒤룩뒤룩 살찐 거한이었다.

머리에는 나폴레옹을 연상시키는 가로로 긴 이각모. 검은색 벨벳 상의에는 금색으로 짠 끈이 치렁치렁 장식되어 있고, 그 아래 터질 것처럼 부풀어 오른 조끼와 타이즈처럼 얇은 바지는 얼룩 하나 없는 흰색. 그리고 왼손에는 어째서인지 특대 양손해머를 들고 있었다.

거한은 크고 움푹 패인 섬뜩한 눈으로 유마 일행을 바라보더니 출렁거리는 아래턱을 부르르 떨며 조소했다.

"크흐, 크흐흐…… 침입자라고 하기에 알골을 넘나드는 대범한 도적인가, 아니면 백 년 산 대마술사인가 했더니 나이도 차지 않은 애송이들뿐이로군. 도대체 어디서 들어온 거지, 응~?"

알골이 뭐였더라…… 그런 생각을 할 여유도 없이 유마는 필사적으로 타개책을 짜내고자 애썼다.

탐험하다가 길을 잃었다, 라는 변명은 콘켄이 검을 뽑아 든 시점에서 먹히지 않을 것 같았다. 그렇다고 싸워서 쓰러뜨릴 수 있다는 보장도 없다. 애초에 저 덩치 큰 수상한 남자는 도대체 누구란 말인가.

유마가 미간을 좁힌 순간, 거한의 머리 위에 HP바가 출현했다.

이름은 [오벤 더 헤드워든]. 그 옆에 사람 실루엣이 두 개 겹쳐진, 버프도 디버프도 아닌 아이콘이 켜져 있었지만 효과는 알 수 없었다.

뒤에서 사와가 낮게 중얼거렸다.

"저놈이 그……."

틀림없었다. 저 거한이 바로 기념품 가게 노인이 경고했던 '카르시나 시정을 좌지우지하며 자기 배를 불리는 악당' 경리장 오벤이다.

노인은 '너희들 같은 꼬맹이들이 어떻게 해볼 수 있는 상대가 아니다'라고도 했다. 실제로 거한의 온몸에서는 그 말에 납득이 갈 정도의 압력이 뿜어져 나오고 있었다. 콘헤드 데몰리셔만큼의 절망감은 아니었지만, 쉽게 공격해도 되는 상대가 아닌 것만은 확실해 보였다.

힐끔 오른쪽 방향을 보니 도마뱀 머리 위병은 어느새 제자리로 돌아와 가시 박힌 곤봉을 겨누고 있었다. 아무래도 문의 스위치는 오기로라도 누르지 못하게 할 심산인 것 같았다.

위병의 모습을 보았음에도 태연한 것을 보니 경리장 오벤은 지하 감옥에 바라니안(도마뱀 아인)이 있다는 것을 알고 있는 모양이었다. 도대체 어떤 이유로 적대관계인 아인을 고용한 것인지 궁금했지만, 물어봐도 알려 주지 않을 것이다.

그보다도 지금은 이 궁지를 헤쳐 나갈 방법부터 찾아야 했다……. 하지만 아무리 생각해도 스위치를 눌러 지하로 가는 문을 열거나 오벤을 넘어뜨리고 지상으로 가는 문을 통과한다는 두 가지 길밖에 떠오르지 않았다.

"음, 으으음~~?"

유마 일행이 움직이지 못하자 오벤이 다시 입을 열었다.

"거기 아가씨가 안고 있는 건 오늘 섬으로 흘러들어온 아가씨로군. 그래, 너희는 동료를 구하기 위해 이 감옥에 숨어든 건가, 크흐흐흐……."

한바탕 웃음을 터뜨리고는 유난히 긴 혀로 아랫입술을 살짝 핥는다.

"그 아가씨, 눈을 뜨기 전에 죽으면 삶아서 요리의 재료로 써주려고 했는데……. 덕분에 고기의 양이 늘겠구나. 크흐, 크흐흐흐."

"……지금, 뭐라고……."

분노에 찬 콘켄이 낮게 신음했다.

유마도 뱃속이 확 끓어오르는 기분이었다. 오벤은 나기를 젖은 채로 감옥에 방치했을 뿐만 아니라, 죽으면 요리를 해서 먹을 생각이었다고 말한 것이다. 더는 멀쩡한 인간으로는 보이지 않았다.

"……싸우자."

유마가 속삭이자 콘켄, 사와, 토모리가 동시에 "그래" "응" "알았어" 하고 대답했다.

단순히 분노로 이성을 잃고 내린 판단이 아니었다. 주변 상황, 아군의 전력, 그리고 경리장 오벤의 언행을 종합해 본 뒤 내린 결단이었다.

"사와, 시미즈……."

작전을 전하려던 유마의 말을 토모리가 가로막았다.

"토모라고 불러."

"어, 어?"

"그 편이 짧고 좋잖아."

그렇게 말해도, 오늘 이때까지 이야기도 거의 나눠 보지 못한 여자아이를 갑자기 이름, 그것도 줄여서 부르는 것은 어려웠다.

그러나 그녀 말대로 '시미즈'를 '토모'로 줄인 것만으로도 단축할 수 있는 약 0.5초가 전원의 생사를 좌지우지할 가능성도 없다고는 단언할 수 없었다.

"······알았어. 사와, 토모, 처음에는 뒤에서 철저히 엄호해 줘. 그리고 스위치 앞의 위병이 움직이면 바로 알려 주고."

두 사람이 고개를 끄덕이자 콘켄에게도 지시를 내렸다.

"콘켄, 오벤의 해머는 네 '가드 카운터'로는 아마 받아 낼 수 없을 거야. 배틀무브는 '헤비 슬러그'만 쓰고 방어는 회피를 메인으로 해 줘."

"알았어."

──그리고 전황을 파악하고 컨트롤하는 것이 자신의 몫이다.

스스로에게 되새기듯 그렇게 생각한 유마는 왼쪽 허리의 숏소드를 뽑았다.

"크흐흐······ 애송이들이, 감히 나와 싸우기라도 하려는 건가?"

오벤도 왼손에 든 해머를 휙 들어 올리며 긴 자루 위에 오른손을 얹는다.

약간의 통나무같은 머리가 달려 있는 양면해머는 잘 손질된 것 같았지만 기묘하게 거무스름했고, 옆면에도 비말 모양의 얼룩이 점점이 남아 있었다. 만약 저것들이 혈흔이라면, 지금까지 얼마나 많은 수의 동물—— 혹은 인간을 때려죽인 것일까.

"난 상냥하니까 형체는 남기고 죽여 주마. 납작하게 뭉개 버리면 고기를 얻을 수 없거든, 크흐흐……."

도저히 전 연령용 게임의 NPC 같지 않은 대사를 뱉은 오벤이 오른발을 들어 올렸다.

위병의 것과 비슷하지만 한참은 더 커 보이는 부츠로 저벅저벅 바닥을 밟으며 유마 일행에게 다가온다.

남다른 거구가 결코 좁지 않은 중앙 통로의 가로 세로 약 70% 가량을 막아 버렸다. 후방으로 돌아가긴 힘들어 보였지만, 이 상태에서는 적도 거대한 해머를 자유자재로 휘두르지는 못할 것이다.

뒤에서 토모리가 영창을 시작했다. 콘켄이 양손검을 앞으로 든 채 오벤과 같은 속도로 전진했다. 한 박자 늦게 유마도 앞으로 나갔다.

전장은 길이 15m 정도 되는 통로의 중간 지점이 적당했다. 그보다 멀면 사와 일행이 엄호하기 어려웠고, 가까우면 나기에게 위험이 미친다.

처음 거리에서 절반이 줄어든 후에도 오벤은 공격 태세로 들어가지 않았다. 양손용 해머는 세로로 내리치거나 옆으로 휘두르는 것밖에 할 수 없을 텐데, 그저 옆으로 축 늘어뜨린 채 무작정 거리를 좁혀온다.

아니, 해머를 경계하게 만든 뒤 단숨에 간격을 좁혀 손이나 발로 공격해 올 가능성도 있었다. 유마가 콘켄에게 그런 주의를 주려던, 그때였다.

지금까지 일정한 페이스로 전진하던 오벤이, 갑자기 바닥의 돌이 부서질 정도의 기세로 앞으로 달려왔다. 동시에 해머를 세로로 잡더니 맹렬하게 앞을 향해 찔러온다.

생각지도 못한 찌르기 공격에 회피 동작이 늦어 버린 콘켄은 "으악?!" 소리치며 양손검으로 가드했다. 해머의 머리 부분 위로 조금 더 튀어나온 자루 끝이 콘켄의 검을 크게 두드리며 배를 울릴 정도의 충격음을 울렸다.

만약 초기 장비였다면 두 동강이 났을 것이다. 그런 확신이 들 정도의 일격이었지만, 이제 막 얻은 '단조된 강철 대검'은 흠집 하나 나지 않고 버텼다. 하지만 콘켄은 버티지 못하고 3m 넘게 밀려났다.

첫 공격은 허를 찔렸지만, 오벤도 당장은 해머를 되돌릴 수 없을 것이다. 유마는 과감히 파고들어 오벤의 텅 빈 오른쪽 옆구리를 향해 숏소드를 내밀었다.

명중이다! 라고 확신한 그 순간.

오벤이 크게 내민 해머자루에서 오른손을 떼더니 유마의

검을 손등으로 막았다.

그렇다 해도 상관없다. 손도 맞으면 HP는 줄어든다. '결손'까지는 무리라도 '부상' 디버프를 주면 해머를 제대로 잡을 수 없을 것이다.

"하아아앗!"

유마가 온 힘을 쥐어짜 오벤의 포동포동한 손등에 숏소드 칼끝을 찔러 넣었다.

초기 장비라고는 하지만 '노송나무 봉'이나 '구리 검'이 아닌 제대로 된 철검이다. 그리고 마물사는 마법직이긴 하지만 마술사만큼 지력치가 오르지 않는 대신 근력치나 민첩치를 적지 않게 올릴 수 있었다. 아무런 보호구도 착용하지 않은 노출된 손이라면 손바닥까지 관통해도 이상하지 않은 일격이었다.

하지만.

까아아아앙! 둔탁한 금속음과 푸른색의 불꽃이 튀고——유마의 양손에 절망적인 감촉이 느껴졌다.

테스트 플레이 때부터 줄곧 유마를 도와주던 숏소드, 정식명칭 '철 단검'은 마치 힘이 다한 것처럼 끝부터 산산이 부서지더니, 마지막 남은 자루조차 미세한 빛의 입자가 되어 손안에서 사라졌다.

"이게……."

믿을 수 없는 일에 유마는 숨을 삼켰다.

단검의 내구도는 아직 충분히 남아 있었다. 그런데 맨손으로 그것을 한순간에 부수다니.

——아니. 희미해져 가는 라이트 이펙트 너머 오벤의 오른손 등에 무언가가 보였다. 창백한 피부가 마치 액체처럼 꿈틀거렸다. 그 안쪽으로 희미하게 비치는 푸르스름한 저것은…….

"흠!"

짧게 소리친 오벤이 찌르기를 막아 낸 오른쪽 주먹을 그대로 유마를 향해 내밀었다.

핸드볼만큼이나 거대한 주먹을, 유마는 한순간 교차시킨 두 팔로 받아 보려 했다.

직전 콘헤드 데몰리셔에게 차였을 때의 일이 떠올랐다. 똑같이 가드를 시도했다가 양팔이 마치 잔가지처럼 꺾이며 빈사 수준의 피해를 입었다. 물론 오벤은 데몰리셔만큼 상식을 뛰어넘는 존재는 아니다——라고 생각하고 싶었지만, 처음부터 '방어는 회피를 메인으로'. 그렇게 말한 것은 유마 자신이었다.

"큭…….."

크로스 가드 자세 그대로 유마는 전력을 다해 뒤로 도약했다.

그 직후 오벤의 오른쪽 훅이 유마의 두 팔에 닿았다.

가상체임에도 온몸의 뼈가 삐걱일 정도의 충격. 시야 좌측 상단에 표시된 HP바가 눈에 띄게 깎였다. 감소량은 5% 미만이지만, 만약 백점프를 하지 않았다면 그 배는 더 줄어들었을 것이다.

유마는 타격의 힘을 거스르지 않고 뒤로 뛰어 가까스로 넘어지지 않고 착지했다.

"지원할게!"

밀려났다가 다시 돌아온 콘켄이 그렇게 외치며 오벤을 향해 나아갔다.

"부탁해!"

그렇게 대답하고 메뉴 창을 열어 스토리지로 이동. 바로 찾을 수 있도록 최상단에 옮겨둔 새로운 무기── [암철(暗鐵)의 단검]을 눌러 장비를 선택했다.

왼쪽 허리에 나타난 숏소드는 검은 가죽에 둘러싸인 칼집과 자루를 지닌, 한눈에 봐도 고급스러움이 물씬 느껴지는 물건이었다. 암철이라는 것은 AM 세계의 오리지널 금속으로 빛을 반사하지 않고 어둠 마법이나 얼음 마법의 보조구로 사용할 수 있는 특성이 있었다.

자루를 잡고 뽑자 도신 전체는 광택이 없는 매트 그레이색이었다. 램프 불빛을 받아도 색감이 전혀 변하지 않았다. 날렵하면서도 상당히 무거워서 예상했던 대로 초기 장비인 검과는 휘둘렀을 때의 감각이 달랐지만, 그 부분은 전투를 하면서 적응해 나갈 수밖에 없었다.

무기 교환을 마친 뒤 고개를 들자 콘켄이 홀로 오벤과 대치하고 있었다.

유마의 지시대로 방어에 충실히 임하면서도 거의 후퇴하

지 않고 라인을 계속 유지하고 있는 모습에는 감탄이 절로 나왔다. 오벤의 공격이 양손 찌르기뿐이라 대처하기는 쉬웠지만, 그 압력을 계속 받아 내기 위해서는 센스와 담력이 필요하기 때문이다.

그렇지만 완전한 노 대미지라고는 할 수 없었다. 해머가 몸 어딘가를 스칠 때마다 조금씩 HP가 깎여나갔는데, 사전에 습득해 둔 'HP 자연회복 강화' 스킬과 토모리가 건 '힐링 서클' 효과로 상쇄되고 있었다. 나기를 안아 든 사와는 아직 주문을 외우지 않았지만 스위치 앞 도마뱀 위병이 언제 움직일지 모르니 그것이 정답이었다.

물론 방어만으로는 이길 수 없다. 오벤의 HP를 깎는 것은 유마의 몫이었고, 이 검이라면 맨손에 맞아 부서지지는 않을 것이다.

암철의 단검을 손에 쥐고 다시 전투에 참가하기 위해 한 발 앞으로 나선 그 순간.

컵에 조금씩 떨어지던 물이 마침내 가장자리에서 넘쳐흐르듯, 유마의 안에 짙은 위화감이 퍼져나갔다.

초기 장비인 검을 부쉈던, 기묘할 정도로 딱딱했던 오벤의 손은 마치 가위로 종이를 자르다가 스테이플러 침에 걸렸을 때 느낌 같았다. 아니, 그보다 훨씬 더 절망적인 감촉이었다. 무기 스펙을 따질 수준이 아닐 정도로 단단한 견고함.

애초에 오벤의 행동은 여러 가지 지나치게 부자연스럽다.

경리장을 자처할 정도라면 오벤은 필로스 섬의 경비 책임자급 지위에 있을 것이다. 오히려 카르시나 시정을 좌지우지하고 있다는 기념품 가게 노인의 말이 진실이라면 이 마을의 최고 권력자일 가능성마저 있었다.

그런 인물이 왜 호위 한 명 대동하지 않고 혼자 나타났을까. 게다가 지하 감옥의 통로는 좁아서 손에 든 양손용 해머는 찌르기 공격 외에 쓸모가 없었다. 위쪽 영주관이라면 넓은 방 한두 개는 있을 텐데, 거기서 기다렸다면 마음껏 휘두를 수 있지 않았을까.

즉 오벤에게는 침입자가 지하 감옥에 있는 동안 홀로 대처해야만 하는 이유가 있는 것이다. 뜬금없이 위병으로 고용되어 있는 바라니안이 그 이유 중 하나라면…… 어쩌면.

"콘켄, 시간 좀 벌어 줘!"

유마가 소리치자 콘켄이 바로 고개를 끄덕이며 허리를 낮췄다.

그것을 본 오벤이 괘씸하다는 얼굴로 부르짖었다.

"흥, 쪼그만한 것들이 속닥거리기는……. 얌전히 내 해머의 얼룩이나 돼라!"

오른쪽 몸을 앞으로 내밀고 양손에 든 해머를 한껏 뒤로 뺐다.

"흐으읍!"

거친 포효와 함께, 육중한 몸이라는 것이 믿겨지지 않을 만큼 빠른 속도로 해머를 앞으로 휘두른다. 목표물이 유마였다면 힘없이 날아갔겠지만, 콘켄은 대범함을 발휘하며 한 발짝도 움직이지 않고 배틀무브 '헤비 슬러그'로 받아냈다.

철괴와 강철검이 격돌하며 유마가 이때껏 이 세계에서 본 적 없을 정도로 큰 규모의 소리와 빛을 발생시켰다. 폭발적인 충격파가 양쪽 모두를 3m 가까이 날려 보낸다. 이렇게나 크게 밀려나면 콘켄도 오벤도 몇 초간은 움직일 수 없을 것이다.

"테네브리스(어둠이여)!"

암철의 단검을 내밀고 유마가 외쳤다.

"카페레 페브리스(열을 낚는 손이 되어)…… 이그니스(날아라)!"

검 끝에 청자색의 투명한 일곱 손가락이 생성되었다. 유마가 검을 휘두르자 손은 마른 나뭇가지 소리를 내며 날아가 오벤의 삐죽 튀어나온 옆구리를 움켜쥐었다.

"끄으으으윽!"

경직이 풀리자마자 신음소리를 낸 오벤이 '칠링 핸드'를 떨쳐 내려 했다. 하지만 그 손은 실체 없는 환상의 손을 스쳐지나갈 뿐이었다.

직후 오벤의 HP바에 눈 마크의 디버프 아이콘이 켜졌다. '저온' 상태이상…… 하지만 발생할 때까지의 시간이 일반적인 경우보다 빨랐다. 그와 교대하듯 처음부터 켜져 있던 이중 사람 형태의 아이콘이 사라졌다.

푹, 하고 바닥을 울리며 오벤이 왼쪽 무릎을 꿇었다.

드러난 양손과 목 주위의 피부가 불규칙하게 꿈틀거렸다. 창백했던 피부가 얼룩덜룩하게 변하는가 싶더니, 그 안쪽으로 검푸른 빛깔이 일렁였다.

"헉…… 으악?! 이게 뭐야?!"

양손검을 겨눈 채 콘켄이 경악했다. 뒤에서 사와와 토모리도 숨을 삼키는 기색이 역력했다.

오벤의 얼굴 형태가 조금씩 일그러졌다.

코와 입이 앞쪽으로 튀어나오고, 눈은 두꺼운 콧대 좌우로 이동한다. 크게 찢어진 입 안에는 예리한 송곳니가 가득 자라나고 피부는 비늘 모양으로 갈라진다.

그 피부마저 둔탁한 광택을 띤 다크 블루로 물들었고, 마지막으로 두 눈이 금빛의 광채를 띠었다.

"……바라니안."

등 뒤에서 사와가 쉰 목소리로 중얼거렸다.

더는 의심할 여지가 없었다. 뒤룩뒤룩한 몸매에는 변화가 없었지만 얼굴은 아무리 봐도 도마뱀 그 자체였다. 해머 자루를 잡은 양쪽 손등에는 유난히 두꺼운 비늘이 촘촘히 박혀 있었다. 아마도 저것이 유마의 단검을 부순 것의 정체인 것 같았다.

HP바의 이름도 어느새 [오벤 더 헤드워든]에서 [오벤 더 바라니안 커맨더]로 바뀌어 있었다. 이제 보니 이중 사람 모양의 아이콘은 변신을 의미하는 것이었다.

"봤구나, 애송이들……."

무릎을 꿇은 오벤이 쉭쉭거리는 쇳소리 섞인 목소리로 말했다.

"이렇게 된 이상 한 마리도 살려 보낼 수 없다……."

"허, 처음부터 전부 다 잡아먹겠다고 해놓고선!"

겁도 없이 대꾸한 콘켄이 맹렬한 기세로 달려나갔다.

오벤은 아직 '저온' 디버프에 걸린 상태였다. 바라니안이 냉기에 약한 것은 고성에서 싸운 액스베어러를 통해 확인이 끝났다. 적대 상대인 아인들이 도대체 왜 영주관에 들어와 있는 것인지, 어떻게 인간으로 둔갑한 것인지 이것저것 궁금한 것은 많았지만 물어봐도 알려줄 것 같지는 않았다.

지금은 쓸데없는 생각은 놔두고 싸우는 것이 먼저였다.

──가라, 콘켄!

속으로 외친 유마는 검을 쥔 오른손에 힘을 주었다.

암철의 단검은 어둠 마법과 얼음 마법 한정이지만 사와의 완드나 토모리의 바쿨루스와 마찬가지로 마법의 보조구로도 사용할 수 있었다. '칠링 핸드'의 위력은 액스베어러 전투 때보다 더 올라갔을 것이다. 그때는 난입해 온 바브드 울프에게 방해받고 말았지만 이번에는 MP가 다 소진될 때까지 절대 마법을 풀지 않을 생각이었다.

무릎을 꿇은 바라니안의 이각모를 쓴 머리를 향해 콘켄이 양손검을 내리치려 했다.

순간 오벤이 거대한 입을 다물더니 그 끝부분만 깔때기 모양으로 벌렸다.

슈욱! 하는 소리와 함께 노란 가스가 분사되며 콘켄의 온몸을 감쌌다. 브레스 공격── 아마도 산(酸) 혹은 독.

"콘켄!"

유마가 소리침과 동시에 콘켄이 휘청거리며 자세가 무너졌다. 그럼에도 참격은 멈추지 않고 근성으로 검을 휘두른다.

이각모가 가운데부터 잘려 나가며 진홍색의 대미지 이펙트가 흩날렸다.

참격은 상당히 얕았지만 그럼에도 오벤의 HP는 10% 가까이 줄어들었다. 하지만 콘켄도 착지한 곳에 검을 박아넣고 몸을 웅크렸다. 이쪽의 HP는 줄지 않았지만 노란 물결선이 상하 두 개 늘어선 디버프 아이콘이 점등했다. 저건 분명히…… '마비'다.

"토모. 콘켄의 치료를 부탁해!"

유마가 그렇게 지시한 순간 토모리가 바로 달려나갔다. 그와 동시에 주문을 영창.

"축복이여(사크라)…… 비가 되어(플루비아)……."

아르테아 1층 셸터에서 헤르타바나스 라바에게 물린 학생들이 마비됐을 때에도 크게 활약했던 '홀리 퓨리파이(성스러운 정화)'다. 다양한 상태이상을 치료할 수 있을 뿐만 아니라 아이템에 걸린 저주나 독도 정화할 수 있는 우수한 성직자 전용 마법이지만, '홀리 힐'과 비교하면 사거리가 상당히 짧기 때문에 콘켄에게 다가가야만 했다.

유마는 '칠링 핸드'를 풀고 토모리를 지켜야 할지 말지 망설였다. 만약 오벤이 다시 독숨을 내뿜어 토모리까지 마비

된다면 단숨에 전황이 위태로워진다.

하지만 '손'을 없애면 당연하게도 저온 디버프도 사라지고, 오벤이 수월하게 움직일 수 있게 된다. 문제는 그렇게 되기까지 몇 초가 걸리느냐였다.

한계까지 가속한 유마의 지각 속에서 모든 것이 슬로모션처럼 느리게 움직였다.

달려가며 바쿨루스를 드는 토모리. 그쪽으로 코를 돌리는 오벤.

만약 다시 입 끝부분만 동그랗게 벌리고 브레스를 뿜는 예비동작을 한다면, 그 순간 '손'을 끄고 튀어나간다. 그렇게 결심하고 유마는 오벤의 입에 온 신경을 집중했다.

고운 비늘에 뒤덮인 입술이 일그러지며 벌어졌다.

날아온 것은 브레스가 아니라 천둥소리 같은 포효였다.

"브륵, 바르륵!"

──단순한 위협? 이 상황에서……?

'칠링 핸드'를 유지한 채 유마가 미간을 좁힌 그때였다.

등 뒤에서 사와의 날카로운 목소리가 울렸다.

"유우, 위병이!"

재빨리 뒤를 돌아보았다. 현관 개폐 스위치를 지키던 바라니안 위병이 조금씩 앞으로 움직였다. 노리는 것은 당연하지만 왼팔에 나기를 끌어안은 사와였다.

토모리가 움직인 이상 더는 스위치를 지킬 필요가 없다고 판단한 오벤이 위병에게 전투 참가를 명한 것일까…….

NPC 같지 않은 판단력이었지만, 잘 생각해 보면 석류정의 웨이트리스도 줄무늬상의 주인도 대화 능력은 진짜 인간이라고 해도 이상하지 않을 정도였다.

채팅 AI를 탑재한 NPC는 다른 게임에서도 그리 흔하지 않지만, 그런 경우도 '대화를 무리없이 성립시킨다'에만 특화되어 있을 뿐 스스로 상황을 관찰하고 검토하고 판단하는 능력은 없었다. 하지만 아무래도 액추얼 매직의 NPC는 사와에게 빙의한 '악마' 발라크를 포함해 인간 수준의 사고력을 가진 범용 AI인 모양이었다. NPC라고 얕보고 있다간 실패하기 십상이다……. 아니, 이미 유마는 오벤이 차례차례 내보이는 패에 위기 상황이었다.

마술사인 사와가 HP가 줄어드는 나기를 보호하며 홀로 위병을 쓰러뜨리기는 어렵다. 그렇다고 유마가 '칠링 핸드'를 없애면 토모리가 오벤에게 공격당할 수도 있었다.

그들에게 남은 비장의 수단은 두 가지.

하나는 와타마키 스미카를 소환하는 것. 그녀라면 혼자서도 위병 바라니안의 발을 묶을 수 있을 것이다. 그러나 정철의 사슬을 절단했을 때 소모한 힘이 아직 회복되지 않았을 스미카를 단시간에 다시 부르는 것은 피하고 싶었다.

그리고 또 다른 비장의 카드는 압도적인 마법 공격력을 자랑하는 악마 발라크다. 그녀라면 위병은커녕 경리장 오벤조차 주문 한 방에 태워버릴 수 있겠지만, 현재 시각은 아직 밤 10시 30분. 하루에 한 번이라는 제한이 리셋되기까지는 앞으로 한 시간 반이나 남았다.

날짜가 바뀔 때까지 지하 감옥 안을 도망다니는 것은 절대로 불가능했다. 그렇다면 와타마키 스미카를 소환할 수밖에 없지만…… 지금의 스미카에게는 '스스로를 지키고 싶다'는 욕구는 아마 존재하지 않을 것이다. 유마가 명령하면 어떠한 강적이라도 맹렬하게 돌진해 상대나 자신의 목숨이 다할 때까지 계속 싸우겠지. 만약 이 자리에서 소환하면 최악의 결과를 초래할 것이라는 예감이 강하게 들었다.

결단을 내리지 못하고 굳어 있는 유마의 눈앞에서 위병이 한 발짝, 또 한 발짝 사와를 향해 다가갔다.

사와도 오른손 완드를 내밀어 타이밍을 쟀다. 마법으로 공격한다면 기회는 단 한 번, 거리상 놓치지는 않겠지만 튼튼한 비늘을 가진 바라니안을 '파이어 애로' 한 방에 쓰러뜨리는 것은 불가능하다.

사와와 나기를 지키기 위해 당장 위병을 옆에서 공격해야 할까.

아니면 토모리를 지키기 위해서 '칠링 핸드'를 유지해야 할까.

선택할 수 없는 두 가지 선택 앞에, 현실 세계였다면 부서졌을 정도의 힘으로 어금니를 꽉 깨문 그 순간이었다.

지금까지 수없이 들었던, 그럼에도 누구의 것인지 알 수 없는 목소리가 울려 퍼졌다.

"하아…… 어쩔 수 없지……."

무심코 주위를 둘러보고 나서야 비로소 알아차렸다.

사와에게 안겨 있던 나기가 눈을 뜬 것이다.

하지만 표정도 분위기도, 아기 때부터 함께 자란 사노 미 나기의 모습이 아니었다. 이 정도의 위기 상황에서 피곤한 듯한 나른함을 풍기고 있다.

나기──의 가상체에 들어 있는 누군가는 우두커니 서 있는 사와의 왼팔에서 훌쩍 벗어나더니 바닥에 한쪽 무릎을 꿇는 유마를 내려다보았다. 그 눈동자가 은은한 하늘색 빛을 머금고 있다는 것을 유마는 뒤늦게 깨달았다.

"정말이지…… 구하러 오는 것도 늦고 이 정도의 위기도 극복하지 못하다니……."

작은 입술에서 흘러나온 목소리는 확실히 나기의 것이지만 말투가 전혀 달랐다.

"그 상태로는 내 쿨토르(숭배자)가 될 자격이 없는걸?"

"쿨…… 토……?"

낯선 말을 멍하니 되풀이한 유마는 황급히 적을 알리기 위해 소리치려고 했다.

"브아아아아악!"

하지만 그보다 더 빠른 속도로, 맹렬한 포효와 함께 위병이 뛰쳐나왔다. 나기가 깨어난 것을 보고 상황을 살피고 있다가 위협적인 존재가 아니라고 판단한 모양이었다.

실제로 나기는 진흙투성이 법의를 입고 있을 뿐 칼 한 자루를 갖고 있지 않았다. 바라니안의 완력으로 맞는다면 남은 30%도 안 되는 HP는 사라져 버릴 것이다.

"나기!"

정신을 차린 듯 사와가 뛰어나와 위병과 나기 사이로 끼어들려 했다.

하지만 나기는 오른손으로 사와를 제지하고 왼손을 위병에게 겨누었다.

바라니안이 가시 박힌 흉악한 곤봉을 높게 들어 올렸다.

나기의 왼손 앞에 푸른 광구가 출현하는가 싶더니 파앗! 소리와 함께 나선형으로 회전하는 얇은 광선이 발사되었다.

그것이 위병의 턱밑에 명중하며 새빨간 대미지 이펙트와 창백한 물보라를 동시에 일으켰다. 광선이 아니라 초고압 나선수류…… '워터 김렛(물의 송곳)' 마법이다.

하지만 나기는 주문을 외우지 않았다.

유마는 경악스러운 나머지 오른손의 단검을 떨어뜨릴 뻔하다가 황급히 다시 쥐었다. 통로 끝을 살펴보자 토모리는 이미 콘켄 바로 뒤에 도달해 '홀리 퓨리파이' 마법으로 마비독을 정화하려 하고 있었다.

그 안쪽에서는 거구를 둥글게 만 경리장 오벤이 금빛의 두 눈으로 분하다는 듯 이쪽을 노려보았다. 아무래도 마비독 브레스는 연발은 못하는 모양이지만, 저온 디버프가 사라진 순간 당장이라도 활개를 칠 기세였다.

역시 '칠링 핸드'를 풀 수는 없었다. 그러나 유마의 MP 잔량은 이미 20% 아래로 떨어졌다.

시선을 오른쪽으로 돌린 순간 바라니안 위병이 목의 상처에서 붉은 광점을 무더기로 쏟아내며 다시 한번 곤봉을 들어 올렸다.

하지만 이번에도 그것을 내려칠 수는 없었다. 나기의 왼손에서 또다시 고압수류가 발사되어 목 아래 똑같은 위치에 박힌 것이다.

또 한 발. 또 한 발. 영창도 쿨타임도 생략된 물줄기가 쏟아질 때마다 위병은 크게 비틀거렸다.

변함없이 나른한 표정을 지은 나기가 다섯 번째로 발사한 '워터 김렛'은 위병의 목을 관통해 후방 통로에 소용돌이 모양의 물보라를 흩뿌렸다. 머리 위의 HP바가 급격히 줄어들더니 허무하게 소멸한다.

바라니안은 왼손에 든 곤봉과 오른손에 든 랜턴을 동시에 떨어뜨리고는 그대로 앞으로 고꾸라지며 바닥에 부딪히기 직전 붉은 파편이 되어 부서졌다.

이를 지켜본 유마는 입을 벌린 채 고개를 돌려 나기의 얼굴을 올려다보았다.

액추얼 매직이라는 게임은 제목에 '매직'이 붙어있는 만큼 마법에 힘을 주긴 했지만, 그래도 같은 수준의 전사와 마술사가 일대일로 싸우면 현재로서는 전사가 더 유리했다. 마법을 쏘기 위해서는 속성사와 형태사, 발동사 세 가지를 영창해야 하는데, 전사는 거리만 좁힐 수 있다면 무기 공격으로 영창을 저지할 수 있기 때문이다.

그러나 만약 영창이나 쿨타임 없이 마법을 연발할 수 있다면 전사에게는 조금의 승산도 없다. 지금 나기가 벌인 일이 바로 그런 것이었다.

왼손을 툭 떨군 나기가 하늘색으로 빛나는 두 눈으로 유마를 바라보더니, 본래의 나기보다 좀 더 어린, 그러면서도 싸늘한 목소리로 말했다.

"내가 이 정도로 도와줬으니 저 큰 녀석은 너희끼리 처리해. 그리고……."

빙글 돌아서서 정면에서 사와를 바라보았다.

"너도 안이함은 버려. 우리는 도미누스(주인)고, 이 아이들은 바스(그릇)…… 그 사실을 잊지 마, **발라크.**"

그 말을 듣고 나서야 유마는 이해했다.

나기도 사와와 마찬가지로 악마에 빙의된 것이다. 무영창 마법으로 위병을 쓰러뜨린 것도, 사와를 발라크라고 부른 것도 그 녀석이다.

"아…… 저기!"

무의식중에 유마는 스치는 목소리로 묻고 있었다.

"넌…… 아니, 당신은 누구죠?"

나기의 모습을 한 무언가는 하늘색 눈동자를 재미있다는 듯 가늘게 뜨더니 입술에 옅은 미소를 지으며 대답했다.

"내 이름은 크로셀."

그 직후—— 여러 가지 일이 동시에 일어났다.

스위치가 꺼진 것처럼 나기가 다시 의식을 잃었고.

유마의 MP가 다 바닥나며 '칠링 핸드'가 해제되었고.

콘켄의 HP바에서 마비 아이콘이 꺼지고.

그리고 경리장 오벤이 지하 감옥 전체가 울릴 정도의 고성을 내질렀다.

"브아아아아아아아!"

저체온 상태에서 조금 전 해방된 것이 믿겨지지 않을 정도의 기세로 벌떡 몸을 일으키더니 성큼성큼 두 다리를 울리며 다가왔다.

"잘도…… 잘도 내 권속을 죽였겠다아아아! 남들이 눈치 못 채게 원래 위병과 바꿔치기하는데 얼마나 큰 수고와 시간을 들였는데애애애애!"

"그딴 거 알 게 뭐야!"

마찬가지로 마비에서 막 풀려난 콘켄이 토모리를 뒤로 보내며 맞받아쳤다.

"네놈이야말로 리저드맨 주제에 독브레스 같은 거 토하지 말라고! 토할 거면 녹색이나 보라색처럼 더 독 같은 색으로 하란 말야!"

말로는 조금도 지지 않는구나, 그런 생각을 하면서 유마는 파우치에서 MP 회복 포션을 꺼내 단숨에 들이켰다. 텅비었던 MP바가 조금씩 늘어나기 시작했다.

생각하고 싶은 것도 상의하고 싶은 것도 많았지만, 모든

215

것은 눈앞의 적에게 승리한 후에. 나기, 아니 크로셀 덕분에 배후에 있던 위병이 사라졌으니 이제부터 오벤에게만 집중할 수 있었다.

다시 돌아온 토모리와 교대해 나아가며 유마가 소리쳤다.

"콘켄, 작전은 변함없지만 브레스 모션을 보면 전력으로 물러나!"

"오케이!"

마비됐다고는 하지만 콘켄도 나기에게 일어난 이변을 어느 정도 눈치챘을 것이다. 그럼에도 앞만 보고 검을 쥐어든 절친에게 속으로 '네가 있어 줘서 다행이다'라는, 입 밖에 내지 못할 대사를 중얼거리며 유마도 단검을 고쳐 잡았다.

오벤의 마비독 브레스 이외의 공격은 '칠링 핸드'로 완벽히 봉쇄할 수 있다. 유마의 MP가 어느 정도 회복될 때까지 버틸 수만 있다면 이쪽의 승리다.

그것을 알아차렸는지, 오벤이 뚫어질 듯한 시선으로 유마를 노려보더니 해머를 천장에 닿을 정도의 높이까지 쳐들었다.

"브라아악!"

사나운 포효가 울려 퍼진 순간, 유마와 콘켄도 힘껏 땅을 박찼다.

9

경리장 오벤, 혹은 오벤 더 바라니안 커맨더는 시작의 마을 보스라고는 생각되지 않을 정도의 강인함을 내세우며 유마 일행 네 사람과 격전을 벌였다.

가장 놀라웠던 점은 HP가 절반으로 줄어든 시점에 양손 해머의 자루를 부러뜨려 한손해머와 숏스피어로 분할한 것이다. 공격 패턴이 크게 바뀐 데다 지금까지는 천장에 걸려 하지 못했던 휘두르기나 횡격을 다채롭게 사용하여 네 사람을 고생시켰지만, 결국 '칠링 핸드'에는 대항하지는 못했다. 움직일 수 없는 상태에서 콘켄의 '헤비 슬러그'와 사와의 '파이어 스테이크'를 맞아 마지막에는 "이런 곳에서 내 계획이…… 내 꿈이이이이이!" 하는 원망스런 외침과 함께 흩어졌다.

적이지만 훌륭한 싸움이었다. 파편이 흩날리는 0.5초 정도 묵념을 보낸 뒤 유마는 빠른 속도로 사와와 나기에게 달려갔다.

"나기!"

이름을 부르며 다시 의식을 잃은 소꿉친구의 얼굴을 살펴보려고 했지만 사와에게 휙 밀려났다.

"유우, 담요 같은 거 없어?"

냉정한 사와의 말에 유마는 서둘러 스토리지를 열었다.

소지품 목록을 스크롤하다 보니 '버브드 울프의 모피'라는 아이템명이 눈에 띄었다. 실체화시키자 창 위에 검푸른 덩어리가 출현했다.

동물에게서 벗긴 생가죽을 무두질하는 데엔 엄청난 수고와 시간이 걸린다고 어딘가에서 읽은 기억이 있는데, 유마가 바닥에 펼친 모피는 이미 가공이 끝나 푹신하고 부드러웠다. 사와는 그곳에 나기를 눕히고는 레서포션(하급회복약) 마개를 열고 살짝 벌어진 입술에 레몬색 액체를 뚝뚝 떨어뜨렸다.

학교에서 받았던 응급구조 강습에서 의식 없는 인간에게 물을 먹이면 안 된다고 배웠지만, 포션의 물방울은 나기의 입에 들어가자마자 희미한 빛이 되어 사라져 갔다. 이윽고 HP바가 조금씩 회복되기 시작했다. 사와가 계속 안고 있던 덕분인지 '저온' 디버프는 이미 소멸되고 '공복'만 남았다.

무릎을 꿇은 채 유마는 문득 미간을 좁혔다.

나기가 필로스 섬에 가게된 것은 오늘 오후―― 아마 테스트 플레이가 비정상적으로 종료한 직후의 일일 것이다. 그 시점에서 이미 저온 상태였을 것이고, 공복 상태가 된 것도 한두 시간 전의 일이 아니었다.

그렇다면 HP의 감소가 너무 느린 것은 아닐까. 물론 그것은 요행이라고 할 수 있었지만, 본래라면 나기의 HP는 유마 일행이 이 지하 감옥에 도달하기 전에 제로가 되었을 터였다…….

"음……."

불현듯 나기의 입에서 새어 나온 희미한 한숨 소리에 유마의 생각이 단숨에 날아갔다.

매끄러운 미간에 작은 골이 생기고 긴 속눈썹이 파르르 떨렸다. 그것이 살짝 올라가는가 싶더니 다시 감겼고…… 이번에야말로 확실히 두 눈을 떴다.

홍채는 테스트 플레이 때와 같은 차분한 페일 블루. 빛이 나는 것 같지는 않았다. 눈을 깜빡이더니 먼저 사와를, 이어서 유마와 콘켄을, 토모리를 올려다보며 나기는 여느 때와 같은 포근한 미소를 지어 보였다.

"다행이다…… 드디어 만났다……."

"나기!"

거의 비명에 가까운 쉰 소리로 소리친 사와가 누워 있는 나기를 감싸듯이 끌어안았다.

2년, 아니 3년 전까지만 해도 유마 역시 달려들었을 것이다. 하지만 6학년이 되었으니 덮어 놓고 그럴 수는 없었다.

오른쪽에서 똑같이 어쩔 줄 몰라하는 콘켄과 잠시 얼굴을 마주 보고 말없이 고개를 끄덕인 뒤, 왼쪽에 앉아 있는 토모리에게 돌아섰다.

"토모……가 아니라 시미즈, 정말 고마워. 나기를 찾을 수 있었던 건 시미즈 덕분이야."

그러자 토모리는 찰나 눈을 내리깔았지만, 곧 빙긋 웃어 보였다.

"너희에게 힘이 되었다면 나도 기뻐."

"힘이 된 수준이 아니라고! 시미즈 네가 없었으면 여기까지 절대 올 수 없었을 거야. 그 도마뱀 녀석한테도 못 이겼을 거고……."

유마의 어깨 너머에서 떠들어 대던 콘켄이 입을 딱 다물었다. 누워 있던 나기가 사와의 손을 빌려 일어난 것이다.

"우…… 울보나기, 이제 움직여도 괜찮은 거냐?"

걱정스럽게 묻는 콘켄을 나기가 가볍게 노려보았다.

"그렇게 부르지 말라고 벌써 서른 번도 넘게 말했지."

"아…… 미안."

고개를 움츠리는 콘켄에게 나기는 피식 웃어 준 뒤 유마와 눈을 마주쳤다.

뭐라고 말을 걸고 싶었지만, 안도하는 마음이 너무 큰 나머지 말이 입 밖으로 나오지 않았다. 게다가 불안감이 남김없이 해소된 것도 아니었다. 사와와 마찬가지로 나기 안에도 크로셀이라고 자칭하는 악마가 있었다.

나기는 이해한다는 듯한 얼굴로 고개를 끄덕이더니 마지막으로 토모리를 바라보았다.

"다른 애들을 도와줘서 고마워, 시미즈."

깊이 고개를 숙이는 나기에게 토모리는 무어라 말을 하려다가 잠시 입을 다물더니, 다시 입을 열었다.

"고마워, 나는 내 역할을 다했을 뿐이야."

후우, 숨을 내쉬고 유마를 보며 미소 짓는다.

"이걸로 내 일도 끝이네. 자, 저쪽으로 돌아가자."

딱히 끝낼 필요는…… 유마는 나오려던 말을 삼켰다.

액추얼 매직에서 파티를 짤 수 있는 인원은 4명까지로 제한되어 있다. 나기가 돌아오면 필연적으로 토모리가 빠지게 된다.

파티를 짜지 않아도 행동을 함께 하는 것은 가능하지만, 본래 토모리가 도와주겠다고 나선 일은 스가모에게 명령받은 식량 수색 임무 쪽이었다. 이후 유마 일행이 나기의 수색과 구출을 도와달라고 부탁해 결과적으로 큰 고생을 시키고 말았으니 앞으로도 더 도와달라는 말은 차마 할 수 없었다.

"……응, 돌아가자."

머리를 스치고 간 말의 대부분을 하지 못한 유마는 그렇게만 대답하고 사와와 나기를 바라보았다.

"이제 이쪽에서 할 일은 딱히 없지?"

"응." "괜찮아."

두 사람이 고개를 끄덕였고, 로그아웃을 위해 메뉴 창을 열었다.

현재 시각은 밤 10시 40분. 평소 같으면 이미 침대에 누워 있을 시간이었다.

아르테아 1층 셸터에 있는 학생들은 니키 카케루가 가져다준 식량으로 저녁 식사를 마치고 잘 준비를 하고 있을까. 돌아갔을 때 모두가 자고 있다면 깨우면 안 될 텐데…… 아니면 불안과 외로움으로 잠을 이루지 못하고 있을지도…….

그런 생각을 하면서 유마는 시스템 탭으로 이동해 가장 아래에 있는 로그아웃 버튼을 누르려고 했다. 하지만——.

"어……?"

멍하니 두 눈을 깜박였다.

로그아웃 버튼이 존재하지 않았다. 정확하게 말하면 있긴 하지만, 회색으로 바뀌어서 눌러도 전혀 반응이 없었다.

"야…… 야, 잠깐. 이게 뭐야!"

콘켄이 창을 연타하면서 소리쳤다.

"내가 접속한 뒤에 바로 확인했을 땐 이렇지 않았는데!"

"실제로 니키 군은 제대로 로그아웃하지 않았어?"

사와의 지적에 토모리도 고개를 끄덕였다. 듣고 보니 그렇다. 약 4시간 전 니키 카케루는 유마의 눈앞에서 로그아웃 버튼을 누르고 빛에 감싸여 사라졌다.

"설마…… 심야에는 로그아웃할 수 없는 건가……?"

유마가 중얼거리자 즉각 사와가 어이없다는 얼굴로 "그럴 리가 없잖아"라고 말한다.

창을 유심히 바라보던 나기가 고개를 들어 말했다.

"GM콜도 안되는 거지……?"

"응, 못해."

고개를 끄덕여 준 뒤 유마는 음? 하고 눈을 깜빡였다.

나기는 테스트 플레이가 종료된 직후 의식을 잃었고, 바로 몇 분 전 눈을 뜨기 전까지 계속 그 상태였을 것이다. 다시 말해 현재 상황을 전혀 모를 텐데도 아까부터의 언행은 아르테아에서 일어나는 이상 사태를 유마 일행과 같은 지식 수준으로 정확히 파악하고 있는 것 같았다.

무엇을 어디까지 알고 있는지 일단 확인해 두자는 마음에 유마가 입을 열었다. 하지만 그것보다도 빠르게 콘켄이 소리쳤다.

"맞다! 테스트 플레이 전 오리엔테이션에서 가이드 누나가 그랬잖아! 만약 게임 안에서 뭔가 문제가 생겨서 창이 보이지 않으면 카르시나 마을 어딘가에 시스템 액세스용 콘솔이 있으니까 거기서 로그아웃을 하라고."

"아……."

듣고 보니 그런 말을 들은 것 같은 기억이 희미하게 남아 있었다.

"음, 콘솔의 위치는 분명……."

"영주관 1층이었던 것 같아."

토모리의 말에 유마는 무심코 지하 감옥 천장을 올려다보았다.

네 사람은 영주관에서 수많은 위병들에게 쫓긴다는 전개를 피하기 위해 우회하여 카르 강 남쪽 연안으로 건너가 지하도 입구를 발견하고, 정철의 사슬을 끊고, 미로를 뚫고, 간신히 이 지하 감옥에 도달했다. 그런데 잔뜩 지친 상태에서 다시 한번 영주관에 침입해야 한다니.

하지만 그것이 로그아웃하기 위한 유일한 방법이라면 갈 수밖에 없었다.

"······나기, 움직일 수 있겠어?"

유마가 묻자 나기는 씩씩하게 고개를 끄덕였다.

"물론이지. 하지만 그 전에 뭔가 먹고 싶은데······."

조금 수줍게 덧붙인 소꿉친구의 말에 유마가 황급히 대답했다.

"그, 그렇지 참. 잠깐만 기다려."

이미 열려져 있던 창을 변경하여 석류정에서 포장한 샌드위치와 애플파이를 실체화했다.

그 순간 꼬르르륵, 하는 요란한 소리가 울려 퍼졌다. 발생원은 나기가 아니라 콘켄의 배였다.

"······넌 마을에서 그렇게나 먹었으면서······."

유마가 말하자 콘켄이 심각한 얼굴로 대답했다.

"성장기를 얕보지 말라고."

결국 나기와 함께 나머지 네 사람도 빵과 주먹밥을 먹으며 기운을 회복한 뒤, 다 함께 오벤이 나타난 북쪽 문을 통해 지하 감옥을 빠져나갔다.

그 앞 쪽 골방에는 나선형 계단이 있었고, 그것을 하염없이 올라가자 또다시 문이 나타났다.

철판으로 엄중히 보강된 그 문에는 자물쇠가 잠겨 있었다. 사와의 해제 마법으로도 열리지 않아 유마 일행을 당황하게 만들었지만, 다행히 오벤에게서 드롭된 '경리장의 열쇠 꾸러미' 중 하나가 맞아떨어졌다.

오벤은 이 밖에도 '사령관의 휘장', '경리장의 어깨장식', '영주관의 지도'라는 중요 아이템 같은 것, 심지어 '강욕의 이각모', '수전노의 벨트', '인화(人化)의 육침(肉針)' 등 별로 만지고 싶지 않은 아이템도 여러 가지 떨어뜨렸지만, 확인은 뒤로 미루고 지도만 실체화시켰다.

기름종이 위에 세밀하게 그려진 지도에 따르면 영주관은 3층 건물로 되어 있으며 동서로 길고 중앙부가 부풀어 오른 배처럼 생겼다. 냉화의 랜턴으로 비춘 1층 지도를 5명이서 둘러보며 시스템 콘솔이 설치돼 있을 만한 장소를 두 곳으로 좁혔다.

하나는 중앙부에 있는 '대형 홀' 한가운데.

그리고 또 하나는 유마 일행이 있는 '지하 감옥 입구' 반대편에 있는 '기도실'.

기도실에 가기 위해서는 대형 홀을 경유해야 했기 때문에 우선은 그곳을 목표로 삼고 문밖의 통로로 나섰다. 거칠게 다듬어진 돌뿐이었던 지하와는 달리 바닥에는 진홍색 카펫이 깔려 있고, 벽과 천장에는 매끄러운 석회암 타일이 붙어 있었다. 잠시 귀를 기울여 보았지만 위병의 기색은 없었다.

얼마 안 되는 촛대로 비춘 통로를 지도를 따라 걷다 보니 2분쯤 지나 대형 홀이 나왔다. 유럽의 교회 같은 아치 뒤에 달라붙어 내부의 모습을 살폈다. 하지만 작은 체육관 수준이었고, 대형 홀에도 인기척은 전혀 없었다.

바깥의 성벽에서는 그토록 삼엄한 경비를 서고 있었으면

서 관 안이 이렇게 허술한 것은, 아까 오벤이 말했던 '계획'과 무슨 관련이 있는 것일까. 도대체 그 바라니안은 무슨 목적으로 영주관의 인간들과 자신의 동료를 바꿔치기한 것일까——.

이제는 생각해 봤자 소용없다는 것을 알면서도 이런저런 상상을 이어가며 유마는 대형 홀을 둘러보았다. 그러나 시스템 콘솔 같은 것은 찾을 수 없었다.

"……여기는 꽝인 것 같네……."

콘켄이 낙담한 얼굴로 중얼거리자 사와가 "분명 기도실에 있을 거야"라며 드물게 격려를 해왔다.

결국 영주관 1층을 끝에서 끝까지 걸었지만, 100m가 채 되지 않아 유키하나 초등학교의 교사를 횡단하는 것과 별반 차이는 없었다.

대형 홀의 벽가를 조심조심 걸어가던 유마는 옆에 있던 사와에게 작은 소리로 말을 걸었다.

"있지…… 바라니안은 발라크와 뭔가 관계가 있는 걸까?"

순간 여동생의 따가운 눈총을 받고 말았다.

"뭐? 그런 도마뱀 인간과 관계가 있을 리 없잖아."

"어떻게 그렇게 단언해? 오벤도 인간으로 둔갑해 있었잖아. 발라크도 사실 정체는 리저드맨…… 이 아니라 리저드 우먼일 가능성도……."

순간 사와의 왼쪽 주먹이 뻗어 나와 유마의 오른쪽 옆구리를 푹 찔렀다.

"아얏!"

무심코 신음하자 바로 앞에서 토모리와 함께 걷던 나기가 몸을 돌리더니 자연스럽게 뒷걸음질치며 말했다.

"쌍둥이들 여전하네~."

"그치만 사와가 걸핏하면 손이 나오니까……."

"나도 발라크랑 바라니안은 상관없을 거라 생각해~."

"어……? 하지만 발라랑 바라잖아……."

유마가 끈질기게 물고 늘어지자 토모리도 뒤를 돌아보며 키득거렸다.

"후후…… 우리말로 하면 비슷하지만 아마 알파벳 철자는 틀릴 거야. 발라크는 Valac고, 바라니안은 Varanian이 아닐까……? 왕도마뱀속 학명이 Varanus니까 거기서 따온 게 아닐까 해."

"그렇구나~!"

유마뿐만 아니라 사와와 나기, 선두에서 걷고 있던 콘켄까지 감탄을 터뜨렸다. 토모리의 지식량에는 여러 번 놀랐지만 큰 도마뱀 학명까지 기억하고 있다니, 아무리 책을 좋아한다고 해도 평범한 일은 아니었다. 게다가 발라크의 철자도…….

"……어?"

그제서야 그 부분을 깨달은 유마는 자신도 모르게 멈춰 섰다.

"발라크의 철자……라니? 시미즈, 어디서 봤어? 사와랑 교체됐을 때도 HP바에 있던 이름이 변하지는 않았던 것 같은데…….."

"아…… 그게……."

토모리도 걸음을 멈추더니 조금 망설이는 기색으로 사와를 보다가, 다시 유마에게 고개를 돌렸다. 가볍게 입술을 다물고는 곧 차분한 목소리로 설명을 이어갔다.

"……발라크라는 건 오벤처럼 액추얼 매직만의 고유명사가 아니라, 진짜 악마의 이름이야."

"……진짜 악마?"

말을 이해하지 못해 멍한 표정을 지었다. 그러자 토모리는 재빨리 고개를 저으며 드물게 당황한 표정으로 덧붙였다.

"그, 진짜라고 해도 물론 정말 있다는 뜻이 아니라……. 으음, 현실 세계에도 보면 여러 신이나 악마의 전승이 남아 있잖아?"

"스사노오나 사탄 같은 거?"

유마가 게임 지식에서 끌어낸 이름을 입에 올리자 토모리가 열심히 고개를 끄덕였다.

"맞아, 그거. 스사노오의 출처는 고사기나 일본서기고 사탄의 출처는 성경이지. 그리고 17세기경에 쓰여졌다고 알려진 《게티아》라는 마술 해설서 같은 책이 있는데…… 거기에 '솔로몬 왕의 72 악마'가 나와."

"오, 그거 다른 게임에서 봤어!"

콘켄이 끼어들었다. 듣고 보니 유마도 솔로몬의 악마라는 명칭을 게임이나 만화에서 여러 번 보거나 들었던 기억이 났다.

"……그러니까, 그 솔로몬의 악마들 중에 발라크가 있는 거야……?"

"……응."

토모리는 천천히 고개를 끄덕이고 이어서 나기를 바라보며 말했다.

"그리고 크로셸도. 철자는…… Crocell, 이었나?"

"……."

곧바로 반응하지 못하고 시선이 이리저리 방황했다.

RPG에 나오는 몬스터 이름의 유래가 세계 각지의 신화나 전승인 경우는 드물지 않다. 오히려 완전히 오리지널 설정인 몬스터만 출현하는 게임이 더 드물지도 모른다. 유마의 지식량으로도 크라켄, 바질리스크, 만티코어, 사이클롭스 등 신화에서 유래한 몬스터를 쉽게 떠올릴 수 있었다.

즉 발라크와 크로셸은 액추얼 매직을 개발한 아이오티지사의 직원이 '솔로몬 왕의 72 악마'를 소재로 디자인한 게임 내 몬스터라는 것일까.

그렇다면 악마는 발라크, 크로셸 외에도…… 경우에 따라서는 70명이나 존재하고 있을 가능성이…….

그때 멀리서 희미한 종소리가 들려와 유마는 뒤늦게 정신을 차렸다.

시야 오른쪽 아래를 보니 정확히 오후 11시다. 늦어도 날짜가 바뀌기 전에는 스가모의 셸터로 돌아가고 싶었다. 그것도 시스템 콘솔을 찾아서 그것으로 로그아웃을 할 수 있을 때의 이야기지만.

"……가자."

유마가 속삭이자 네 사람 모두 말없이 고개를 끄덕였다.

대형 홀의 벽가로 이동해 동쪽 아치를 지나갔다. 역시나 아무도 없는 통로를 조심스럽게 걷다 보니 막다른 곳에 유달리 웅장한 문이 보였다. 이 안쪽이 분명 기도실일 것이다.

유마 일행이 나왔던 지하 감옥으로 이어지는 문은 목재를 강철판으로 묶은 구조였는데, 이에 반해 기도실의 문은 무거워 보이는 돌로 되어 있었다. 먼저 귀를 기울여 안을 살피고 반질반질하게 닦인 놋쇠 손잡이를 돌리려 하는데, 당연하다는 듯이 잠겨 있었다.

이번에 유마는 마법으로 해제하지 않고 '경리장의 열쇠 꾸러미'를 꺼내 가장 복잡한 모양을 한두 개의 열쇠 중 하나를 열쇠 구멍에 꽂았다. 직감이 맞았는지 열쇠는 매끄럽게 회전하며 철컹, 하는 묵직한 소리를 울렸다.

"……만약에 오벤 녀석을 쓰러뜨리지 않았다면 영영 로그아웃을 못하지 않았을까?"

콘켄의 속삭임에 "아직 여기가 정답이라고 정해진 건 아니야"라고 되받아친 뒤 유마는 다시 손잡이를 눌러 20cm가량 문을 열었다. 안쪽에 불빛은 없지만 창문으로 들어오는 달빛이 실내를 어슴푸레하게 비추고 있었다.

기도실인 만큼 작은 교회 같은 느낌의 방이다. 좌우에는 벤치 형태의 긴 의자가 늘어서 있고 안쪽에는 낭독대 같은 것이 보였다. 시스템 콘솔이 있다면 저기일 것이다.

살짝 틈을 비집고 들어가 아무 일도 일어나지 않는 것을 확인하고 동료들을 불렀다. 문을 닫고 만일을 대비해 다시 잠근 뒤 방 안쪽으로 서둘러 달려갔다.

바닥에서 20cm 정도 높은 연단에 올라가 낭독대 뒤로 돌아섰다. 하지만 단 위에는 아무것도…….

아니, 뭔가가 있다. 두께 1cm 정도의 검은색 직사각형 판자. 돌이나 유리 같은 질감으로 매끄러운 표면에 달빛이 반사되고 있었다.

"유우…… 얼른 만져봐."

콘켄의 재촉에 유마는 판 위에 오른손을 가져갔다. 여기서도 만약 아무 일도 일어나지 않는다면…… 그런 비관적인 상상을 떨치고 과감히 손을 내렸다.

싸늘한 차가움과 매끄러운 단단함을 느낀, 그다음 순간.

판의 표면에 액추얼 매직 로고 마크가 창백하게 떠올랐고, 우웅…… 하는 소리와 함께 15cm 정도 상공에 반투명 창이 나타났다.

"됐……."

호들갑을 떨며 소리치려고 하는 콘켄의 등을 사와가 퍽 후려친다.

평소 같으면 절친에게 뭔가 한마디 해 줬을 타이밍이었지만, 이번만큼은 무시하고 유마는 창을 노려보았다.

평범한 다른 메뉴 창과 비교해 탭의 개수가 상당히 많았다. 그러나 거의 모든 것이 회색으로 점철되어 있었고, 선택할 수 있는 것은 [ACCESS MANAGEMENT]라는 탭뿐. 기도하는 마음으로 그것을 누르자 화면이 바뀌며 심플한 디자인의 버튼이 몇 개 떠올랐다. 역시나 대부분이 회색으로 되어 있는 가운데 단 하나, [LOGOUT] 버튼만이 파랗게 빛나고 있었다.

"하아아……."

이번에야말로 안도의 한숨을 내쉰 유마는 그것을 눌렀다. 이어서 뜬 서브메뉴도 모두 영어였지만 어떻게든 의미는 이해할 수 있었다. 아무래도 조작 플레이어, 지정 플레이어, 근처 플레이어 전원 이 세 가지 중에 선택하여 로그아웃할 수 있는 모양이었다.

세 번째를 선택하자 플레이어 이름이 세로로 나열된 확인창이 열렸다.

"음…… 유마, 사와, 콘켄, 토모리, 나기…… 이걸로 전원 맞지?"

좌우에서 들여다보는 동료들에게 물어본 뒤 네 사람 모두 고개를 끄덕이는 것을 확인하고 유마는 OK 버튼을 눌렀다.

전원의 발밑에서 하얀빛이 여러 가닥 뻗어나오며 가상체를 감싸나갔다.

──아마 또다시 이곳에 오게 되겠지.

머릿속으로 그렇게 중얼거리며, 유마는 조금씩 강해지는
부유감에 몸을 맡겼다.

10

──유우 군.

──일어나, 유우 군.

달콤하고 맑은 속삭임. 부드럽게 몸을 흔드는 작은 손.

무거운 눈꺼풀을 조금 들어 올리자 젖은 것처럼 번져든 주황색 불빛이 몇 개 보였다. 지하 감옥의 램프라고 생각했는데, 전혀 흔들리지 않고 안정적으로 빛나는 것을 보니 LED나 형광등인 모양이다.

눈을 몇 번 깜빡이다 보니 어둑어둑한 불빛 앞에 희미한 실루엣이 있다는 것을 알아차렸다. 바로 위에서 들여다보는 그 인영을 향해 최대한 두 눈의 초점을 맞췄다.

동그랗게 말려 푹신해 보이는 머리. 마름모꼴 큐빅으로 된 머리띠. 흰 블라우스 위에 걸친 남색 가디건. 그리고 홍채가 아주 조금 푸른 빛을 띤 커다란 눈동자──.

"……나기."

갈라진 목소리로 이름을 부르자 나기── 사노 미나기는 안심한 듯 미소를 지었다.

그 미소가 깜짝 놀랄 정도로 투명하게 느껴져서 무심코 오른손을 들어 올렸다. 화사한 어깨를 잡고 아주 살짝 힘을 주어 실체가 있음을 확인했다.

"괜찮아…… 난 진짜야."

아주 희미한 소리였음에도 그 목소리는 머릿속 깊은 곳까지 닿았다. 그러자 비로소 의식이 상황을 따라잡았고 유마는 두 눈을 부릅떴다.

윤활유 냄새를 머금은 공기. 바싹 마른 목의 통증. 그리고 차가운 바닥을 향해 온몸을 짓누르는 중력.

이곳은 틀림없는 현실 세계였다. 즉 유마 일행은 무사히 액추얼 매직에서 로그아웃한 것이다. 심지어 실종된 나기와 함께.

잡은 어깨를 그대로 끌어당겨 힘껏 껴안고 싶은 충동이 또다시 엄습해 깊이 숨을 들이마셨다. 당연히 저쪽에서 못한 일을 이쪽에서 할 수 있을 리가 만무했기에 어색하게 오른손을 내리며 후우 숨을 내쉬었다.

"음, 그러니까…… 무사해서 다행이다."

나기에게 그렇게 말한 유마는 두 손을 바닥에 대고 상체를 일으켰다.

다시 한번 주위를 둘러보았다. 현실 세계인 것은 맞았지만 묘하게 다른 장소였다.

지름 3m 정도 되는 원형의 방. 천장이 쓸데없이 높고 휘어진 벽에는 소형 조명이 박혀 있다. 모양을 보니 LED 같았다.

벽 한 곳에 슬라이드 도어가 있지만 창문은 하나도 없다. 애초에 창문이 있다 해도 현재의 아르테아에서는 새카맣게 칠해져 있을 뿐이겠지만.

문 반대편에는 벽의 굴곡에 따라 휘어진 책상과 심플한 워킹체어. 그리고 그 앞쪽 바닥에는 대자로 누워있는 콘켄과 그것을 함께 들여다보는 사와와 토모리——.

유마가 네발로 기어 다가가자 토모리가 고개를 들었다.

"아, 좋은 아침, 아시하라 군."

"조, 좋은 아침이라니……? 나 얼마나 잤어……?"

"1, 2분밖에 안 돼. 몸에 이상한 점은 없어?"

그런 질문을 받고 자신의 몸을 내려다보았다. 교복 위로 이곳저곳 만져 보았지만 딱히 아픈 곳은 없었다.

"응, 괜찮은 것 같아. ……콘켄은 안 일어났어?"

그 물음에는 사와가 답해 주었다.

"아까부터 몇 번 깨워 보려고 했는데 반응이 없어서……."

"……."

그 말에 걱정이 된 유마도 두 사람의 반대편에서 콘켄의 얼굴을 내려다보았다. 딱히 괴로워하는 기색은 없지만 불빛이 비상등의 친척이나 다름없는 LED뿐이라서 안색의 좋고 나쁨까지는 알 수 없었다.

"으음……."

세계 흔들면 일어날 것 같기도 하지만, 잘 생각해 보면 유마 일행은 아르테아 3층 칼리큘러스에서 풀다이브한 시점에서 현실 세계의 육체가 소멸했고, 그 뒤 AM 세계에서 약 5시간 반의 모험을 거쳐 이 수수께끼의 방으로 다시 실체화한 셈이었다. 즉 현실 세계에서 텔레포트 한 것이나 다름없었기 때문에 몸이나 정신에 어떠한 악영향을 미쳤을 가능성도 부정할 수 없었다.

잠시 생각하던 유마가 스토리지를 열어 휴게실에서 입수한 간식 중에서 '식초 다시마'를 선택해 실체화했다. 상자를 열고 한 개를 꺼내 콘켄의 코끝에 살랑였다.

몇 초 후, 콘켄의 눈썹과 코가 씰룩씰룩 움직였다.

"……으, 으버…… 으버!"

그런 소리와 함께 눈꺼풀과 입이 벌어졌다. 그 입에 식초 다시마를 집어넣은 유마는 사와와 토모리를 돌아보며 말없이 고개를 끄덕였다.

정신을 차린 콘켄의 몸 상태에도 문제가 없음을 확인한 후 유마 일행은 방 한가운데서 원을 만들고 다시 한번 생환을 축하했다.

하지만 당연하게도 축배를 들고 있을 여유는 없었다. 시각은 밤 11시 10분. 날짜가 바뀌기까지 50분밖에 남지 않았다.

한시라도 빨리 슬라이드 문을 열고 밖으로 나가고 싶었지만, 그 전에 한 가지 더 해야 할 일이 있다.

유마는 다시 메뉴 창을 열어 현재의 장비 목록을 확인했다. 역시 AM 세계에서 갖추고 있던 무기와 방어구는 모두 소멸하고 '쇠 파이프'와 '노카라 재킷'으로 변해 있었다.

문득 무언가 떠올라 스토리지 쪽으로 이동하여 소지 아이템 일람에서 장비품만 골라냈다. 그러자 '암철의 단검'이나

'가죽 갑옷' 등이 표시되었지만, 모두 회색으로 변해 있어 장비도 실체화할 수 없었다.

"……역시 장비품은 각각의 세계 전용이라 들여오거나 꺼낼 수 없는 것 같네……."

유마의 중얼거림에 콘켄이 지긋지긋하다는 듯이 말했다.

"그럼 난 또 그 삼각해머로 싸워야 하는 거냐고~."

"제대로 된 무기니까 불평하지 마. 난 그냥 굴러다니는 거라고."

그렇게 반박하다가 입을 다물었다.

사실상 현실 세계에서 장비품이 빈약하다는 것은 가장 큰 걱정거리였다. 이쪽에도 몬스터는 출현한다. 심지어 콘헤드 브루저나 데몰리셔는 AM 세계에서 조우한 어지간한 몬스터보다 더 강력했다.

유마가 생각에 잠겨 있자 나기가 무언가 떠올린 듯 입을 열었다.

"있진, 유우 군. 저쪽에서 소재 아이템은 반입할 수 있는 거지?"

"어? 으음……."

다시 스토리지를 정렬하자 대량의 소재 아이템이 표시되었다. 이쪽은 회색으로 바뀌지 않았다.

"응, 괜찮은 것 같아."

"그럼 그걸로 장비를 만드는 건 어때?"

"……만든다, 라고 해도……."

여기에는 선반도 프레스기도 없고, 있다고 해도 우리는 사용할 수 없다……라고 말하려는데, 그 전에 토모리가 "앗!" 하고 소리를 냈다.

"그렇구나, 단야(鍛冶) 스킬로 만들면 되겠다."

"아……."

유마와 콘켄, 사와도 입을 벌렸다.

확실히 액추얼 매직에는 '단야'나 '바느질' 같은 생산계 스킬이 많이 존재했다. 이쪽에서 마법 스킬을 사용할 수 있다면 생산 스킬 역시 사용할 수 있다는 말이었다. 단야 스킬로 무기를 만들기 위해서는 모루나 단야 해머가 필요한데 그것은 AM 세계에서 들여오면 그만이다.

생산 스킬은 클래스에 따른 습득 제한은 없지만 가장 적성에 맞는 것은 '상인'이었다. 아마 스가모 셸터에서는 하리야 미미와 아이다 신타가 상인이었을 것이다.

같은 생각을 한 것인지 콘켄이 떨떠름한 얼굴로 말했다.

"맙소사, 카르시나에서 단야 도구를 사뒀어야 하는데."

"어차피 내일이면 또 식량을 사러 가야 할 테니까 그때 단야와 재봉 도구도 구입하면 돼. 나기한테 석류정 스테이크도 먹여 줘야 하고."

유마가 그렇게 말하자 콘켄은 "오!" 하며 힘차게 고개를 끄덕였지만, 이내 어딘가 허무한 표정으로 말을 이었다.

"내일이라……."

"왜 그래?"

"아니······. 난 막연하게 밤까지는 사건이 해결되고 집에 갈 수 있을 거라 생각했거든······."

그 말을 듣고 유마뿐만 아니라 사와, 나기, 토모리도 말없이 눈을 내리깔았다.

애써 생각하지 않으려고 했지만, 지금쯤 아빠와 엄마는 자신들을 얼마나 걱정하고 있을까. 분명 두 사람 모두 한달음에 아르테아로 달려와 유마와 사와가 구출되기만을 애타게 기다리고 있을 것이다.

이 방이 아르테아의 어디인지는 알 수 없었지만, 설령 타워 한가운데라 하더라도 부모님이 대기하고 있을 주차장까지는 직선거리로 50m도 채 되지 않았다. 전력으로 달리면 8초밖에 걸리지 않을 거리에 아빠와 엄마가 있는데, 얼굴을 보기는커녕 목소리를 들을 수조차 없다······.

눈 안쪽이 서서히 뜨거워지는 것을 필사적으로 참고 있는데, 작게 코를 훌쩍이는 소리가 들려왔다.

돌아보자, 깊이 고개를 숙인 토모리가 안경 렌즈에 눈물을 뚝뚝 떨구고 있었다. 무리도 아니다—— 정말로, 무리도 아니었다. 동갑내기 같지 않을 정도의 침착함에 무심코 의지하고 말았지만, RPG 초보자인 토모리에게 흉악한 몬스터와의 전투는 얼마나 무서운 일이었을까.

"시미즈······."

토모리가 울음을 터뜨릴 계기를 만들어 버린 콘켄이 머뭇머뭇 다가와 말을 걸었다.

"진부한 위로처럼 들리겠지만…… 내, 가 아니라 우리가 반드시 시미즈를 여기서 나가게 해 줄게. 그러니까…… 조금만 더 도와줘."

"……응."

울먹이며 짧게 대답한 토모리에게 나기가 하얀 손수건을 내밀었다.

다시 한번 장비와 포션 체크를 마친 다섯 사람은 조심스럽게 슬라이드 문을 열고 방에서 나왔다.

어느 정도 예상했지만 그곳은 2번 플레이룸의 중심부였다. 즉 유마 일행이 나타난 둥근 방은 아르테아 한가운데를 관통하는 거대한 샤프트 내부였던 것이다.

본래라면 테스트 플레이에서 강제로 로그아웃 당했을 때와 마찬가지로 AM 세계에 접속하는 데 사용했던 칼리큘러스 안에서 깨어나는 것이 정답이었다. 그런데 왜 다섯 사람 모두 샤프트 안에 나타난 것일까. 애초에 어째서 메뉴 화면에서 로그아웃할 수 없었던 것일까…….

유마가 생각에 잠겨 있자 마술사 로브에서 바람막이 차림으로 돌아온 사와가 등을 쿡 찔렀다.

"유우, 칼리큘러스 좀 살펴보지 않을래?"

"칼리큘러스라니…… 우리가 접속하는데 사용했던 거 말이야?"

"응. 그때 니키 군이 연락사항이 있으면 메모를 붙여 놓는다고 하지 않았어?"

"아, 그랬지 참…… 알았어."

고개를 끄덕이고 다섯 명이서 남쪽 계단을 내려가 안쪽 통로로 나왔다. 거기서부터 시계 방향으로 돌아 2번 플레이 룸 북서쪽 부근을 목표로 했다.

좌우로 죽 늘어선 어두컴컴한 통로를 걸을 때는 최대한 경계했지만, 두 번째 콘헤드 데몰리셔도, 다른 몬스터도 마주치지 않고 불과 수십 초 만에 원하는 장소에 도착할 수 있었다.

하지만 그곳에서 유마 일행이 본 것은 예상치 못한 광경이었다.

"뭐……뭐야, 이게…….."

콘켄이 잔뜩 갈라진 목소리로 신음했다.

유마, 사와, 콘켄, 토모가 접속을 위해 사용한 칼리큘러스가 네 대 모두 무참히 파괴되어 있었다.

5시간 반 전만 해도 아주 멀쩡했던 흰색 캡슐에는 뾰족한 것으로 쑤신 듯한 상처가 여기저기 나 있었고, 찢어진 케이블이나 노출된 기기에서는 간간이 타닥타닥하는 불꽃이 튀고 있었다. 손상된 캡슐 하부에서 새어 나온 유압댐퍼의 오일이 램프에 뚝뚝 떨어지는 모습은 마치 혈액 같았다.

5초 넘게 넋이 나가 있던 유마는 퍼뜩 정신을 차리고 무기 대용 파이프를 고쳐 잡았다. 이 정도 파괴 현상은 대형 몬스터의 소행임이 분명했다. 콘켄도 해머를 들었고, 여자

세 사람은 등을 맞대고 주위를 경계했다.

칼리큘러스의 그늘이나 어두운 바닥, 천장에 이르기까지 조심스럽게 확인해 나갔지만 몬스터가 숨어 있는 기색은 없었다. 아마도 이 방에는 사냥감이 없다고 판단하고 다른 곳으로 이동한 모양이었다.

경계심을 조금 줄인 유마는 사와에게 말을 걸었다.

"혹시 우리가 로그아웃을 못한 건 이거 때문일까……."

"아마도…… 그렇겠지."

사와도 진지한 표정으로 고개를 끄덕였다.

"우리가 접속하면 몸은 캡슐 안에서 소멸하지만 칼리큘러스는 사용 중인 상태로 남아 있어. 그 상태에서 칼리큘러스가 부서지면 메뉴에서 로그아웃 할 수 없게 되는…… 그런 구조인가 봐."

"하지만 시스템 콘솔을 사용하면 로그아웃 할 수 있고…… 그 경우 출구는 그 샤프트 안이 되는 건가……."

거기까지 말한 뒤, 문득 무언가를 깨달은 유마가 나기를 바라보았다.

"아…… 혹시 나기가 혼자 로그아웃을 못한 것도 칼리큘러스가 부서져서 그런 걸지도 모르겠다."

"하지만 울보나…… 나깃페의 칼리큘러스는 겉보기에 엄청 멀쩡했는데?"

그렇게 지적한 콘켄에게 나기는 뭔가 말하고 싶은 듯한 시선을 던졌지만, 이내 고개를 돌리고 기억을 더듬듯이 중얼거렸다.

"……테스트 플레이에서 보스 드래곤을 쓰러뜨린 후 바닥이 붉게 빛나면서 모두의 모습이 사라졌어…… 빛 속을 빠져나갈 때 뭔가 시스템 메시지 같은 문장이 한순간 보였는데, 커넥션이 어떻다는 말이 적혀져 있던 것 같아. 아마 그게 회선 트러블을 알리는 메시지였는지도 몰라……."

"……나기, 그 후의 일을……."

기억하고 있느냐, 라고 묻으려다 유마는 말을 삼켰다.

사와는 강제 로그아웃 직후 머릿속으로 발라크가 말을 걸어와 여러 가지 것들을 설명해 주었다고 했다. 아마도 같은 일이 나기에게도 일어난 것은 아닐까. 나기에게 빙의한 새로운 악마 크로셀…… 그녀에게 정보를 얻은 덕분에 나기는 유마 일행이 설명하지 않았음에도 아르테아에서 벌어지는 이상 사태를 알고 있는 것 같았다.

크로셀이 구체적으로 무슨 말을 했는지 궁금했지만, 이 자리에서 꼬치꼬치 캐물을 시간은 없었다.

어리둥절한 얼굴을 한 나기에게 "미안해, 나중에 말할게"라고 대답한 유마는 재빠르게 소꿉친구의 몸을 위아래로 훑었다.

머리에 뿔은 보이지 않았지만 등에 날개가 돋아 있는지 어떤지는 품이 넉넉한 카디건 때문에 잘 모르겠다. 하지만 그렇다고 유마가 손으로 덥석 만져서 확인해 볼 수도 없었다. 나중에 사와에게 은근슬쩍 물어봐 달라고 하자, 그렇게 생각한 유마는 마지막으로 한 번 더 파괴된 네 대의 칼리큘러스를 둘러보았다.

메모 같은 것이 붙어 있는 기색은 없었다. 만일 부착된 뒤 몬스터가 찾아와 난동을 부린 것이라면 떨어진 메모가 어딘가에 떨어져 있을 가능성도 있겠지만, 이 부근을 다 뒤지는 것은 현실적으로 불가능했다.

일단 유마 일행이 메뉴에서 로그아웃하지 못한 이유와 나기가 AM 세계에서 따로 떨어져 버린 이유에 대한 가설은 얻었다. 앞으로는 접속 중에 칼리큘러스를 보호할 방안이 필요하겠지만 그것은 나중에 생각해도 된다.

시각은 오후 11시 20분. 서둘러 가면 30분에는 스가모 셸터로 돌아갈 수 있을 것이다.

다섯 사람은 경계를 게을리하지 않으며 왔던 길로 되돌아가 파괴된 자동문을 넘어 엘리베이터 홀로 나왔다.

무심한 다크그레이색의 바닥과 벽을 주황색 비상등이 약하게 비추고 있는 모습은 어딘가 필로스 섬의 지하 감옥과 닮아 있었다. 흩어진 유리 조각이나 금속 조각을 피하면서 움직이지 않는 엘리베이터 앞을 가로질러 안쪽 비상계단으로 향했다.

두꺼운 방화문을 열고 들여다보니 계단실은 어두컴컴하고 휘오오…… 하는 바람소리가 희미하게 울리고 있었다. 여기에도 역시 몬스터의 기척은 없다.

"……니키나 하이자키 쪽은 이 바로 위층으로 피난했다고 했지……?"

콘켄의 속삭임에 유마는 4층으로 이어지는 계단을 올려다보았다.

니키의 설명에 의하면 이변 발생 직후의 혼란으로 분단된 1반의 학생들 15명은 아르테아 4층 바깥 통로에 있는 직원실로 피난했다고 했다. 지금부터 계단을 올라가면 채 3분도 걸리지 않을 것이다.

하지만 4층 엘리베이터 홀이나 플레이룸을 몬스터가 돌아다니고 있을 가능성은 제로가 아니다. 게다가 1층으로 대피한 학생들의 상황은 몇 시간 전 식량을 가져다준 니키가 하이자키 쪽에도 전해 주었을 것이다.

"4층으로 가는 건 이쪽에서도 장비를 갖춘 뒤에 하자."

유마가 그렇게 속삭이자 콘켄은 "그러자" 하고 고개를 끄덕이며 양손해머를 다시 잡아들었다.

계단이 어두워서 사와에게 LED 라이트를 빌리려다 문득 어떤 것을 떠올렸다. 스토리지를 열고 '냉화의 랜턴'을 누르니 꺼내기 버튼이 바로 표시된다.

그것을 누르자마자 은은한 효과음이 울리면서 창 위에 랜턴이 나타났다. 그러나 디자인은 AM 세계에서 사용하던 것과는 상당히 다르다. 미니멀한 외장은 아마도 티타늄제, 유리막은 강화유리—— 그러나 그 안쪽에서 빛을 발하고 있는 것은 LED 광원이 아닌 창백한 마법의 불꽃이었다.

현실 세계에서 손에 넣은 식용소금 병을 AM 세계에서 실체화시키니 뚜껑이 플라스틱에서 코르크로 바뀐 것과 반대되는 현상이 일어난 것이다. 다른 아이템들도 어떻게 변화할지 시도해 보고 싶었지만, 당연히 그럴 시간은 없었다.

유마가 랜턴을 높이 치켜들자 콘켄은 표정만으로 "땡큐, 그 방법이 있었구나. 티타늄 외장이네~"라는 말을 하고는 계단을 내려가기 시작했다.

랜턴은 집광 성능이 높은 LED 라이트와 달리 상하를 제외한 전 방향을 균일하게 비춰준다. 그만큼 밝기는 미미하지만 몬스터의 유무를 확인하기에는 충분했다. 다음에 카르시나를 방문하면 식량과 생산 도구뿐만 아니라 셸터용 랜턴도 잔뜩 구입해 와야겠다고 생각하며 계단을 내려가 별 탈 없이 1층에 도착했다.

다시 방화문을 열고 엘리베이터 홀로. 이곳도 쥐 죽은 듯 조용해 반대로 오싹할 정도였다.

홀 왼쪽에는 카페 코너가 있었지만 첫 공개일인 현시점에는 아직 본격적인 영업을 시작하지 않은 상태라 음료는 고사하고 식량을 찾을 가능성은 낮았다. 탐색의 우선도가 낮았기에 지나쳐서 오른쪽 메인 로비로 향했다.

반쯤 부서진 칸막이 벽을 돌아 로비에 발을 디딘 순간, 무수한 구조대원이 자신들을 맞이해 주었다── 하는 일은 일어나지 않았다.

유리로 된 남쪽 커튼월은 예전과 다름없이 새카맣게 물들어 별 하나 보이지 않았다. 귀를 기울여도 들리는 것은 정체

불명의 저음 노이즈뿐.

다섯 사람 모두 말없이 이동을 재개했다. 콘헤드 브루저와의 싸움의 흔적이 남아 있는 넓은 층을 가로질러 등받이가 달린 벤치가 즐비한 웨이팅존에 들어서자 그 안쪽에 쇼핑 구역, 아니 스가모 셸터가 보였다.

입구의 간이 바리케이드는 무사한 것을 보니 적어도 새로운 종류의 콘헤드 일족이 습격해 오지는 않은 것 같았다. 안쪽에는 작은 불빛이 드문드문 보였지만 말소리는 들리지 않았다.

"이미 다들 자고 있는 모양이네……."

그런 토모리 중얼거림에 사와가 "깨우지 않게 조용히 가자"라고 대답했다.

그 순간 강력한 수마가 엄습했고, 순간 유마의 몸이 휘청였다. 옆을 보니 콘켄도 두 눈을 끊임없이 깜빡거리고 있다.

스가모가 깨어 있다면 보고를 해야했겠지만, 가능하면 이대로 셸터 구석으로 조용히 들어가 잠에 빠지고 싶었다. 하품을 억누르고 냉화의 랜턴을 스토리지로 되돌렸다. 비상등의 불빛에 의지해 웨이팅존을 지나 그릴 셔터와 메탈 선반을 조합한 간이 바리케이드 틈새를 통과한──.

그 순간.

"늦었잖아, 아시하라!"

날카로운 고성이 귀에 박혔고, 유마는 얼굴을 찌푸렸다.

돌아보니 셸터 왼쪽 안쪽 카운터에 한 학생이 걸터앉은 채 팔짱을 끼고 있다.

바로 위에서 비상등 불빛이 비친 탓에 풍성한 왁스로 뭉친 머리와 예리한 턱 주변 라인밖에 보이지 않았지만 식별하기에는 그것만으로 충분했다. 셸터의 리더이자 6학년 1반의 학급 반장이기도 한 스가모 테루키.

좀 쉽게 해 줘, 속으로 신음한 유마가 좌우를 둘러보았다.

진열장을 옮겨 만든 폭 7m, 깊이 10m 정도의 공간 곳곳에 깔려 있는 레저 시트 위로 학생들이 서너 명씩 몸을 맞대고 있었다. 자는 아이도 있는 것 같지만 대부분은 일어난 채 유마 일행에게 불안한 시선을 보내고 있었다.

유마에 이어 콘켄, 사와, 토모리, 그리고 마지막으로 나기가 바리케이드를 통과하자 깨어있는 학생들 대부분의 표정이 확 밝아졌다. 여자아이 몇 명이 "사노!"라고 이름을 불렀고 나기도 웃는 얼굴로 화답했지만, 기껏 훈훈해진 공기를 또 한번의 노성이 단숨에 가라앉힌다.

"아시하라 놈, 콘도, 지금이 몇시인 줄 알아?! 너희가 식량을 찾으러 나간지 벌써 6시간 반이나 지났다고!"

그렇게 외친 스가모는 오른손에 쥔 작은 금속 해머를 붕붕 소리 내서 휘둘렀다.

또 학급재판이니 뭐니 하는 말을 들으면 더는 참기 힘들 것 같던 유마는 서둘러 몇 걸음 앞으로 나서서 먼저 사과했다. 귀환이 늦어 걱정과 폐를 끼친 것은 사실이었기 때문이다.

"미안해, 가모. 좀 더 일찍 돌아올 생각이었는데 우리도 여러 가지 사정이 있어서……."

"여러 가지라는 게 뭔데, 설마 너희랑 사이 좋은 사노를 우선해서 찾은 건 아니겠지?!"

그 설마가 맞아, 라고는 말할 수 없었지만 나기의 구출을 우선했다고 해도 비난받을 이유는 없었다. 식량은 잘 확보해 셸터에 도착할 수 있도록 해두었기 때문이다.

"……늦은 건 사과하겠지만 식량은 잘 도착했잖아?"

"……뭐어?"

수상쩍은 표정을 지어 보인 스가모가 더욱 인상을 험악하게 구겼다.

"무슨 바보 같은 소리를 하는 거야, 식량 같은 건 전혀 안 왔거든!"

"어……? 하지만 니키가……."

"니키?! 어디에 있는지도 모르는 녀석이 어떻게 식량을 갖다줄 수 있다는 거야!"

"……."

무심코 콘켄이나 사와와 마주 보았다.

물론 지금 아르테아에서는 언제나 예측할 수 없는 사태가 일어나고 있었다── 아니, 오히려 예측할 수 없는 사태만 일어난다고 해도 좋을 정도였다. 그러니 어떠한 사정으로 니키 카케루가 스가모의 셸터까지 도착하지 못했을 가능성도 있다.

어쩌면 유마 일행의 칼리큘러스가 파괴된 것과 관련이 있을지도 모른다. 최악의 경우에는, 칼리큘러스를 지키기 위해 콘헤드 데몰리셔급 몬스터와 혼자 싸우다가 중상을 입었을지도……

거기서 생각을 멈추고 유마가 다시 말했다.

"……우리는 수색 도중에 니키와 만났어. 그 녀석이 정보 공유도 할 겸 여기에 식량을 가져다준다고 해서 부탁한 거야. 하지만…… 오지 않았다면 어디선가……."

"잠깐, 잠깐!"

유마의 설명을 스가모가 가로막았다.

"바보냐, 아시하라 놈! 니키한테 20인분의 식량을 통째로 맡겼다는 거야?! 그럼 당연히 들고 도망쳤겠지!"

"……."

다시 할 말을 잃은 유마는 크게 소리를 지르려 했지만, 곧바로 목소리가 나오지 않았다.

니키 카케루는 바브드 울프에게 물려 절체절명의 상황이었던 토모리를 구해 주었다. 아니, 그 상태라면 유마 일행도 바라니안 액스베어러에게 당했을 테니 다섯 사람 모두의 은인이라고 해도 좋았다.

그런 니키를 도둑으로 부르는 너는 대체 반 애들을 위해 뭘 했다는 거야── 유마는 그렇게 소리치려 했다.

하지만 그러기 직전, 등 뒤에서 누군가 왼팔을 세게 잡아당겼다. 비틀거리는 유마와 교대하듯 앞으로 나선 사와가 냉정한 목소리로 말했다.

"괜찮아, 식량은 또 있어."

"뭐?"

눈썹을 치켜올린 스가모 앞에서 스토리지를 연 사와는 대량의 주먹밥과 빵이 담긴 천 주머니를 실체화시켰다. 그것을 바닥에 놓고 입구를 크게 벌리자 불안하게 지켜보던 학생들이 작게 웅성거렸다.

"저녁을 먹지 않았다면 지금부터 이걸 모두에게……."

"아니, 저녁은 먹었어. 양은 적었지만."

그런 소리가 들려와 유마는 왼쪽을 바라보았다.

다가온 것은 셸터의 서브리더 격인 스케이트보드 콤비 중 한 명, 투블럭 머리를 한 호카리 하루키였다. 그 뒤에는 롱헤어 짝꿍 세라 타카토도 있다.

두 사람과 그럭저럭 사이가 좋은 콘켄이 한 걸음 다가가서 물었다.

"먹었다니…… 혹시 너희가 우리 다음으로 식량을 찾으러 간 거야?"

그렇다면 가능한 일이라고 생각했지만, 호카리는 곧바로 고개를 저었다.

"아니…… 그게 아니라. 설명하기 좀 힘든데……."

그 말을 듣고 유마는 뒤늦게 떠올랐다.

니키에게 식량을 맡기기 전에 토모리가 말했었다. 스가모가 셸터의 식사용 공간에서 뭔가를—— 아마도 음식을 스토리지에 넣는 것 같은 이펙트 빛을 봤다고.

그 말을 들은 유마는 아무리 스가모라 해도 그렇게 위험한 짓을 하지 않았을 것이고, 만약 정말 그렇다면 그렇게 쉽게 내놓지 않을 것이라고 대답했다. 그러나 그 추측은 둘 다 틀렸고, 식량을 빼돌린 스가모가 그것을 모두에게 선뜻 제공했다는 것일까.

그렇다 해도 훔친 자신의 행위를 어떻게 얼버무렸을까. 그런 생각을 하며 유마는 호카리의 말이 이어지기를 기다렸다.

하지만.

호카리가 말없이 시선을 돌린 곳은 카운터에 앉은 스가모가 아닌, 카운터 바로 앞 오른쪽의 어둠이었다.

옆에 있는 계산 카운터로 인해 그림자가 져 있어서 지금까지 깨닫지 못했는데, 바닥 위에 남학생이 한 명 조용히 무릎을 꿇고 앉아 있었다. 깊게 고개를 숙이고 있어 얼굴은 보이지 않았지만 작고 마른 몸매와 약간 긴 곱슬머리는 스가모의 친구——정확히는 추종자인 키사누키 카이 아닌가.

도대체 왜 키사누키는 저런 장소에서 무릎을 꿇고 있는 것일까. 게다가 흰 셔츠 깃에 점점이 묻어 있는 거무스름한 얼룩은 피처럼 보이기도 했다.

"키사누키 군이 왜?"

사와 옆으로 나온 토모리가 딱딱한 목소리로 호카리에게
물었다.

말하기 거북해하는 호카리를 대신하듯 뒤이어 나온 세라
가 대답했다.

"키사누키 자식…… 여기 식사용 공간에 있던 도넛이나
피낭시에 같은 걸 스토리지에 몰래 빼돌렸더라고."

"……!"

토모리와 동시에 유마도 날카롭게 숨을 들이마셨다.

세라는 그 반응에 의아함을 느끼는 기색도 없이 담담한
어조로 설명을 계속했다.

"너희들이 출발한 지 두 시간쯤 지났을 무렵인가……. 다
들 팽팽한 긴장감 속에서 굶주림을 참고 있었는데, 그때 키
사누키가 선반 뒤에서 몰래 도넛을 먹는 모습을 스가모가
발견했어. 끌어내서 추궁하니까 처음 여기 왔을 때 먹을 걸
다 숨겨 뒀다가 나중에 스토리지에 넣었다는 사실을 인정
했고."

"그건 아니……!"

외치려던 토모리의 오른쪽 손목을 유마가 등 뒤에서 세게
잡았다.

지금 당장 식량을 숨긴 것은 키사누키가 아니라 스가모라
고 주장해도 증거가 전혀 없었다. 키사누키가 인정했다면
이 이상 어떻게 해 볼 방법은 없었고, 잘못하면 반대로 토모
리가 표적이 될 수도 있었다.

토모리의 팔에서 어느 정도 힘이 빠진 것을 느끼고 유마는 손을 뗐다.

대신 사와가 억눌린, 그러나 얼어붙을 정도로 싸늘한 목소리로 따져물었다.

"키사누키 군 다친 것 같은데, 그건?"

"……내가 때렸어."

낮고 거친 목소리의 주인은 호카리 콤비 뒤에서 나온 농구부 오노 요이치였다. 힐끔 키사누키에게 시선을 보낸 뒤 눈을 내리깔고 말을 이었다.

"손을 댄 건 어쨌든 내 잘못이야. 벌을 받으라면 얼마든지 받을 수 있어. 하지만…… 다들 배가 고파도 아무 불평 없이 꾹 참았는데, 그 녀석 혼자……. 도넛이니 스콘이니 전부 다 해서 40개나 넘게 갖고 있었어. 그걸…… 그걸 전부 다……."

두 손을 움켜쥔 오노의 어깨를 가볍게 두드려준 세라가 다시 입을 열었다.

"그래서 스가모가 자기도 키사누키의 도둑질을 알아채지 못했으니까 연대 책임이라며 사과했고, 저 녀석들 빼고 전원이서 먹을 걸 분배했어. 그래서 우리는 일단 먹을 수는 있었어. 니키가 무슨 트랩에 걸려 오지 못한 건지, 맡긴 음식을 빼돌린 건지는 모르겠지만, 너희들이 신경 쓸 필요는 없어……. 늦게 와서 걱정은 했지만……."

세라가 그렇게 말해 준 것은 고마웠지만, 유마의 의식

70%는 스가모를 향한 분노로 점철되어 있었다.

키사누키가, 아무에게도 들키지 않고 도넛이니 피낭시에니 하는 것을 40개나 훔쳤다고? 그리고 혼자 먹고 있다가 스가모에게 발각되어 함께 사과했다……라고?

그럴 리가 없다. 토모리가 식사용 공간에서 목격한 것은 키사누키가 아니라 스가모였으니까.

아마도 스가모는 자신이 숨겨 둔 식량을 거래 기능을 이용해 키사누키의 스토리지로 이동시킨 뒤, 그것을 셸터 구석에서 먹으라고 명령했을 것이다. 그리고 몰래 먹는 장면을 발견했다고 떠들어 대며 키사누키를 식량을 독식한 범인으로 만든 동시에 연대 책임을 주장함으로써 스스로를 공명정대한 리더로 각인시켰다.

병 주고 약 주고라는 말이 이런 것일까. 단언해도 좋았다. 아마 스가모는 자신의 스토리지에 본인이 먹을 간식을 확보해 두었을 것이다.

그러나 의문도 남았다.

도대체 키사누키 카이는 왜, 왜 그렇게까지 스가모의 말에 휘둘리는 것일까? 이래서는 더는 추종자 레벨이 아니라, 졸개…… 아니, 소모품이나 다름없는 취급이 아닌가.

유마는 바닥에 무릎을 꿇고 앉은 키사누키를 물끄러미 바라보았지만, 고개를 숙인 채 꼼짝도 하지 않는 모습에서는 어떠한 감정도 느껴지지 않았다.

시선을 왼쪽 위로 돌려 카운터에 앉아 있는 스가모를 바라보았다.

그 순간 그가 뚫어질 것처럼 노려봐 왔다. 네가 눈치챈 것을 나도 알고 있다…… 라고 말하는 듯한 형형한 눈빛.

돌연 카운터에서 내려온 스가모가 성큼성큼 다가왔다. 사와가 실체화시킨 식량을 내려다보며 흥하고 코웃음을 친다.

"뭐, 일단 일은 했다고 인정해 주지. 단 이 한 번으로 모로가 죽은 책임에서 벗어났다고 생각하지 마, 아시하라 놈."

"가모, 너 이 자식……."

다그치려는 콘켄의 어깨를 유마가 잡아당겼다. 자세를 바꿔 10cm 정도 높은 곳에 있는 스가모의 눈을 다시 한번 노려보았다.

"……알고 있어, 내일 먹을 식량도 우리가 제대로 가져올게. 대신 가모는 여기 있는 모두를 잘 지켜 줘. 애벌레 때처럼 숨으면 엉덩이를 발로 차줄 테니까."

"……."

스가모의 두 눈이 연푸른색으로 빛난 것 같았다.

입매를 일그러뜨리고 웃는가 싶더니, 입을 유마의 오른쪽 귀에 바싹 가져간다.

"잘난 체하지 말라고, 아시하라 놈. 너 따위는 언제든지 유죄로 만들어 버릴 수 있으니까."

유마밖에 들을 수 없는 볼륨으로 그렇게 속삭이고 스가모는 몸을 돌렸다. 카운터 앞까지 걸어가 다시 몸을 돌리더니 셸터 전체를 둘러본다.

"다들, 들어줘!"

키사누키를 제외한 학생들의 시선이 모일 때까지 기다린 후, 먼 곳까지 잘 들리는 목소리로 또박또박 말한다.

"오늘은 힘든 하루였다. 미우라와 모로가 죽고 와타마키도 그렇게 됐지만 여기서 무슨 일이 일어나고 있는지조차 알 수 없어. 하지만 이 셸터에서 최선을 다하면 반드시 구조는 올 거다. 내일, 어쩌면 모레…… 늦어도 3일 안에는 반드시 구조될 거라고 나는 반드시 믿는다. 그러니까 그때까지 힘내자!"

한동안 그 누구도 아무 말도 하지 않았다.

그러나 이윽고 여기저기서 소심한 박수가 터져 나왔고, 그것은 10초 이상이나 계속되었다.

사와가 실체화시킨 식량은 내일 아침에 다시 분배하기로 했다. 그때까지는 스가모가 맡아 두기로 다수결로 결정되었고, 학생들은 셸터 곳곳에서 잘 준비를 시작했다.

물론 침구는 하나도 없었지만 선반에 진열된 굿즈 중에서 대형 쿠션이나 목욕수건 등을 꺼내 겹겹이 늘어놓아 어떻게든 잘 곳을 만들었다. 몸집이 큰 남자들은 입구 바리케이드를 봉쇄하는 작업을 하고 있었다.

유마는 뇌 속 '카르시나 쇼핑 메모'에 침구를 추가하며 학생들의 모습을 지켜보다가 스가모가 백야드 화장실에 간 순간을 노려 셸터 구석에서 홀로 잠자리를 준비하고 있는 미소노 아리아에게 다가갔다.

"미소노."

아리아는 힐끔 유마를 보더니 퉁명스럽게 대답했다.

"뭐야?"

"그, 대답하기 싫으면 안 해도 되는데……."

음량을 한계까지 낮추고 물어보았다.

"미소노는 정말 키사누키 군이 식량을 훔쳤다고 생각해?"

"대답하고 싶지 않아."

그렇게 즉답하더니 고개를 돌리고는 앞머리를 고정한 머리핀을 떼기 시작한다.

쌀쌀맞기 이를데 없는 태도였지만, 어느 정도 예상했던 반응이다. 기죽지 않고 다음 질문을 이어갔다.

"왜 키사누키 군은 스가모의 **친구**를 하고 있는 거야?"

'친구'라는 말에 강조하는 뉘앙스를 담아 묻자 아리아는 순간 멍한 표정을 짓다가 곧 한숨을 내쉬었다.

이대로 무시당하지 않을까 싶었는데, 얼마 뒤 아주 희미한 목소리가 흘러나왔다.

"……카이의 아빠는 루키 아빠가 경영하시는 회사에 다니셔. 이 이상은 알아서 상상해."

"……."

이 대답은 전혀 예상하지 못한 것이었다. 하지만 진정한 우정으로 맺어져 있기 때문에, 라는 대답보다는 훨씬 설득력이 있었다.

스가모와는 1학년 때부터 쭉 같은 반이었고 아빠가 사장이라는 것도 알고 있었지만, 4학년 때 전학 온 키사누키와는 거의 대화해 본 적도 없었다. 당연히 그런 사정도 전혀 몰랐다.

즉 키사누키는 아빠의 일을 지키기 위해 사장님의 도련님인 스가모에게 따르고 있다는 뜻인가. 혹은 부모가 그렇게 하라고 지시했을지도 모른다. 그렇다면…… 그것은 아이에게 있어서 불합리함 그 자체 아닌가.

셸터 반대편, 무릎 꿇은 상태에서 해방된 키사누키가 얇은 레저 시트를 펼치고 있는 모습을 유마가 말없이 바라보고 있을 때였다.

"뭐, 입장은 나도 비슷하지만."

아리아가 불쑥 중얼거렸다.

"뭐……?"

"우리 아빠도 작은 회사를 하고 있는데…… 루키네 회사 하청이거든."

"……그랬구나. 그럼 미소도 아빠를 위해……?"

순간 째릿 이쪽을 노려본다. 하지만 그것은 미소라고 불렀기 때문은 아닌 것 같았다.

"아니야. 루키…… 테루키랑 같이 있는 건 내 의지야."

그렇게 단언한 아리아는 손안에 있는 머리핀을 내려다보며 말을 이었다.

"저 녀석…… 사실 나쁜 애는 아니야. 상냥한 부분도 분명 있어. 하지만, 학생회 선거에서 진 이후부터는 점점……."

아리아의 말이 끊어진 뒤에도 유마는 아무 말도 하지 못했다.

그러고 보니 스가모는 올해 2월에 실시했던 학생회 임원 선거에 입후보했다가 하이자키 신, 니키 카케루 두 사람에게 패했다. 특히 하이자키와의 표차는 아쉽다고 말할 수준도 아니었던 것으로 기억한다.

하지만 유마는 그것으로 인해 스가모의 성격이 특별히 달라졌다고는 느끼지 못했다. 게다가 6학년이 된 뒤로 학급 반장이 되면서, 으스대는 태도는 그렇다 쳐도 제대로 일하기는 했다. 하지만 스가모와 가장 가깝게 지내는 아리아가 그렇게 말한다면 유마가 깨닫지 못한 어떠한 변화가 있는 것일까…….

"저기, 유우."

갑자기 저학년 때 이후로 불린 적 없는 별명으로 불린 탓에 유마는 등을 경직시켰다.

"왜…… 왜?"

아리아는 자신이 '유우'라고 부른 것조차 눈치채지 못했는지, 머리핀을 꽉 쥐더니 고개를 들었다.

그러나 아리아의 입에서 나오려는 말을 들을 수는 없었다.

갑자기 콰아아아아아앙! 하는 큰 소음과 함께 입구의 바리케이드가 안쪽으로 넘어졌다.

"으아악?!" "으어억!"

굵은 비명이 겹치듯 울려 퍼졌다. 마침 그 바리케이드를 들고 있었던 오노와 세라가 나란히 깔린 것이다. 유마의 시야에 표시된 두 개의 HP바가 확 줄었지만, 생명에 지장을 줄 정도의 대미지는 아니었다.

유마는 아리아가 떨어뜨린 머리핀을 공중에서 집어 다시 손에 쥐여주며 외쳤다.

"미소, 모두를 백야드로 대피시켜 줘! 콘켄, 가자!"

말없이 고개를 끄덕인 아리아가 바닥에 주저앉은 여자들을 일으켜 세웠다. 움직일 수 있는 학생들은 비명을 지르며 셸터 안쪽으로 달려갔지만 대다수는 이미 잠들었는지 무슨 일이 일어났는지도 모르고 있었다.

셸터 중앙에서 유마는 벨트에 꽂아둔 파이프를 뽑아들고 손가락 없는 장갑을 낀 두 손으로 움켜쥐었다.

콘헤드 브루저급의 대형 몬스터 습격—— 가능성은 그것뿐이었다. 하지만 불과 수십 분 전 로비를 지날 때만 해도 생물의 기척은 전혀 느끼지 못했다.

설마 콘헤드 데몰리셔처럼 어른들이 융합해 생겨난 몬스터일까. 그렇다고 하기에는 생존자 역시 한 명도 보지 못했는데…….

달려온 콘켄이 말없이 옆에 나란히 서서 브루징 해머를 들었다.

학생들의 대피는 끝나지 않았다. 오노와 세라는 입구 반대편까지 날아간 바리케이드 밑에서 아직도 발버둥치고 있었고, 여자들 중에서는 가장 체격이 큰 에자토 쇼코가 힘이 빠진 것인지 아리아가 있는 힘껏 손을 잡아당겨도 일어나지 못하고 있었다.

어쩔 수 없다. 넓은 장소는 대형 몬스터에게 유리하지만 바깥의 웨이팅존으로 나가서 그곳에서 싸울 수밖에 없었다.

그렇게 생각한 유마가 콘켄에게 나가자고 말하려 한——그때.

남겨진 바리케이드 틈으로 두 사람의 그림자가 소리 없이 나타났다.

예상했던 대형 몬스터는 아니다. 인간 혹은 아인이다. 게다가 키는 유마와 큰 차이가 없을 정도로 작았다. 사람이면 어린애고 아인이면 하플링 계열.

두 사람 모두 온몸에 같은 장비를 두르고 있는 탓에 어느 쪽인지 구분이 가지 않았다.

검은색의 밀리터리 재킷과 밀리터리 팬츠. 어깨와 가슴, 무릎부터 아래까지는 금속제 갑옷. 그리고 얼굴에는 늑대를 연상시키는 디자인으로 이 역시 금속제로 보이는 풀페이스 마스크를 쓰고 있었다.

유마는 시야를 집중한 뒤 두 사람의 HP바를 표시했다.

하지만 어떤 이유에서인지 이름이 자꾸만 깨져서 전혀 읽을 수 없었다. 알 수 있는 것은 어떠한 포션에 의한 버프가 걸려 있다는 것뿐이었다.

두 사람은 유마와 콘켄을 바라보더니 오른쪽에 내린 검을 들어 올려 겨눴다.

칼끝이 납작하고 도신도 상당히 두꺼워 언뜻 보면 유마의 넓적한 쇠 파이프와 흡사한 형태의 검이었다. 그러나 두 사람의 그것은 대용품 따위가 아닌 깔끔한 디자인의 자루가 달려 있었다.

그나마 다행인 점은 둘 다 마술사 계통으로는 보이지 않는 점이다.

유마는 순식간에 시선을 움직여 오른쪽 후방에 선 나기와 나란히 선 사와와 눈을 맞췄다.

——만약 저들이 공격해 온다면 망설이지 마라.

쌍둥이 특유의 텔레파시로 그런 말을 전한 뒤, 온통 검은 옷을 입은 상대를 향해 온 신경을 집중했다.

왼쪽에서는 그제서야 아리아가 쇼코를 일으키는 데 성공한 것인지 어깨를 빌려주며 부축하고 있었다.

바리케이드에 깔려 있던 오노와 세라도 간신히 기어 나와, 본래는 철제 선반의 기둥이었을 금속 파이프를 손에 장비했다.

이 자리에 있는 학생 중 이변 이후 실전다운 실전을 경험한 사람은 유마, 사와, 토모리 콘켄 네 명뿐이지만 다른 학생들도 모두 잡 체인지는 완료되었다. 검은 옷들이 설사 바라니안급 전투력을 지녔다고 해도 겨우 전사 둘만으로 이들을 제압하는 것은 불가능했다.

"……너희들——."

유마가 대화를 시도하려던 그 순간.

바리케이드 안쪽에서 새로운 그림자가 나타났다.

키는 똑같이 어린아이 사이즈. 장비도 거의 동일하지만 재킷은 깃이 목까지 오는 쇼트 코트 형태였고 늑대 마스크도 한층 더 컸다. 머리 위의 HP바는 역시 문자가 깨져서 전혀 읽을 수 없었다.

검은 들고 있지 않았지만 양손에 쓸데없이 투박한 장갑을 끼고 있다. 손등에 박힌 보석이 비상등의 불빛을 받아 초록색으로 반짝였다.

상황이 안 좋다. 저 장갑은 완드나 바쿨루스와 같은 마법 보조구다.

"콘켄, 저 녀석 마술사야!"

유마는 그렇게 외치자마자 바닥을 박차고 나갔다.

동시에 세 번째 늑대 마스크가 왼손을 들고 소리쳤다.

"벤투스(바람이여)!"

디지털 필터를 씌운 것 같은 금속질로 일그러진 목소리. 왼손 끝에 연두색 광구가 출현했다.

유마가 내려친 파이프를 왼쪽에 선 검은 옷이 평평한 검으로 받아쳤다. 카앙! 하는 맥없는 소리와 함께 중간 부분이 20도 정도 휘어졌다.

──'암철의 단검'이 있었다면!

그런 생각이 들었지만 꺼낼 수 없는 것은 어쩔 수 없다. 희망이 있다면 콘켄의 브루징 해머뿐이다.

"으랴아!"

하지만 오른쪽에 있던 검은 옷은 왼손을 검 끝에 가져가며 콘켄이 내려친 해머를 완전 방어 자세로 받아 냈다. 이번에는 엄청난 소리와 불꽃이 튀기는 했지만 적의 검은 레벨 12—— 아니, 경리장 오벤을 쓰러뜨리고 레벨 13이 된 콘켄의 풀 파워 일격을 견뎠다.

"템페스타(광풍이 되어)!"

검사 두 사람의 보호를 받고 있는 메이지가 형태사를 외웠다. 이것은…… 풍속성, 중위 이상의 공격 마법이다.

후방에서는 사와가 공격 주문을, 토모리와 나기는 방어 주문을 외우고 있었다. 왼쪽에서는 파이프를 쳐든 오노와 세라가 달려들었다.

하지만 아마 늦을 것이다.

혼신의 힘으로 싸우는 유마와 콘켄을 비웃기라도 하듯 늑대 마스크 메이지가 발동사를 외웠다.

"데타지오(휩쓸어라)!"

동시에 호위하는 검사 두 사람이 아무런 예고도 없이 몸을 웅크렸다.

지지할 곳을 잃고 발을 휘청이는 유마와 콘켄의 눈앞에서 녹색의 섬광이 소용돌이쳤고—— 곧 엄청난 돌풍이 되며 풀려났다.

마치 셸터의 중앙에서 폭탄이 작렬한 것 같은 위력. 보는 것은 처음이었지만 아마도 풍속성의 범위 공격 마법 '에어

블래스트(폭풍)'일 것이다.

콘켄이, 오노와 세라가, 아리아와 쇼코가 사방으로 날아갔다.

"으아아아악!"

유마도 잠시도 버티지 못하고 돌풍에 휩쓸리며 한심한 비명을 내질렀다. 부메랑처럼 옆으로 회전하며 천장을 먼저 들이받고, 거기서 튕겨 나와 진열대에 충돌. 그럴 때마다 HP가 쭉쭉 줄어들었다.

돌풍은 믿기 힘들 정도의 사정거리로 퍼져 나가며 대피소 안의 진열장을 모두 밀어 넘어뜨리고 안쪽 카운터까지 닿았다. 그 앞에 있던 사와와 토모리, 나기마저 쓰러지는 것을 유마는 시야 끝으로 포착했다.

그 직후, 오른쪽 어깨를 부딪히며 바닥으로 떨어졌다. 한 단계 더 줄어든 HP바 아래로 회전하는 별 마크 아이콘이 점등되었다. 스턴 상태였다.

지금의 마법 한 번에 유마뿐만 아니라 셸터 내 학생 모두가 행동 불능에 빠졌을 것이다. 폭풍은 바람 자체의 위력은 크지 않고 광범위한 대상을 움직일 수 없게 만드는 것을 중시한 마법이었으니 죽은 사람은 없다고 믿고 싶었지만, 이렇게 되면 유마 일행은 강제적으로 움직일 수 없는 상태였다. 그 사이에 적이 아무 짓도 하지 않을 리가 없다.

그 추측은 역시 정답이었다. 메이지는 두 사람의 호위를 물러서게 한 뒤 한 걸음 앞으로 나서며 두 손을 동시에 내밀었다.

"벤투스(바람이여)."

다시 바람의 속성사. 왼손에 녹색 광구가 깃들었다.

"테라(흙이여)."

이어서 흙의 속성사. 오른손에 갈색 광구가 깃들었다.

──말도 안 돼.

유마는 머릿속으로 중얼거렸다.

마법은 속성사, 형태사, 발동사 순으로 외우지 않으면 영창 실패로 간주되어 연기와 함께 사라진다.

두 가지 속성의 마법을 동시에 외울 수 있는 것은 마법계 스킬 트리의 상위 스킬, '동시영창'을 습득한 고위급 마술사 뿐이다. 불과 12시간 전에 테스트 플레이가 막 시작된 액추얼 매직에서 그 정도 레벨에 도달한 플레이어가 있을 리 만무하다.

그럼에도 늑대 마스크 메이지는 유유히 영창을 이어갔다.

"플라투스(미풍이 되어)."

녹색의 광구가 완만하게 소용돌이치는 바람의 구형으로.

"누베스(안개가 되어)."

갈색 광구가 생물처럼 일렁이는 안개 구형으로.

여기서 유마는 메이지가 무엇을 하려는지 직감적으로 깨달았다.

──위험해. 위험해. 위험해. 위험해.

"……다, 들…… 도망……."

경고를 하고 싶었지만, 스턴 상태에서는 제대로 말이 나오지 않았다. 애초에 동료들도 같은 상태였다.

왼손과 입만 움직이면 비장의 카드인 와타마키 스미카를 소환할 수 있었지만 지금은 불가능했다. 불가능한 이유가 있었다.

그리고 시각은 심야 11시 58분. 사와가 발라크를 소환하기 전까지 앞으로 120초. 이 상황에서는 한없이 긴 시간이다.

"안혜로(불어라)."

가장 먼저 '윈드 브리즈(흩날리는 미풍)' 마법이 완성되었다. 이것은 단순히 완만한 미풍을 부채꼴로 불게 만드는 마법으로 공격력은 전무. 그러나 조합하기에 따라서는 어마어마한 효과를 발휘한다.

그리고 두 번째 발동사.

"돌로 변해라(페트리피카)."

갈색의 안개가 어두운 회색으로 변했다. 분명 '페트리파이(석화)' 마법.

회색의 안개는 녹색의 미풍을 타고 셸터 내부로 퍼져 나갔다. 이것이 동시영창의 효과였다.

본래 '석화'는 자신의 손 바로 앞에 석화 효과를 가진 안개 덩어리를 만들어 낼 뿐인 마법이라 사거리는 제로나 다름없었다.

그러나 늑대 마스크 메이지는 그 석화의 안개를 '윈드 브리즈' 마법에 실어 날려, 사거리와 범위를 수십 배로 확대한 것이다.

우선 가장 가까운 곳에 쓰러져 있던 오노와 세라가 휘말렸다.

"으…… 으아악!"

"오, 오지 마……!"

스턴 상태인 두 사람이 힘없는 비명을 내질렀다. 그러나 두 사람의 몸은 쩌적쩌적 끔찍한 소리를 내며 끝부터 돌로 변해 갔다.

이어서 아리아와 쇼코가 안개에 닿았다.

"시, 싫어……!"

쇼코가 비명을 지르며 안개를 뿌리치려 했지만 두 다리부터 돌로 변하기 시작했다.

반면 아리아는 유마를 보자 아무 말 없이 오른손을 뻗었다. 그 손을 잡아 주고 싶었지만 거리가 5m 가까이 떨어져 있었다.

회색의 안개는 땅바닥을 기듯이 퍼져나가며 차례차례 학생들을 휘감아 나갔다. 가냘픈 비명소리 위로 쩌적쩌적하는 무자비한 소리가 겹쳤다.

이윽고 안개는 유마에게도 다가왔다.

손끝에서 흔들리는 마법의 안개를 초조하게 바라보며 유마는 "어째서……"라고 중얼거렸다.

알고 싶은 것은 늑대 마스크들의 동기도, 동시영창 스킬을 사용할 수 있는 이유도 아니었다.

가이드북에 따르면 '페트리파이'는 안개 농도와 사용자의 스킬 숙련도에 따라 성공률이 크게 달라진다. 단 12시간 만에 흙 마법 스킬 숙련도가 마스터 클래스까지 올라갔을 리 없으니 '윈드 브리즈'로 넓게 퍼져 나간 석화의 안개는 농도가 엄청나게 옅어질 것이다. 아마 성공률은 세라와 오노조차 30% 이하, 아리아와 쇼코라면 10% 이하—— 그리고 유마라면 1%를 밑돌아야 했다.

그런데도 회색 안개에 닿은 학생들은 빠짐없이 돌로 변해 갔다. 10m가 넘는 거리마저 영향을 미치는 성공률 100%의 석화 마법이라니, 치트라는 말로도 한참은 부족할 정도의 사기 마법, 밸런스 파괴였다.

——밸런스 파괴.

얼마 전에도 그 말을 떠올렸던 기억이 난다.

뇌리에 희미한 목소리가 되살아났다.

——내 비레스(권능)는 너희들이 좋아하는 게임에 빗대어 말하자면 '마법 스킬 부스트'인 셈이지.

유마에게 그렇게 말한 것은 사와에게 깃든 악마 발라크였다. 그 말을 듣고 유마는 '말도 안 되는 밸런스 파괴'라고 생각했다.

또한 나기에게 깃든 악마 크로셀은 마법을 무영창, 노 쿨타임으로 연발했다. 그 역시 밸런스 파괴라고 부를 수밖에 없는 힘이었다. 즉, 그 마법 연사가 크로셀의 권능인 것이다.

그리고.

지금 늑대 마스크 메이지는 성공률 1% 미만인 석화 마법을 100%의 확률로 계속 성공시키고 있었다.

이것도 비레스라고 한다면, 저 메이지 안에도 또 다른 악마가 깃들어 있을 것이다.

시미즈 토모리가 말했다. 솔로몬의 악마는 모두 72명이나 된다고.

그렇다면…… 악마에게 빙의된 것이 사와와 나기, 저 늑대 메이지 세 사람만 있을 것 같지는 않았다.

아마도, 전원이리라. 살아 남은 6학년 1반 전체 학생에게 각기 다른 악마가 깃들어 있다. 스가모 안에도, 콘켄 안에도, 토모리 안에도—— 그리고 유마 안에도.

쩌적쩌적 소리를 내며 유마의 몸이 돌로 변해 갔다. 어느새 HP바에 회색 사람 모양의 아이콘이 점멸했다.

뒤쪽에서 토모리가 필사적으로 '홀리 퓨리파이' 마법을 외치는 소리가 들려왔지만, 안타깝게도 소용없다. 저 마법으로 석화 상태는 치료할 수 없다. 석화를 치료할 수 있는 것은 훨씬 더 상위인 '엑소사이즈(성스러운 퇴치)'나 전용 마법인 '디페트리파이(석화 해제)'뿐이지만, 어느 쪽도 지금의 토모리는 사용할 수 없었다.

아니, 그리고 또 하나 석화를 치료하는 전용 아이템이 있었다. 하지만 우연히 그런 것을 갖고 있을 리도 없고, 갖고 있다고 해도 이제부터 스토리지를 열고 실체화해서 자신에게 쓸 시간적 여유도 없었다.

적어도 아이템 이름을 떠올려서 동료들에게 전하자. 누구 한 명이라도 도망칠 수 있다면 그 아이템을 구해 돌이 된 유마 일행에게 써줄지도 모른다.

분명 무슨 바늘이었는데. 유명한 '금침'이 아닌, 좀 더 낯선 이름이었던 것 같다.

——안 돼, 이제 가슴 아래까지 돌로 변했다. 앞으로 몇 초만 있으면 소리도 낼 수 없어…….

그때.

시야에 최근 봤던 아이템의 이름이 번갯불처럼 플래시백되었다.

'무슨 침'이라는 아이템을 확실히 손에 넣었다. 콘헤드 브루저도 아니고, 바라니안 액스베어러도 아니고…… 그래, 오벤이다. 경리장 오벤. 나기를 삶아 먹으려 했던 극악인이지만, 아주 조금은 미워할 수 없는 부분도 있던 그 거한이 모자나 벨트와 함께 떨어뜨린 것은 바로—— '인화(人化)의 육침'.

금침과는 비슷한 듯 비슷하지 않았다. 분명 바라니안인 오벤이 인간으로 둔갑하는 데 쓴 아이템일 것이다. 그것을 찌르면 몬스터가 인간으로 변신할 수 있겠지만, 유마는 본래 인간이니 석화와는 아무런 관계도——.

아니.

오벤의 인화는 단순한 상태이상이 아니라 시나리오에 기반한 변신이었다.

RPG에서 '시나리오의 사정'은 최강의 마법이 된다. 그 사정이 명하면 캐릭터는 얼마든지 되살아나거나 혹은 소생 아이템을 사용해도 되살아나지 않는다.

만약 오벤의 인화가 모든 상태이상을 덮어쓰는 최강의 상태이상이라면.

아아, 하지만, 설령 그렇다 해도, 벌써 조작할 시간이——!

……유마.

……잊은 거야?

불현듯 누군가의 목소리가 들린 것 같았다.

그랬다. 그때도 확실하게 시간이 부족했다. 콘헤드 브루저에게 허리까지 먹힌 상태라 몇 초만 있으면 몸이 두동강이 날지도 모르는—— 그런 절체절명의 위기에서 유마는 '걸린 막대를 다시 물린다'와 '와타마키 스미카를 소환한다'라는 두 가지 액션을 동시에 취함으로써 극복했다.

그것이 바로 유마의—— 아니, 유마에게 깃든 악마의 비레스였다.

다시 말해 '2회 행동'.

"윽……!"

이를 악물고 유마는 오른손으로 창을 열었다.

이제 석화는 겨드랑이까지 진행되었다. 앞으로 3초만 있으면 손을 움직일 수 없게 될 것이다.

빛과 같은 스피드로 스토리지를 조작해 '인화의 육침'을 눌렀다. 서브메뉴에서 실체화를 선택. 창 위에 나타난 괴기스러운 디자인의 바늘을 손가락 끝으로 잡았다.

이미 늦었다, 라고 말하는 듯한 늑대 메이지의 시선을 느낀 그 순간.

"으…… 어어어어어!"

아직 어떻게든 움직이는 입으로 유마는 부르짖었다.

시야의 색이 연푸르게 변하면서 모든 것이 멈췄다. 오른손의 석화도 팔꿈치보다 조금 위에서 가까스로 정지했다.

무한히 맞물린 톱니바퀴가 회전하는 듯한 고요한 굉음이 울려 퍼지는 정지공간에서, 유마는 필사적으로 오른손을 움직여 '인화의 육침'을 왼팔에 들이밀었다.

살부터 뼈까지 젤리화되는 듯한 기묘한 감각이 퍼져 나갔다. 석화되었던 온몸이 슬라임처럼 부르르 요동쳤다.

유마의 HP바에 점등해 있던 '석화' 디버프 아이콘이 겹쳐진 사람 형상을 본뜬 '인화' 아이콘에 덧씌워졌다.

직후 온몸에서 느껴지던 물컹거림이 거짓말처럼 사라졌다. 아마도 유마는 '인화의 육침' 효과로 몸이 젤리화된 후 인간으로 다시 만들어졌을 것이다. 그 과정에서 '석화'는 삼켜져 사라졌다.

움직인다면── 지금이다!

유마는 위를 향해 쓰러진 자세에서 전신의 근력만으로 몸을 일으킨 뒤 달렸다.

달리면서 스토리지에서 발견한 또 하나의 아이템을 실체화. 나타난 것은 굵기 4cm, 길이 50cm 정도의 은색의 사슬. 필로스 섬의 지하 감옥으로 이어지는 문을 닫고 있던 '정철의 사슬' 조각이었다.

이것은 무기가 아니었기에 현실 세계에서도 꺼낼 수 있었다. 하지만 그 경도와 내구도는 어지간한 무기들을 가볍게 뛰어넘었다.

유마의 접근을 눈치챈 검은 옷 호위 중 한 명이 네모진 검을 휘둘렀다.

"이야아앗!"

유마는 포효와 함께 왼쪽 검은 옷에게 사슬을 내리쳤다.

정철의 사슬은 콘켄의 해머마저 튕겨 낸 두꺼운 검을 마치 얇은 합판처럼 부러뜨리더니 그대로 검은 옷의 왼쪽 어깨를 내리쳤다.

바닥에 나동그라지는 동료에게는 눈길조차 주지 않고 오른쪽에서 두 번째 검은 옷이 다가왔다. 이미 방어하기에도 회피하기에도 늦은 타이밍이었지만.

기이이이이이잉! 다시금 톱니바퀴 소리가 나며 세상이 멈췄다.

푸른 공간 속에서 유마만이 움직였고, 오른쪽을 향해 사슬을 다시 한번 휘둘렀다.

그것을 다시 내려침과 동시에 세계가 돌아왔다. 무슨 일이 일어났는지 모를 검은 옷은 바로 위에서 다가오는 사슬을 피하지 못한 채 목덜미를 맞고 뒤로 쓰러졌다.

그 안쪽에서 늑대 메이지가 유마에게 왼손을 겨누었다. 바람 마법을 도중에 해제하고 새로운 마법으로 요격할 작정인가…… 아니, 아니다.

왼손은 속임수다. 메이지의 오른손이 전광처럼 번뜩이며 코트 안쪽에서 장검을 뽑았다.

"하앗!"

기합과 함께 쏘아지는 한 손 찌르기. 이는 본래의 유마라면 피할 수 없는, 심장이 찢어졌을 정도의 날카로운 일격이었다.

하지만 유마는 몸을 오른쪽으로 비틀며 '비레스'를 발동했고, 정지된 세계 속에서 오른쪽으로 한 번 더 몸을 뒤로 젖혔다. 회피+회피 2회 행동.

혼신의 일격, 게다가 피할 수도 없는 찌르기 기술을 피하자 늑대 메이지, 아니 늑대 마검사는 크게 균형을 잃었다.

머리를 푹 감싼 검은 마스크를 향해 유마는 정철의 사슬을 쥔 오른쪽 주먹을 내리쳤다.

늑대 마스크의 왼쪽 절반이 산산조각나며 마검사는 3m 넘게 날아가 그대로 나자빠졌다.

정적.

유마의 오른손에 감긴 사슬이 절그럭거리는 소리를 내며 떨어졌다.

천천히 몸을 일으킨 유마가, 반쯤 드러난 마검사의 민낯을 향해 외쳤다.

"대체 왜 그랬어…… 니키!"

(계속)

후기

이 작가 양반, 사슬로 때리는 걸 좋아하는구나! 라고 생각하신 분도, 그렇지 않으신 분도 안녕하세요, 카와하라 레키입니다. 《데몬즈 크레스트2 이계∞현현》을 읽어주셔서 감사합니다.

(아래부터 본편의 내용이 언급되어 있으니 주의하시기 바랍니다)

1권 《현실∞침식》에서는 주로 현실 세계 아르테아 내부에서 벌어지는 유마 일행의 싸움을 그렸는데, 이번 권에서는 VRMMO–RPG 액추얼 매직(이하 AM)이 메인 무대가 되었습니다.

아르테아가 어둡고 좁고 살벌했으니 밝고 드넓은 AM 세계에서 즐겁게 모험하는 느낌으로 그려 보고 싶었는데, 뭐, 가능할 리가 없죠……(웃음). 하지만 세계의 분위기나 게임 시스템 같은 것은 대략적으로 파악하지 않으셨을까 싶습니다. 시스템의 기본은 모 SAO와 같은 스킬/레벨제이지만 AM에는 클래스도 있기 때문에 이번 권에서도 나올 차례가 없었던 도적이나 사냥꾼, 상인이 다음 권에서 활약할 수 있다면 좋겠습니다.

그리고 이번 권에서는 제목이기도 한 악마에 대해서도 어느 정도 설명이 되었습니다. 뭔가 사와에게 빙의한 발라크

씨도, 나기에게 빙의한 크로셀 씨도 의외로 대화가 통하는 느낌이 돼 버려서 저도 쓰면서 "어?" 했습니다(웃음). 하지만 앞으로는 그보다 더 위험한 악마도 차례차례 나올 예정이니 기대해 주세요!

나기도 2권 마지막에 합류할 수 있을지 어떨지 애매했는데 어떻게든 구해낼 수 있어서 저도 안심했습니다. 다만 4인 파티의 성직자 자리에서 애쓴 토모리와 원래 그 포지션에 있던 나기를 유마는 앞으로 어떻게 할 생각일까요……? 현실 MMO에서도 있을 법한 상황인 만큼 최대한 좋게 수습되길 바라는 마음입니다.

또한 현재 연재 중인 웹툰판을 읽고 계신 분들은 이번 2권과 웹툰의 전개가 상당히 다르다는 사실에 놀라셨을지도 모르겠습니다. 《데몬즈 크레스트》라는 작품은 '문고판 코미컬라이즈=웹툰판'이 아니라, 제가 만든 플롯을 바탕으로 웹툰과 문고가 각각 독자적인 스토리를 펼쳐나가는 체제입니다. 문고판에서는 문자열이 가진 매력을, 그리고 웹툰에서는 세로로 읽는 만화가 가진 매력을 각자 추구해 나갈 예정이니 개별적인 작품으로 다 함께 즐겨 주시면 감사하겠습니다.

마지막으로, 또다시 엄청난 한계 진행이 되어버려 대단히 폐를 끼친 일러스트 호리구치 유키코 씨, 담당 편집자인 미키 씨와 아다치 씨, 그리고 출판에 종사해 주신 모든 분들께

진심으로 사과드립니다. 정말 죄송합니다! 다음 권은, 으음, 그…… 노력하겠습니다!

  2023년 5월 어느 날 카와하라 레키

FRIEND

여자

출석 번호	이 름	성별	직 업	비 고
1	아시하라 사와	여	마술사	아시하라 유마의 쌍둥이 여동생.
2	이다 카나미	여	불 명	수영부 소속.
3	에자토 쇼코	여	불 명	느긋한 성격.
4	켄조 사유	여	불 명	장래희망은 아이돌.
5	사노 미나기	여	성직자	아시하라 남매의 소꿉친구.
6	시미즈 토모리	여	불 명	도서위원.
7	시모노소노 마미	여	불 명	흑마술을 좋아한다.
8	소가 아오이	여	불 명	과자 만들기가 특기.
9	치카모리 사키	여	불 명	세련된 후지카와 렌을 동경하고 있다.
10	츠다 치세	여	불 명	사육위원.
11	테라가미 쿄카	여	불 명	1반 여자의 리더격 인물.
12	나카지마 미사토	여	불 명	배구부 소속.
13	누시로 치나미	여	불 명	1반 여자애들 중 가장 키가 작다.
14	노보리 키미코	여	불 명	고스로리 패션을 좋아한다.
15	하리야 미미	여	불 명	교토 출신으로 화과자를 좋아한다.
16	후지카와 렌	여	불 명	와타마키 스미카에게 경쟁심을 갖고 있는 미인.
17	헨미 카린	여	불 명	점을 좋아한다.
18	미소노 아리아	여	마술사	1반 여자 중 가장 꾸미는 걸 좋아한다.
19	메토키 시즈	여	불 명	검도장에 다니고 있다.
20	유무라 유키미	여	불 명	스스로를 싫어해서 변화하길 원한다.
21	와타마키 스미카	여	경찰자	반의 아이돌적 존재.

DEMONS'Crest

유키하나 초등학교 6학년 1반 명부

남자

담임교사 에비사와 유카리

출석 번호	이 름	성별	직 업	비 고
22	아이다 신타	남	불 명	카드 게임을 좋아한다.
23	아시하라 유마	남	마물사	공부도 운동도 평균.
24	오노 요이치	남	불 명	농구부 주장.
25	카지 아키히사	남	불 명	인터넷 방송인 지망.
26	키사누키 카이	남	불 명	축구부 소속.
27	콘도 켄지	남	전 사	아시하라 유마의 절친.
28	스가모 테루키	남	전 사	축구부 주장이자 반장.
29	세라 타카토	남	불 명	스케이트보드를 좋아한다.
30	타키오 마사토	남	불 명	애니, 게임, 만화를 좋아한다.
31	타다 토모노리	남	불 명	카드 게임을 좋아하고 아이다 신타와 친하다.
32	토지마 슈타로	남	불 명	가상화폐 거래를 하고 있다.
33	니키 카케루	남	전 사	하이자키 신과 친하며 성적 우수.
34	누노노 류고	남	불 명	메토키 시즈와 같은 검도장에 다니고 있다.
35	하이자키 신	남	불 명	학년 톱 수재. 학생회장.
36	호카리 하루키	남	불 명	스케이트보드를 좋아하고 세라 타카토와 사이가 좋다.
37	미우라 유키히사	남	**사 망**	구부 소속.
38	무카이바라 코지	남	불 명	영상 편집 스킬이 있다.
39	모로 타케시	남	**사 망**	우를 좋아한다.
40	야츠하시 켄노스케	남	불 명	시의회 의원 아들.
41	와카사 나루오	남	불 명	밀리터리 오타쿠.

Demons'Crest Vol.2 IKAI∞KENGEN
©Reki Kawahara 2023
Edited by 전격 문고
First published in Japan in 2023 by KADOKAWA CORPORATION, Tokyo.
Korean translation rights arranged with KADOKAWA CORPORATION,
Tokyo.

데몬즈 크레스트 2 이계∞현현

2024년 7월 1일 1판 1쇄 발행

저 자	카와하라 레키
일 러 스 트	호리구치 유키코
옮 긴 이	이소정
발 행 인	유재옥
담 당 편 집	정지원
부 사 장	이왕호
이 사	조병권
출 판 본 부 장	박광운
편 집 1 팀	최서영
편 집 2 팀	정영길 조찬희 박치우 정지원
편 집 3 팀	오준영 이소의 권진영
디 자 인 랩 팀	김보라 박민솔
디 지 털 사 업 팀	박상섭 김지연 윤희진
라 이 츠 사 업 팀	김정미 맹의영 이윤서
영 업 마 케 팅 팀	최원석 박수진 이다은
물 류 팀	허석용 백철기
경 영 지 원 팀	최정연
발 행 처	(주)소미미디어
인 쇄 제 작 처	코리아피앤피
등 록	제2015-000008호
주 소	서울시 마포구 토정로 222, 502호(신수동, 한국출판콘텐츠센터)
판 매	(주)소미미디어
전 화	편집부 (070)4164-3962, 3963 기획실 (02)567-3388
	판매 및 마케팅 (070)8822-2301, Fax (02)322-7665

ISBN 979-11-384-8329-2 04830
ISBN 979-11-384-8256-1 (세트)